U0883049

# 画眼心声

韩羽自选集

韩羽 著

三联书店

Simplified Chinese Copyright ©2012 by SDX Joint Publishing Company
All Rights Reserved.
本作品中文版权由生活 · 读书 · 新知三联书店所有。
未经许可，不得翻印。

图书在版编目(CIP)数据

画眼心声:韩羽自选集/韩羽著.-- 北京:生活 · 读书 · 新知三联书店，2012.8
ISBN 978-7-108-04083-1

Ⅰ.①画… Ⅱ.①韩… Ⅲ.①散文集－中国－当代②素描－作品集－中国－现代 Ⅳ.①I267②J224

中国版本图书馆CIP数据核字(2012)第075065号

责任编辑 张 琳
装帧设计 罗 洪
责任印制 郝德华
出版发行 生活 · 讀書 · 新知 三联书店
（北京市东城区美术馆东街22号）
邮 编 100010
经 销 新华书店
印 刷 北京市松源印刷有限公司
版 次 2012年8月北京第1版
2012年8月北京第1次印刷
开 本 880毫米×1230毫米 1/32 印张11.875
字 数 196千字
印 数 0,001－7,000册
定 价 39.00元

# 大巧若拙

## ——韩羽其人其画

黄苗子

山东聊城人韩羽，1931 年生。韩羽画如其人，土头土脑，似村而雅，土极而洋到了家，具有浓厚的现代感。近年中国电影出现了《红高粱》、《老井》，轰动海外，得国际奖。其实在漫画领域中，韩羽老早就做到了这一点，你的艺术土极了，洋人开了眼界，自然就来捧场。

韩羽不但画如其人，书法亦如其人，土里土气而灵秀迫人。他功力极深，但偏不让人看到功力。只看到无法之法，说不出的一种气韵，令人迷醉。

韩羽艺术的特点，用方成的一句话，叫“土法上马”。

韩羽人如其画，他画的人物后脑勺削若悬崖，前额多数是个“钵儿头”（前额突出），很像韩羽本人。不要小看这“钵儿头”，它贮存了智慧，贮存了学问，贮存了幽默狡狯……这种形象，确不算长得标致。但生理学家证明，大脑发达到撑开了颅骨，其人的聪明可知。

谁读了韩羽的画和文章都感到兴味盎然。

古人云：“读《李陵答苏武书》而不痛哭者非忠臣，读李密《陈情表》而不堕泪者非孝子。”我说：“读韩羽画、文而不由衷发笑者，没有文艺细胞。”

朋友们佩服韩羽，可学不了他。为什么学不了？乡土气学不了；

小时候泡草台班子的生活体验（这种生活体验卓别林曾经有过）学不了；山东人独有的粗拙强项性格学不了；一肚子的文章杂学学不了。“大巧若拙”，韩羽有然。

所以朋友们私下议论：像韩羽那样一位漫画界的“杂种”（注意：这“杂种”绝不含有粗野人的意思。只是说，他在漫画中是一种特殊而非纯正的杂交品种），不能无一，不能有二。

韩羽漫画的特点之一，是人物造型的美妙。很多人看过动画片《三个和尚》，这三个和尚的造型使这部片子得到多次的国际奖。这首先归功于韩羽。在韩羽的作品中，人物面目常常不画耳朵，但眼神和口鼻的表情却精心捉摸。这是因为耳朵对人物表情不起什么作用，可以略过（这也许是他从小观察农村傀儡的造型得来的启发），而眼、口、鼻的表情刻画却是不可掉以轻心的。韩羽漫画的妙处甚多，这只是举个例子。

目前我们反对崇洋媚外，其实，四十年来有时也不自觉地崇点、媚点。单就美术风气说，最早崇俄——列宾、苏里柯夫给了土包子一棒；其后崇欧、美、现代主义、行动艺术……又给了土包子一棒。韩羽不管这一套，也不管什么文人画武人画，只要心中有感，他就兴致勃勃地抄起笔来涂涂抹抹。说是涂、抹，因为他的画法有异于绘、描，不讲结构，不讲笔法，不讲造型。“形象十分夸张，几乎达到荒诞的程度。”（张仃：《韩羽的画》）很多人看不起韩羽的画，以为三岁小孩都可以画出来，谁知自己动起笔来，才知这种画是学不了的。不信，你试试看。

有人说韩羽的画是学儿童画，天真，没有透视、光暗、准确等等框套。但天真得出自内心，本性不天真，硬装出孩子的动作，令人产生反感。七十多岁的老莱子，为了讨九十以上双亲的欢心，就穿着娃娃的彩衣，摇着个拨浪鼓，爬在地上向老爹娘撒娇，这种装模作样的“天真”，不是返老还童，而是令人毛骨悚然的肉麻。每当我看了《老莱子衣彩娱亲图》都有这种感觉，但韩羽的画，是一种天籁，纯任自然，不是造作出来的。平生看画不少。只说不出韩羽画的是哪门子的画。他胸罗古今中外，而又目无古今中外地“我画我的”！

韩羽有一篇看孩子画画后写的文章，末段是：“而我辈成年人作画，往往拘谨得似‘翱翔蓬蒿之间’。也大抵是少了孩子们的‘玩’字。对为诸多事物所牵累的成年人来说，这‘玩’字谈何容易！近代词家况周颐论诗时，深有感慨地说：‘若赤子之笑啼然，看似至易，而实至难者也。’这位老先生的话，对此可谓一语中的。”韩羽作画，正合戊戌政变时，为改革开放慷慨牺牲的烈士谭嗣同所说的：“人为其易，我取其难！”

韩羽的文章，令人忍俊不禁。他能把一肚子学问横串竖串。打个比方：关羽跟苏东坡下棋，杨贵妃跟西门庆鬼混……只要想得出的奇事都能构成他的奇思。他的文章妙语如珠，含蓄蕴藉，影影绰绰，如假如真，顺手拈来，俯拾即是，若有其事，如见其人。

韩羽的学历，填的只是“小学毕业”。一个小学毕业生能写出这样的好文章？谓予不信，请读其书。

# 目 次

## 画余絮语

闲话闲画



陈茶新酒

## 东拉西扯

# 信马由缰

# 姥姥家

姥姥家的堂屋的东里间门，用手一推，就“唉”的一声，像是叹气。我几乎天天都推来推去，它也就唉唉地叹个不停。

一到半晌午，母鸡就从窗台上的鸡窝里钻出来，扑扇着翅膀跳下地，“咯嗒咯嗒”叫起来。接着东邻家的母鸡也叫起来。还有南邻家的、西邻家的，到处是“咯嗒咯嗒”的声音。这时姥姥就说：“该做饭了。”一会儿，灶屋里冒出了刺鼻的柴烟，在母鸡的“咯嗒咯嗒”的叫声里，又响起了“咕嗒咕嗒”的风箱声。

我小舅叫庚五，和我年岁一般大。即使玩得最起劲的时候，一看太阳到了晌午，也毅然决然地说：“不玩了。”撇下我一溜飞跑，跑出胡同，跑向村口。开始我纳闷，后来明白了，他是去牵牛。我看他绕着下地回来的长工不停地求告：“让我牵牵，让我牵牵。”一旦接过缰绳，却又战战兢兢地尽可能地远躲着牛，壮起胆子大声吆喝：“吋，吋，快走！”有时还学着大人腔调骂上一句：“娘的！”

虽然庚五爱牵牛，可外祖父一个劲地逼他念书。每天早晨，他总坐在堂屋的八仙桌旁，一边含着眼泪，一边“苟日新，日日新，又日新。康诰曰：作新民”。外祖父从来不让我念书，我可以自由自在地玩，看着小舅对我羡慕极了的眼光，我充满了优越感，真切地觉到：住姥姥家真好。可是小舅在“作新民”，我却没了玩伴。有时等急了，就冲着堂屋里喊：“姥爷（我家乡对外祖父的叫法），小舅念完了没有？”

有时也教诗，诗就有意思得多了。比如：“暧暧远人村，依依墟里烟，狗吠深巷中，鸡鸣桑树巅。”我就模模糊糊地觉着像姥姥家的小郭庄。

外祖父，村里人都叫他八先生，据说是个秀才。平常里下地干活。一旦三里五乡的村里有了丧事下帖子请他，就换穿上长衫。给人家当“点主”先生去。他崇信“忠厚传家远，诗书继世长”。小舅，他唯一的继承人。就成了“逼”的对象。有时姥姥埋怨说：“这么点小孩，整天逼着他念书。你想逼死他呀！”

四姨沾了是女孩子的光，没有遭受逼着念书的罪，可没逃脱裹脚的罪。她比我大几岁，都说她长得好看，我却一点儿也看不出来。我最看中的是她的辫子，每逢打架时，我总是想法去拽她的辫子。她对付我，是告状，用现下话说就是“打小报告”，一告一个准。我们却又整天谁也离不开谁，一会儿不见，就要“叫魂”了（到处喊叫之意）。

春天里，家家挖野菜，拌上玉米面蒸着吃，图省粮食，也图新鲜。我和四姨也常去村北麦地里挖野菜。麦苗刚刚漫过老鸹，绿油油一望无际，风一刮，一起一伏，像水波浪。麦垄里，土又松又暖，躺在上面舒坦极了。太阳晒得浑身痒痒，从麦梢缝里瞧上去，是蓝天，是白云，瞧着瞧着，那白云慢慢地似乎像要盖下来了，一眨眼，它倏地又飞回了原处。

只有春季才有的叫着“光棍多苦”的鸟，边叫着边飞向官道北去了。在老远的官道北，一个小孩高声地与鸟一对一答：

“光棍多苦。”

“你喝糊糊。”

“光棍多苦。”

“你想媳妇？”

……

突然，四姨喊起来：“还不爬起来挖野菜！”

回到村里，站在家门口支起耳朵听，是意料中的四姨的照例的话：“他光玩了。”母亲说：“今儿不让他吃饭。”

# 看　戏

如果问起我们家乡的农村庙会，可以这么说：一个用苇席、杉杆搭起的戏台。戏台的左前方有一个烧水的炉灶。不管戏台上是正在唱着还是打着，从后台里总不时地走出一个人站在台口大喊："开水！"戏台底下也总少不了一两处押宝赌钱的摊子。戏台四周半里方圆内，布满买卖人的布棚、席棚。饺子、丸子、烧饼、油条、炸糕、凉粉，还有布匹百货……到处挤满了人，尘土飞扬，一片嗡嗡之声。真怪，现在连去走动一趟都没了兴致的地方，那时不知怎么有那样大的魅力，使得小时候的我们，兴奋得发疯。

戏台前面，人挤成了柿饼子。拥过来，挤过去，屁味，汗味，酒味。但这并不妨碍人们仰起脸全神贯注在戏台上。

看戏的最好位置是"扒台板"，这好比现在戏院里的头一排，看得清，听得真。这是宝地，谁都想争。可是，能在这儿站上个半钟头谈何容易，这不只要腿顸膀粗身强力壮，还得会挤，在不断的力量的冲击下保持平衡。那时农村里的人们不兴打球、跳高、跳远之类的运动，却懂得赛一赛。因此，有的小伙子挤进这"宝地"，一半是为了看戏，一半也是为了一显身手，事后好向人夸口："我整整扒了一上午台板，纹丝不动，你行吗？"有时还搞串联："今儿看灯戏时咱们前街上的齐心点，说什么也不能让后街上的小舅子们挤上来！”

姑娘媳妇们，穿红着绿，远远地站在凳子上消闲地吃着花生、瓜子，看戏倒在其次。孩子们则在大人的腿缝里挤来挤去，听着戏台上的锣鼓声，急得要命。于是会爬树的爬到了树上，不会爬树的也终于逼出了办法，一头钻进戏台底下，仰起脸从台板缝里往上瞧。虽然看见的仅是晃来晃去的身影，但总比什么都瞧不见要好得多。突然，一片漆黑，一只靴子正好踩在板缝上。真气人。随手捡根树枝捅这靴底。一来二去，却发现这也颇为好玩，互相仿效，大伙都“捅”起来。孩子们可能是重男轻女，也许是欺软怕硬，总是不大敢去捅花脸武生，专爱对付坤角，捅着一下，便觉着占了便宜。还要眯起眼从板缝里往上瞅，检验一下捅的效果。效果最好的，就是能招来上面的骂声，听着那气急了的腔调，真是其乐无穷。

孩子们对戏的评价与老太太们不一样。如果问老太太们戏好不好。她们会说：“可好哩！戏台上的小媳妇穿的都是绸的、缎的。”孩子们对这种“只重衣衫不重人”的评断是嗤之以鼻的。可是，小伙子一看到戏台上的小媳妇，眼睁得比枣还大，嘴张开得像傻了一样。我们也不以为然。这有什么好看的，忸忸怩怩、咿咿呀呀。而且，我们也实在捉摸不透，譬如，县官用木头一拍桌子，旁边走过两个人来，把跪着的小媳妇的手指掰开，夹上几根筷子，一夹，她就唱，一夹，就唱。

最使孩子们动心的莫过于花脸，总是怀着敬畏的心情看着他出来，看着他进去，再盼着他出来。要是戏里没有花脸，就像包子没有了馅一样，太没滋没味了。

# 听 书

说评书，一般是在市集上。架上小鼓，泡上壶茶，“咚咚咚”，于是说起来。每到“且听下回分解”，就拿起笸箩，书迷们也就一脸不情愿的样子，从衣兜里摸出铜板。这是地地道道的现钱交易。至于我们小孩子，不用担心，笸箩是从来不会伸到面前来的。

常来我们那里说书的是个干瘦老头儿，叫钱大喜。据说他家原是青堂瓦舍、骡马成群的财主，后来都让他吃喝抽赌败坏光了，于是操起了柳敬亭的行业。亏了家底罄光，这一来反倒把他的才能给显露出来了。夜里看唱本，白天说，现趸现卖，边说边编，发挥得有鼻子有眼，活灵活现。只要听上几句，就给粘住。十大几里远，背着粮食来赶集卖粮的老汉，不去粮市，连人和口袋往说书场一蹲，一直到散集，再原封不动地把粮食背回家去。

说书场收了摊，我们还围着钱大喜不愿走开。他目不斜视地坐在凳子上，拿着两个亮白亮白的馒头，端着一碗带肉的杂烩菜，馋得我们直咽口水。我暗暗地发下誓愿，长大了坚决说书去。

秋后，地净场光，都清闲了，钱大喜精神抖擞起来，不只白天在集市上说，还开了夜场。

街心的斜坡上面，打我记事起就有着半截石碑和一个粪坑的空场上，一盏孤零零的玻璃风灯，挤挤压压的人影，偶尔这里或那里闪现着烟锅里的红火。天上的月光，白里透青，这哪里是光，简直是洒在身上的凉水。穿着夹袄打哆嗦，却不愿回家去添换衣服。尿憋得小肚子一鼓一鼓的，也不愿走开一步。只怕漏听几句。如果能有一个铜板买炒花生，就更带劲了，边听边吃，精神、物质两享受。为了省俭着吃，是连花生皮一起嚼的，也很香。

在“且听下回分解”之前，是钱大喜一人的抑扬顿挫的声音；一到了“且听下回分解”，全场就开了锅，一片嗡嗡之声。钱大喜却端起茶碗，闭上眼，跷着二郎腿，养起精神来。敛钱的事，自有热心者代为张罗。

“要是胜三爷在这儿就好了。”开始了现场评论。

“孟金龙这下子够戗！”

“金头虎净出坏点子。”

“我看他还没有你坏哩！”

“你才坏哩，你就是金头虎。”

“你是金头虎的儿子！’

咚的一声鼓响，全场立即鸦雀无声了。钱大喜把鼓槌一横又一绕，恍惚间就是孟金龙的铁棍扫了出去。一面听，一面心中叨念：胜三爷快来吧！可是钱大喜偏偏和孟金龙过不去，就是不让胜三爷来，大伙的心一直给卡在嗓子眼上。

我那时，脑子里没有别的，不是胜三爷就是孟二爷，再不就是夏侯桑元、金针道长……整天梦想着陆地飞行蹿房越脊。听一个会拳脚的说，只要膝盖不打弯蹦上一尺高，就能蹿房越脊了。我拼命地练习着蹦，结果挨了大人们的训斥：“你诈尸啦！”

十余年前，黄苗子先生给了我一张字条，是从鲁迅《西牖书钞》中抄得傅青主的听说书的信札，嘱我作画。我一看，立即勾起了童年听书的往事。且不管什么傅青主，按着自己的印象画了起来。张东莱在《“傅青主听书图”记》中说：“他没有‘照章宣本’地照着傅青主原信画插图，而是按照他小时在农村惯见的几个老头听说书的场面画出的。”真给说对了。

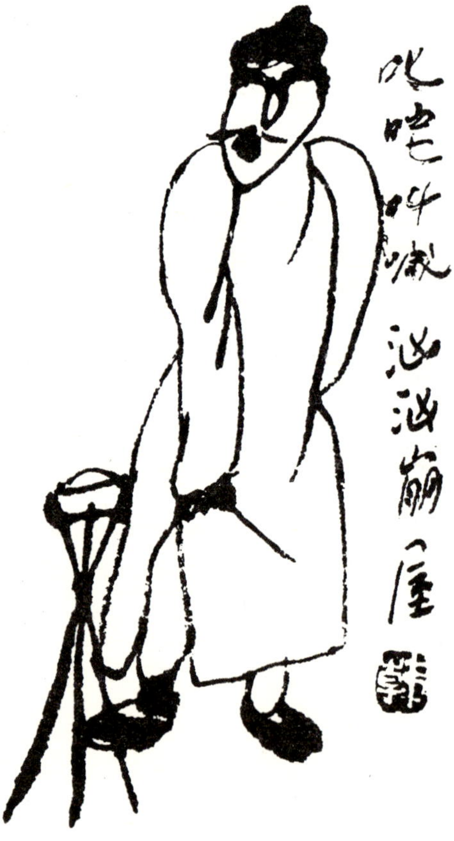

出乎我的意料，文坛前辈，如聂绀弩、陈迩冬、舒芜、吴祖光、荒芜诸公，竟然在我这小说书场上唱和起来。“有的是旧事重提，略有抚摸伤痕之意；有的是面对现实，遥视未来；有的只是‘朦胧诗’一类，既无寄托，亦无宗旨，只是兴到一挥。”（谷风《听书图》后记）

诗书画三绝的一代大家傅青主，喜欢听书。唱和的诸文坛前辈，当也喜欢听书。看来，不只是我这后生小子和那顾不上卖粮食的老汉了。

现在我虽然也年已花甲，但于此道仍情犹未舍。有一次回到家乡，还专程到那个地方重访旧迹。石碑、粪坑都没有了，只剩下了回忆。

注：傅山，字青主，是明清之际的大学者和重要思想家，精诗文，工书画，善金石，而且还是一位名医。

# 露水因缘

说来不怕笑话，直到我十岁那年，才开了眼，看了洋玩意儿——电影。

有一天晚饭后，街上像捅了马蜂窝。脚步杂沓，呼喊叫嚷。说是文庙前玩电影哩。这稀罕怎能不看，立即飞奔而去。

老远就瞧见两根竖杆上挂着一块大幕布。那幕布一会儿亮，一会儿暗，一闪一闪像闪电。我跌跌撞撞挤到人堆里，定了定神，这才看清了上面是乱跑着的马蹄子。那马蹄子忽地一晃，成了满脸胡子的大脑袋。又一晃，成了没有胡子的小脑袋。刚一眨眼，倏地又成了一大群人，噼里啪啦放起枪来……

一道强光，亮得直耀眼，幕布全白了。人群像开了锅，嗡嗡嗡嗡。几个小孩猫着腰争相往那幕布底下跑去，说是捡子弹壳。

幕布又暗了，这回出来的是怪模怪样的猫和老鼠。明明是画儿，怎地也动起来了？又跑、又跳、又哭、又笑。身子还能伸能缩，一忽儿长了，一忽儿短了……

第二天早晨上自习课。谁还有心思自习？

“咳呀，奶奶的，看得俺直眼晕！”

“俺倒不眼晕，像做梦。”

“忽闪忽闪，迷迷糊糊，真的像是做梦。”

“本是一块白布，忽地出来了活人，是怎地出来的？”

我觉着最令人咋舌的，是那猫那老鼠。明明是画的，怎地也活起来？真是神啦！

十年过去了，二十年过去了，再也没有料到，竟与这“真是神啦”的电影结下了一段露水因缘。

一九六一年夏天，我在束鹿县范家庄下放劳动。一天，正下着雨，我在推磨。走进一个人来，挎着背包，挽着裤腿，整个头脸罩着一个透明塑料袋，活像个三 K 党。

后来我们成了朋友。他就是上海美术电影制片厂的动画导演钱运达。那时刚从国外留学回来。初试锋芒，拍第一部片子找上了我这搭档。

在辛集镇招待所里住下。我画起人物造型。画了撕，撕了画。边画边觉着新奇。愈觉新奇，愈是认真。莫非我笔下的人物也和那猫那老鼠一样会动？我想象着我的庄稼老汉、店小二……在银幕上举手投足的情状，兴奋地暗自骂道：你这小子，不也"真是神啦"！这大概就是所谓的"搔到痒处"了。我抬头瞅了瞅钱运达，他正抽烟走神儿。还好，没有窥出我这"痒处"。

是后来从报上看到的，上海美术电影制片厂和社会上的美术作者挂钩，是"一种新的尝试"。他们不只拉来我这美术小兵，还有大师张光宇、华君武等。

我扳着手指数日子。秋去冬来，冬去春至，真真尝够了"度日如年"的滋味。好不容易终于等到报上登出了上映广告，却又是在北京西郊的一个放映厅。那也得去！二百里地的火车，再加上十几里地的公共汽车，瞧这劲头。

头回生，二回熟。熟了，也就不过如此了。八十年代，再次和动画片结缘。可那银幕上晃动着的挑水和尚，再也挑不来我小时候的那个"真是神啦"。

一段露水因缘，使那"真是神啦"换来了个不再"真是神啦"。

# 父　亲

我怕我父亲，他真打。看着他瞪圆了的眼，一步一步走近来，还不敢躲，绷紧了肌肉等着，于是一巴掌扇了过来，又于是脑袋嗡的一声。

有时却又是另个样子，比如去下地，他在前边头也不回地说："唱一个我听听。"我在后边就仿着戏台上的花脸呜呜哇哇唱起来。他说："瞎胡唱，别唱啦。"我说："你唱一个。"他唱起来："我不该，咳咳咳咳，老王爷，咳咳咳咳……"也是随唱随编，瞎胡唱，越唱越带劲。

我家有个大宜兴茶壶，下地回来，泡上壶茶，父亲喝高兴了，还逼着我们喝。说是"逼"，因为我们喜欢喝凉水，不喜欢喝茶。"过来，喝！多清香，又解暑。你喝不喝？想挨揍啊！"

我们俩常常一起去看庙。"看庙"二字，说句文词，是父亲"杜撰"的。看庙就是去看庙里的壁画。是让我开阔眼界，是培养我画画的一种方式，这很有点近似现下的参观美术展览馆或画廊，我父亲本是老农民，竟与文墨人想到了一起。

吃过早饭，父亲将粪筐往肩上一背，抄起粪叉说："走，看庙去。"母亲说："今儿不拉土啦？"父亲说："回来再说。"我们就在这"回来再说"的空当里看了许多庙。庙有大有小，有远有近。近则三五里，远则十几里。一去一回就是大几十里。全堂邑县境里的庙我们几乎都看遍了。

父亲对庙里壁画还加以评论。他指着《八仙过海》的海水说:“你看这水,迂迂涟涟一动一晃的。”又用手摸着墙说:“这墙是平的,你再远看,不是坑坑洼洼地凸起来了?!”父亲惊奇,我也惊奇。其实现在看来,稀松得很。无非是靠了反复重叠的弧形线条引起的错觉。父亲最佩服的是《八破图》,破扇子、破信封、破书本、破眼镜盒……他像在集市上买粮食时将粮食粒捻来捻去还嚼一嚼那样仔细,猫着腰将那画上的破信封的一角又摸又抠,远瞧瞧、近瞅瞅,长叹一口气说:“像真给烧焦了的一样。”他一指点,我也惊叹起来。最后,总是照例的一句话:“使劲看,好好记住。”

我十二岁那年考上初中,学校在聊城,离家三十多里,过了正月十五,要开学了。吃过早饭上路,父亲背上粪筐跟我走了出来,虽没说话,我知道他是送我。一直走出二十里开外看见聊城鼓楼了,他说:“快到了,你走吧。”这时四旷无人,唯有寒风积雪,一抹虚白的阳光和远处村落里的几声鸡啼,望着逐渐远去的背着粪筐的父亲的身影,我只想返身向他追去。

再以后,我参加了工作,按家乡人的看法,凡是吃公家饭的就是“干部”。我很少回家了,一晃就是十几年。大约在一九六〇年,父亲到天津看我来了。我说:“今儿咱们上街吃一顿狗不理包子,再领你看美术展览。”他问什么是美术展览?我觉着一两句话也说不清,就提起以前的事:“我小时你不是常领我去看庙吗,和看庙差不多。”

刚走过劝业场,我一回身,见他正弯着腰从地上捡烟头。我嚷了一声:“扔了!你也不嫌脏。”他赶紧扔了烟头,眼神里带有惶惑和惧意。这眼神使我凄然,是什么使父亲对我有了惧意?我反而愿意再看到小时候父亲扇我巴掌时那瞪圆了的眼了。

# 捡　粪

到现在我还常常想起小时候捡粪的情景。我有个伙伴叫二狗。每当背上粪筐，抄起粪叉，总要拐到二狗家门口，“二狗，走！”于是二狗也背上粪筐，抄起粪叉，有时嘴里还嚼着什么，“走！”

我们的粪叉不光用来捡粪，还可当拐棍拄，可以斗狗，可以挖田鼠洞……我们俩谁也离不了谁，彼此发誓，要在一起捡一辈子粪。可是，如果二狗先瞧见了粪，捡了去，我又不免懊恼地想，没有他多好，这粪不就归我了。

有时光顾了挖田鼠洞，忘了捡粪，天晌午了，筐里还空空的，这注定了是要挨骂的。怕人看见，一路上总是躲着人走。进了家门，飞跑到粪坑边上，假装着往里边倒的样子，直到这时才能出一口长气，算是交待过去了。

如果能捡得一满筐粪，一进街口，总会听到几句赞声：

“瞧人家这孩子，捡了这么大筐粪！”

“咱的孩子两个也比不了人家一个！”

我们脸上流着汗，眼里辣乎乎的，顾不上擦，也不愿擦，弯着腰，低着头，吃力地背着粪筐，似乎什么都没听见。有时还要绕远路，多走几条胡同，为了赞声，沉重的粪筐算什么！到了家里，故意将粪筐放在显眼的地方，有时还要高叫一声："娘，快来帮我把粪倒了！"

遇上大车队，可就是一场拼命了，所有捡粪的孩子都拥了上来，你争我夺，吵吵嚷嚷。开始是用粪叉抢着装，接着又用粪叉往自己跟前搂，先霸占住，然后再往筐里装。更有机灵的，一见牛尾巴撅起来，立即举起粪筐向牛屁股凑去，大家照样仿效，往往一个牛屁股底下挤着三四个粪筐。有一次碰上了一个"蹿稀"的牛，粪像稀汤一样散射出来，大伙笑着骂着四散躲开，抹抹脸，吐口唾沫，又急忙跑向另一个牛屁股底下去。

冬天的野地里比家里还暖和，犁过的地是松软的，太阳光像针一样刺得脸上发痒，一躺下舒坦得直想困。躺够了，又一起比着翻跟头，捡粪的事早丢在脑后了。如果碰上邻村捡粪的小孩，二狗会首先叫起阵来："敢过来吗？""怎么不敢！""来，瞧胜三爷的飞镖！"一块土坷垃飞了过去，接着，又一块土坷垃飞了过来。飞来飞去，手不赶劲了，粪叉成了最得力的武器，互相掘起土对着撒起来。进进退退，大呼小叫，直到都出了一身大汗，成了"土地爷"，精力发泄够了，也就心满意足地收场了。

二狗，现下也已六十多岁，我去年回家时还看到过他，他正在门口蹲着，我开玩笑地喊了一声："走，捡粪去。"他茫然地瞧着我，看来，他完全忘记了。

# 报　复

我那时虽是孩子，画瘾却远比现在大。瘾头一上来，就像给蛋憋急了的鸡，不管什么墙墙角角都能凑合一样，我跑到场院里，捡块带尖角的碎碗片，连跪带爬地画开来。

正在家里吃着饭，忽听街上有人嚷："是谁这么捣蛋，把场院给划拉得稀糊烂，怎么再打场？"我的心嗵地跳了一下，坏了，闯祸了。

我想，往墙上画碍不着打场了吧。仍是用碎碗片，仰着脖子踮起脚画起来。这一回给西街上的拾粪的老头瞧见了。他训开了："你这是吃饱了撑的怎么的？好好的墙惹你了？"我说："这是俺东街上的墙，你管得着吗？"他说："你看我管得着管不着！"说着说着，那手伸向了粪叉把，我赶紧跑开了。

终于找到了一个谁也碍不着谁也管不着的地方，像场院和墙一样的光溜，却比场院和墙大得多，这就是直通聊城的官道。每逢看庄稼的时候，除了躺在官道旁的树荫里看蚂蚁上树，就是跪爬在官道中间攥着瓦片甩开膀子大画特画。有一次，二狗激我："你能从这儿一直画到道口铺吗？"看当时那架势，远比时下画百米长卷的还要气派。

一天，我们几个拾粪的小孩在官道上碰到一起，先是玩玩闹闹，继而比赛开了画画。有的用瓦片，有的用粪叉，各自霸住一块地盘，发一声喊，舞动起来。

不知烧的哪炷高香，特别来了灵气，我画了个黄天霸，手中抡着大刀，腰里别着手枪。尤其这手枪，简直是神来之笔。有了它，黄天霸岂不是更天下无敌了！我不由得大声啧啧赞叹，别的伙伴闻声也围拢来啧啧赞叹。

远远走来一个挎篮子的老大娘，我们像哨兵一样围起了黄天霸，大声嚷："绕开走，绕开走。"那老大娘惶惶惑惑地绕了过去。大伙复转身继续赞赏，我却焦急，恨不得立时让全东街上的小孩都看到。

突然，背后大喝一声："闪开！"回头一看，是二狗的爹赶着拉粪的驴车冲了过来。说时迟，那时快，一只驴蹄子噗哧踩到了黄天霸的脸上，又哐当一声，那车轮将黄天霸齐腰给轧断了，手枪也没了踪影。我望着远去了的大车，眼泪倏地涌到了眼角，却又踅了回来，且岔了道，冲得鼻子一阵酸楚。

当只剩下小李五一个人的时候，他悄悄说："我帮你出气去。"我问怎么出法，他说："拔他家的麦苗去。"一句话提醒了我，立马跑到二狗家地里。拔起一撮麦苗，就恨恨地说上一句："再叫你轧我的黄天霸。"

拔了几撮，胆怵了，我们赶快溜出了麦地，却又互不放心起来。

"你可别卖了我！"

"你可别卖了我！"

"你看我是那卖国奸臣吗？"

"你看我是那卖国奸臣吗？"

# 半分利

据说，他曾说过："我卖绿豆丸子，图的是赚一肚子油水，不图赚钱，只求半分利。"这话不知是真，还是蒙人，可"半分利"这名字却给叫起来了。

按乡亲讲，半分利是大人，是叔辈。我俩蛮投脾气，说句文雅词，是"忘年交"。我那把鱼鳞紫金刀就是他削的，把有点歪，他说是歪把金刀。他会用秫秸扎各式各样的蝈蝈笼子。街上人都说他懒，可他说："二狗，你爹勤快，拿着黑夜当白天，可还得啃窝窝头。"

他喂着一只大芦花公鸡。春天里卖小鸡的来了，他与别人相反，专挑小公鸡买。耪地的时候，一边耪一边捉蚂蚱。耪着耪着，把锄一扔，猛地朝地上扑去。这时二婶就骂起来："我的祖宗，公鸡是你亲爹？这么孝顺它。"

他说："别人养鸡是为的卖鸡蛋；我养鸡是为的斗鸡，各有所图。"一到冬闲了，他抱着鸡到处去斗。斗赢了，他说："打遍天下无敌手。"斗败了，他说："关老爷不也有走麦城的时候。"

每逢集市，他就卖煮绿豆丸子。因陋就简，码几摞砖架上门板算是桌子，摆几根檩条算是座位。煮上满满一锅丸子，还有葱花、辣椒、酱油、醋……二婶子围着锅转，他来来往往端着碗围着人转。尽管忙，却能忙里偷闲，冷不丁也给自己盛一碗。旁人笑，他也笑，还说："伺候月子的还断不了闹碗糖水喝哩！"

腊月二十九，眼看到年下了，我找半分利去砍柏树枝。二婶子往后院努了努嘴，我奔向后院。后院是个荒园子。半分利正靠着枣树晒着太阳挖萝卜灯。我凑过去看他挖灯。忽然听二婶在前院说："二爷，屋里坐。"只这一句话，半分利挺身一跳，一个箭步钻进茅厕里去了。我又听二婶说："他上府里还没回来哩。"李二爷嘟囔了几声，再后是关上大门的声音。半分利从茅厕里探出头问："走啦？"我说："走啦。"

大年初一，天还漆黑，就听到了墙外咕咚咕咚的脚步声，是有人拜年了。接着三个一伙五个一群，出了这家，又进那家。半分利说："这是吃饺子撑的。"忽然，碰上了前街的李二爷，半分利赶紧迎上去，两手一拱："发财，发财。"李二爷笑骂说："半分利，好小子，你跟二爷藏迷糊。"

一到正月十五，城关四乡像开了锅，到处都是咚锵咚锵的锣鼓声。现下叫群众文艺活动，那时叫"玩意儿"。我们街上也有一帮玩意儿，是"花盆灯"外搭上"抬杠官"。只要"杠官"露面，人们的精气神就来了。这"杠官"，就是半分利。长袍马褂、缨帽官靴、假鼻子、假胡子。戴着没有镜片的眼镜框，还有红枣串成的朝珠……两人抬着一根杠子，他两腿一夹骑在杠子上纹丝不动。这"杠官"在三里五乡是独一份。他坐在场子中间，大模大样，撇腔拿调说："我这县官什么都不认，光认得银元票，有钱的快来打官司哟！"李二爷在人群里插了嘴："滚你娘的，我的账还没还哩。还当县官哩。"哄地爆出了一大片笑声。

他被人前呼后拥，神采焕发之极。我直想凑上去和他说几句话套套近乎，可是挤不上去，也许他这时根本就忘了我，眼角连瞅都不瞅，大概正如人们说的“一阔脸就变”了。

二婶丝毫不为所动，照样吆喝：“挑水去！缸底朝天啦，你还有别的能耐没有？就会冒傻气。”她竟把当“县官”说成是“冒傻气”。半分利说：“你懂什么，这叫‘玩意儿’。”二婶说：“你吃‘玩意儿’去，别回家来吃饭了。”我听了，既为半分利抱不平，却又觉着解气。

我家灶屋里贴着一张木版年画，早给烟熏火燎得没了颜色。画上画着一个人藏在缸里，用手掀起缸盖，露出半个脸，正在偷笑。屋子中间站着一个女人，还有一个背着褡裢夹着算盘正在跨出门外的人的背影。这画我本是天天看来看去的，可自从半分利钻进茅厕那天起，忽然觉着躲在缸里的画中人就像半分利。我指着画问像不像他，他瞅了瞅，光是嘻嘻。

我画了大半辈子画，也看了大半辈子画，可独独忘不了这张画。按说不是荒唐吗，躲债竟躲得像捉迷藏一样有趣，而那债主却成了逗人开心的傻瓜。本是愁苦事，却成了轻松嬉笑的闹剧。半分利的行径又证实了这并非仅是杜撰。这里显出一股精神劲，这精神劲是嘻嘻哈哈百不在乎，是玩世不恭地对现实的反抗与嘲弄。这精神劲反映到民间艺术中，就凝结成民间艺术的一种独有的幽默感。

平心而论，提到画画，半分利还应算我的启蒙老师之一。有一天，他说：“你会画关爷、财神，会画玩牌的不？”我说：“画你们玩牌（赌博）的有啥难的。”我画了四个人围着桌子坐着，手里各自拿着纸牌。他看了看说：“看我的。”拿起笔，一会儿画完了。是连续的三幅：头一幅是几个人一齐在撒尿，第二幅是一座房子，窗户里有几个挤聚着的人影，第三幅仍是几个人一齐在撒尿。我看不懂，问是怎么回事？他说：“你没玩过牌，你不知道，玩牌以前一定得先撒尿，一玩起来谁还有那工夫？散了局，又得撒尿，你想想，憋了一整夜能不尿？”经他一说，我恍然大悟，原来他画的竟是最要劲的一点——玩牌人的那个“瘾”字。是他启发了我，一个绘画中至关重要的问题：如何传神。

# 夜　路

冬闲了，庄稼人也想干点营生赚个零花钱。二狗的爹到我家来了，又走了；走了，又来了。我终于知道了。告诉二狗说："你爹和我家合伙往临清贩卖麦子去，你知道不？"

我家的牛驾辕，他家的驴拉套，装了满满一车麦子。临走前，父亲说："你也跟着上临清玩一趟去。"当然，这是求之不得的事。

二狗的爹，是耩地好手。一到中秋节过后，就成了红人。挨家挨户请他扶耧耩麦子。吃饭时有炒鸡蛋，还专门给他打来酒。大人们说："人家吃鸡蛋、喝酒，应该。看人家耩的麦子多匀多直，像尺子量了似的。"

有一天，他蹲在家门口吃饭，忽然站起来走出街口。一边喝着粥，一边在地头上踅来踅去，一会儿又蹲下，平举起筷子，眯起眼像在瞄准。我看着看着笑起来，他回头望了一眼，大喝一声："滚！"等他走后，赶快跑到他原先蹲着的地方，瞅了半天，除了满地刚出土的麦苗，什么都没有。我纳闷，他到底瞧见什么了？

那时候，没有胶皮轱辘车，只有镶着铁瓦的木轮大车。正像俗话说的"老牛破车"。加上路不平，走起来左摇右摆、叽哩咣当，倒应了现下的新词：跳摇摆舞。日落前动身，到月亮老高，才摇摆了十里地。

二狗的爹说："你想跟我们一直走到天亮呀。"父亲说："上车去。"

我爬上了大车。

这在装车时就考虑好了的，将麦子口袋装成四周高中间凹，便于躺卧。庄稼人图舒坦，尽有的是土办法。比如把两个被里缝成袋子，装满铡碎的麦秸，既是喂养牲口的饲料，又可充当褥子，却远比褥子松软得多。我裹上棉被躺在这“褥子”上。二狗的爹问:“冷不？”我说:“还热哩。”他说:“别他娘的吹了。”

大车在晃，我在晃，天上冷白冷白的月亮也在晃。我没有“吹”，被窝里的确暖和。只是脸冻得木麻麻的。

夜愈深愈静。二狗的爹夹着鞭杆，父亲叼着烟袋，都紧紧地缩着脖子，走一会儿就小跑着跺一阵子脚。忽然远处出现了个人影，我不无紧张地说:“瞧，有人跟着咱们哩！”父亲说:“是跟车拾粪的，嚷什么！”

二狗的爹对我父亲说:“你听这车辙，又上冻了。”我也细听了听，果然在咣当咣当声里又添杂上了细脆的碎裂声。

我被叫醒了，麦子口袋上、棉被上尽是白霜。四周黑魆魆的是歪歪斜斜的破墙。不远处的房子里有灯光，还有人影晃来晃去，有锅勺相碰的声音。牛驴已卸下来在吃草料。二狗的爹正和父亲商量:是吃包伙还是论碗买。我问这是到哪里了？父亲说:“堠堌。”

大碗的热腾腾的烩饼，还有大葱，现在想起来还觉着如音绕梁，口有余香。

吃罢饭，套上车。父亲说:“快撒尿去，上车。”二狗的爹一扬鞭子，咣当一声，大车晃动起来。

出了堠堌街，下起了漫天大雾，先前那个跟车拾粪的已不知去向，这时又换了一个打着灯笼的。每当他走近了的时候，身影就小了，离得稍远时，那身影就大起来。

天地茫茫，一片混沌。凭了狗叫声，才知是走近了村子。村子倏地显现在眼前，没走几步，又倏地隐没了，剩下的只是狗叫声。

在此起彼伏的狗叫声中，过了一个村子又一个村子，终于到了临清。

是回来好几天以后了。吃饭时，提起合伙去临清贩卖粮食的事。父亲对母亲说：“二狗他爹当我没瞧见哩，偷着挖一瓢豆料喂他的驴。”

# 醉　鬼

一个卖豆腐的木偶，挑着担子一蹿一蹿地出来了。

旁白：“豆腐多少钱一斤？”

木偶：“叽啾叽啾。”

旁白：“哦，两角五，这么贵啊。”

木偶：“叽啾叽啾。”

旁白：“哦，是因豆子贵了。”

木偶：“叽啾叽啾，叽啾叽啾。”

旁白：“哦，你不卖豆腐了，要喝酒去。”

木偶在戏台上转了一圈，大概是到了酒铺门口。抱起扁担冲着酒铺的门板敲起来，当当当当。

从后台又出来一个木偶，一蹿一蹿地抱着酒坛子，往台口一蹾，又缩回了后台。

卖豆腐的木偶捧起酒坛子，“咕嘟嘟，咕嘟嘟”，又一仰脖子，“咕——嘟”，喝光了。

“叽啾叽啾”，意思是还要喝。

这一回不再用扁担，干脆用脑袋敲起酒铺门板，当当当当！

每逢看到这儿，我们无不捧腹，看一次，笑一次，流着眼泪笑。

戏台上的醉汉本是不少,《醉打山门》的鲁智深、《快活林》的武松、《下书》的刘唐、《安天会》的孙大圣、《醉皂》的衙役，还有醉娘娘杨玉环……可谓是千姿百态。台下芸芸众生的醉汉更是争奇斗胜，痛哭的、傻笑的、手舞足蹈的、使酒骂座的……可是能够将人逗得笑破肚皮的莫过于这木偶了。却又简洁干脆，只是两次敲门（前一次用扁担，后一次用脑袋）就把从不醉到醉给活现出来，而且醉得竟连扁担和脑袋都分不清了。

像这如此大胆夸张的艺术创造，这精彩的绝活，应说是沙里淘出的金子。然而：

那木偶忽然一动不动了，布障子一掀，耍木偶的从里边钻了出来，手捧铜锣，打躬作揖：“给个饼子、窝头吧。”

小孩子猛然惊寤，四散躲开。

“你往家里拿个窝头去！”

“你怎么不去，你家还离得近哩。”

“上回就是俺拿的，× 你娘的，你尽白看了。”

七嘴八舌，推三阻四，终于还是拿来了窝头。

这木偶戏，就值个窝头。

# 猴抢草帽

年下，熏黑了的墙壁贴上鲜亮耀眼的木版年画，真是“蓬荜生辉”。我枕头旁边就贴着一张“猴抢草帽”。

画上的猴子，有红色的、有绿色的、有黄色的、有蓝色的，也有紫色的。一个老汉推着车子卖草帽，猴子抢草帽。有的正往车子上爬，有的抱着草帽跑，有的递，有的接，有的上了树，又蹦又跳又闹。按理说，老汉该发火了，该抡起车襻抽赶这群猴子了。可是不，他仅是用手捂着草帽，傻瞧着这群猴子，下一步怎么办？不知道。但就面孔看，这老汉可能从小就不会“疾言厉色”，此时心里虽着急生气，可脸上肌肉不听使唤，反成了笑的模样。也或许为这群有趣的猴子所吸引，忘记了自己是被抢者。

瞅着这些猴子，我常常想象着它们从画上蹦下来了，蹦到炕上，蹦到枕旁，蹦到地上，蹦到院子里。我多么希望它们也来抢夺我的东西。

想象来想象去，心慕手追，我仿照着它们画起来。不只抢草帽，还让它们端着碗喝粥，捧着书本念书，拿着刀枪对打……我画得津津有味。大人们却说了：“你怎么照着这画上的画，你看那街上要猴的真猴子，比比看，差远了。”要我照着真猴子画。可我觉着真猴子少着点什么，这画上的猴子却多着点什么。多着什么呢？

后来读鲁迅的书，在《狗、猫、鼠》一文中这样写道："我的床前就贴着两张花纸，一是'八戒招赘'，满纸长嘴大耳，我以为不甚雅观；别的一张'老鼠成亲'却可爱，自新郎、新妇以至傧相、宾客、执事，没有一个不是尖腮细腿，像煞读书人的"，"但那时的想看'老鼠成亲'的仪式，却极其神往"，"正月十四的夜，是我不肯轻易便睡，等候它们的仪仗从床下出来的夜"。

原来鲁迅先生也被这类年画吸引过，而且"极其神往"。却也透露出了一个道理，那"老鼠成亲"所以"可爱"，是因为"没有一个不是尖腮细腿，像煞读书人的"。

这一指点，我也解悟了。看那抢草帽的猴子，那稚气、那淘气，

岂不有些像孩子？原来画上的猴子比真的猴子多着的那一点，是孩子气。

从而也解悟了，那被大人说成是“差远了”的不是如实描绘的“似与不似”，不正是为了少些猴的动物气，多些孩子气，使得更可爱更逗人看！

# 不得其法之法

郭庄偏东头，有个小药铺，村里人常来这里闲坐说话。有一天去药铺里找外祖父，他正和人商量事情，我在等候时不免东瞅西望。看见朝里的墙上贴着一张关爷像。周仓持刀，关平捧印，关爷读《春秋》。本来家家都供奉关爷像，可那是木版印的。看惯了，也看腻了。而这张关爷像，一看给愣住了。面目像活的一样，胡须似乎正在微微飘动，金铠甲上的花纹像凸了出来。

是后来知道的，那是一张上海的月份牌画。打那以后，有事没事总往药铺里溜，瞅那关老爷去。

瞅来瞅去，瞅得手痒起来。于是先在家中把纸在桌子上铺好，调了洋红、洋绿、洋黄，研好墨。然后就撒开腿往药铺跑去。对着那画，像对着书本念书：帽子是什么样，面目是什么样，铠甲是什么样，手是怎样捋胡须，怎样拿书本……狠劲地瞅，狠劲地记。趁着记忆的热乎劲，扭头再往家跑，把那印象描下来。就这样一趟一趟连颠带跑地边记边画。西院的二妗子惊讶地问：“这孩子跑来跑去干什么哩？”四姨郑重其事地说：“是画画哩。”

现在看来，简直是傻子一个。怎么不拿上纸笔去那药铺里照着画去？可那时就是思不及此。

其实，这笨办法并不是自这次开始。我曾无数次地跟着父亲到远远近近的各个庙里去看壁画，每次他总是一再告诫："使劲看，好好记住，回家画去。"这应该说是"家传"。

人的身体的任何部位都有潜力，练啥有啥。多年之后，在绘画创作中，当年学画的笨办法也派上了用场。比如，对形象记忆的敏感，与之就大有关系。我给这笨办法取了个名字，叫"不得其法之法"。

也是创作实践中的体会，这默记画法有长处也有短处。长处是能表达出感受最深的一点；短处是有失于对物的准确描绘。

# 总是有法逗人笑

是说的猪八戒。有书本上的、有木偶的、有戏曲里的。八仙过海，各显其能。都能把人笑破肚皮。

《西游记》书本里写他攒私房，将银子藏在耳朵眼里。只这一句话就让人笑。是笑他呆？是笑他鬼精？还是笑他虽当了和尚比俗人还贪财？笑了，却说不清到底是笑他的什么。也的确想得够绝，比保险柜还保险。笑他，却又忘了人们自己：把银子打制成耳环挂在耳朵眼外面。同是银子，同是耳朵眼，只是一里一外，难道不是半斤八两？难道不是五十步笑百步？

在盘丝洞，几个女妖精在洗澡，猪八戒扑通一声跳进河里。再也想不到，变了个滑溜溜的鲇鱼，只在那女妖精的腿裆里乱钻。你说这猪八戒是呆？还是鬼精？哪儿不好钻，却偏偏往腿裆里钻，这不是呆？然而，那又正是要害之处，出其不意，攻其要害，这岂不又是鬼精？正是这又呆又鬼精，呆得匪夷所思，鬼精得匪夷所思，不笑，谁能忍得住？

看那木偶猪八戒。靠山吃山，靠水吃水。却就“木偶”二字做起文章来：是“背媳妇”。猪八戒背着媳妇一蹭一蹭地转了一圈又一圈。想和媳妇骚情了，晃着耳朵往右扭头，媳妇害羞怕瞧，急忙往左躲闪；

猪八戒往左扭头，媳妇往右躲闪，一个扭来扭去，一个躲来躲去，再也是瞧不着。人们正笑他这猴急劲儿的时候，谁也没有料到，猪八戒的脑袋猛地像陀螺一样滴溜溜地转起圈来，媳妇再也无法躲了。猪八戒居然想出了这么一招，这一招说呆真呆，说鬼精也真鬼精。看他为了急着想瞧媳妇，竟豁出自己的脖子，硬是扭折骨头使它旋转起来，这能不谓之呆？可是他又悟出了“木偶”的脖子原是可以任意转动的，机灵地借了“木偶”的这种方便达到了目的。这能不谓之鬼精？能不谓之聪明？这是大聪明，大智慧，是大智若愚。看着他这滴溜溜旋转

的脖子，不笑，谁能忍得住？

再看戏曲《盘丝洞》里的猪八戒。戏台上没了河水，不能再变鲇鱼。纵使能变鲇鱼，女妖精也不能脱得精光，他又往何处钻？那“脖子”已是真的脖子，也不能随意滴溜溜地转了，这下子应是没招了。可是不然，看那猪八戒抡起耙子要打女妖精了。女妖精叉腰挺胸撒起娇来：“给你打，给你打。”面对那姣好的小媳妇，猪八戒馋皮涎脸地说：“我舍不得！”说着说着，那柄高举着的本是挺直的铁耙，倏地像给抽了筋，弯曲软瘫下来。这铁耙与他真是志同道合，像肚子里的蛔虫一样会捉摸他的心思。看着这弯曲软瘫了的耙子，谁能忍住不笑？却又不知是该笑猪八戒，还是该笑那善解人意的耙子？

依照不同的艺术特点，因地制宜，随机应变，独出心裁地逗人发笑。使人看了笑，过后想来笑。我现在边忆，边写，边笑。

# 斗　鸡

每当半分利抱着芦花公鸡在家门口一出现，立即拥上去一群孩子。

“叔，今儿往哪里斗去？”

“叔，咱们今儿往西街吧，郭四家有一只大红公鸡。”

“叔，不去西街，北关里振海家的公鸡可牛气哩，杀杀它的威风去。”

“叔，我敢说咱这芦花鸡是天下独一份！”

虽然叔啊叔的叫得肉麻，半分利对这些奉承却不理不睬。将烟头一吐：“去，去，嚷什么！”于是大摇大摆地走在前面，孩子们精神抖擞地跟在后面，浩浩荡荡，壮观至极。

成年人也被这尚武好勇逗起了劲，嬉笑着说：“我也瞧瞧这 × 鸡的本事去。”两手一背，也加入了行列。

斗鸡，不只庄稼人喜爱，文墨人也喜爱。明代的散文家张岱就喜斗鸡，并写过一篇短文。且抄来一看：

天启壬戌间，好斗鸡，设斗鸡社于龙山下。仿王勃斗鸡檄，檄同社。仲叔秦一生日携古董书画文锦川扇等物与余博，余鸡屡胜之。仲叔忿懑。金其距，介其羽，凡足以助其腷膊䠞咮者，无遗策。又不胜。人有言徐州武阳侯樊哙子孙，斗鸡雄天下，长颈乌喙，能于高桌上啄粟。仲叔心动，密遣使访之，又不得，益忿懑。一日，余阅稗史，有言唐玄宗以酉年酉月生，好斗鸡而亡其国。余亦酉年酉月生。遂止。

张宗子为一代散文大家，其文有的堪与袁中郎媲美。可这篇《斗鸡社》却引不起我的兴致来。因为他只着眼于“赌”，而无暇旁及于“斗”。说唐玄宗好斗鸡而亡其国，开脱了杨贵妃，另倡一说，倒也别具只眼。

闲话休提，再说斗鸡。

斗鸡一开始，就令人忍俊不禁。两个人各捧一只公鸡，晃动胳臂，将两个鸡嘴一撞一撞地像是亲吻的样子。吻过几次之后，将鸡掷到地上，两鸡立即斗将起来。我笑这鸡竟这么易被调唆，傻得可以。

先是两鸡各自伸长脖子，一动不动地死死盯着对方，很有点“盘马弯弓”的劲头。突然，挺立身躯，两爪直前，如弹丸一般射出。“噗”的一声撞在一起。这大概就是人们所说的一个“回合”。接着，仍是挺身伸爪，又是噗的一声撞在一起。撞过几次之后，乘隙而入，直取要害，于是连飞加跳扑扑扇扇拧缠成一团，这应说是酣战了。直至冠子流了血，鸡一见血，更是杀性大起，更是分外眼红，大有“灭此朝食”之概，这又是名副其实的血战了。

终有收场的时候。这时的鸡，虽仍余勇可贾，傲气犹存，却也露出了泄气的势头。或不时将头转向别处，或装着在地上啄食，以求不失体面地退出战斗。这很有点像阿 Q 和小 D 在钱府照壁前互揪了一阵辫子之后，同时直起，同时退开，“记着罢，妈妈的”、“妈妈的，记着罢”一样。

使我纳闷的是，公鸡一斗起来，为什么脖子上的颈毛张开得像一把伞？我问旁边的大人，大人说：扯淡！

多年之后，在绘画创作上经常碰到一些躲不开的问题。比如夸张和变形。何必一定要夸张、变形？在这个问题上转来转去，转到了童年斗鸡场上。这斗鸡使我悟出了点儿道理，曾得出过如下的认识：

正在争斗着的鸡，是否也有像人一样的思维？不得而知。依照达尔文的关于人和动物的表情原理（有用的联合性习惯原理、对立原理、神经系统的直接作用原理）来看，出之某种欲望，就会诱发出一种动作，或谓之表情动作。鸡在相斗时将颈毛大大张开，就属于这类表情动作。在人们看来，这就意味着显示强而有力，用以威慑。这因了羽

毛大张而改变了的颈的形态，不就是夸张、变形？由鸡及人，此理亦然。比如一个骄横的人在表示轻蔑对方时，往往将下巴高高仰起，使目光成为向下俯视。所以如此，是此时的骄横者视对方微如尘芥，而实际上却又并不因为有了此种心态而自己的身躯骤然高大。为了弥补生理之不足，为了满足心理之欲望，于是借助于变换姿态以改变视线角度，俨然乎居高而临下了。反之，一个逢迎者，则往往弓腰低头，使目光成为仰视之状，由于视线角度的改变，似乎自己低矮了许多，这是自卑心情的使然。无论骄横者或是逢迎者的出之于情绪需要而改变了的异于常形的体态，不就是夸张、变形？就情绪之作用于“变形”，不亦普遍存在于一切生活现象之中？明乎此，不是有助于理解“艺术即夸张”之说？

# 常　倌

在市集中的叉耙扫帚、锅碗瓢盆、针线鞋袜、瓜果梨桃的摊子中间，惟独他的摊子一派斯文气。小学生用的纸墨笔砚、《百家姓》、《三字经》、《大学》、《中庸》、《呼延庆打擂》、《薛仁贵征东》、《粉妆楼》、《三门街》、《五虎平南》、《罗通扫北》……一句话：满汉全席。有时还在他身背后的墙上拉条绳，挂上两张他亲笔画的下山虎。现在我还记得他画上的题字：老虎下山，专吃坏人。

在我六七岁的时候，在常倌的书摊上看到一本薄薄的小唱本。我并不认得书上的字，只是那书皮上的画吸引了我。一个女鬼驾着一股旋风，吐出舌头。那样子说是可怕，倒不如说是滑稽可笑。尤有趣的是地上趴着一个戴乌纱帽的人，吓得要哭。我越看越觉得有意思，终于想买了。一问，要两个铜板。我说："就有一个铜板，行不？"常倌说："不行。"我实在舍不得，就蹲在那儿不走了。到了天晌午，常倌叹口气说："看你怪可怜的，就一个铜板卖给你吧。"后来常倌对人说："韩家的小孩这么小就知道买书念，别的孩子行吗？有个钱早买花生填嘴了。"其实我是冲着那女鬼的滑稽好玩儿才买的，这赞扬大出我之所料，按文词说，是"不虞之誉"了。

常倌长的样子，简洁地说，活像戏曲《群英会》里的蒋干。这"蒋干"

戴着用绳子套在耳朵上的眼镜，在熙熙攘攘的庄稼人的人流中，在摊旁手捧书本（《小五义》之类），正襟危坐，文绉绉的像个圣人。

他卖书，也买书，对换也可以。在他那儿买是两角，再卖给他就是一角了。再有人买，仍是两角。为了这，常有人在他摊子旁吵吵嚷嚷。

“上集在你这儿买的是两角，怎么卖给你就成一角了？”

“我不记得。不是吧？”

“怎么你不记得？你不是还说过买来的本钱还一角五哩。”

常信不再言语了，哗啦哗啦翻起书来。终于找出一页，瞅了一阵子说：“贺式赖给他妹妹牵皮条，这一回最抓人，你看，摸的尽是脏手印子了，还给扯了个口子，再卖给谁去？”

“原先就有手印子。”

“没有。”

“有。”

“没有。”

……

反过来，他买了再卖时，又有说头：“几个手印子碍了什么，能看清字就行呗。”

和他换书，书本是越换越薄。

我们的结论是：常信的心真黑。

在与常信钩心斗角的同时，渐渐地我们的肚子里也变成了他的书摊。国文、算术、常识、地理与《施公案》、《彭公案》、《大八义》、《少英谱》搅混在了一起。

多年以后，和徐光耀聊天，谈起《小兵张嘎》。我说小兵咬人那一手真嘎，他说是从《三侠剑》里的金头虎贾明学来。金头虎我熟得很，不想小兵张嘎和他还有这么一段因缘。为此，我曾写过数行短文：

“与光耀谈及小兵张嘎咬人事，不禁捧腹。光耀谓此招数系让小兵从金头虎贾明学来。金头虎贾明，《三侠剑》中之捣蛋鬼也。试问如若光耀不讲，有谁能从小兵想到金头虎？《随园诗话》有云：‘永叔虽偷，恰不伤事主。’光耀可谓善‘偷’者。又思及《三侠剑》乃无聊之书，即如此书亦可从中觅得东西，要之，在于慧眼。‘不从糟粕，安得精英？’信哉。”

常倌画老虎，三里五乡有名，我曾看他画过老虎。先用木炭打好底稿，用墨笔描出眼睛、嘴、牙齿和爪子，然后就用刷子（将衣服刷子上的毛拔去大部，仅剩下一排）蘸上墨，在纸上刷开来。老虎的毛全是用刷子刷出来的。我回到家里也仿效着刷，可能是太容易，反而觉得索然无味了，刷了几张老虎也就没了兴趣。

后来我去了临清，参加了工作，一晃就是好几年。有一次回家，在南关外碰上了常倌，他正背着粪筐拾粪。我觉着有趣的是，先前是我仰着脸瞧他，现在是他仰着脸瞧我。我问他还摆书摊不？他说不摆了，书给文化馆收走了。他往前凑了凑，小声问我："听说咱们的武圣人给打倒了，为的啥？"我说："他是大地主，他剥削……"没等我说完，他急着插了嘴："怎么，一个穷要饭的倒成了大地主了？"我觉着和他也理论不清（我自己都理论不清），紧走几步离开了。我回头看了看，他傻站着一动不动，仍在自言自语："怎么倒成了大地主了？"

再次回家，常倌已不在世了。对"武圣人"，不知是糊涂着还是明白着进的棺材？

注：武圣人即武训，是指 1951 年对武训和《武训传》的批判。

# 赵 结 巴

赵结巴住西街。提起西街赵家，三里五乡的人都知道是“好户”（富裕之家）。据说和我家沾点亲，可已经远得“八竿子也打不着”了。

他家的老人去世了，正在大办丧事。我放学回来。母亲说：“今儿西街上赵结巴来了，说是叫你去往棺材上画八仙人，可别去！要是给死人气熏着可了不得。”我听了直发怵。

第二天上学刚出家门，老远瞧见赵结巴正走了来，我急忙钻进了小胡同。

母亲说：“今儿赵结巴又来了。”

父亲说：“能躲就躲，别跟他照面。”

第三天，我正在学校操场上玩儿得上劲，突然一只手拧住了我的耳朵，我仰脸上瞧，是赵结巴。他气急败坏地嚷道：“你比诸诸……诸葛亮还还还……还难请，我我我三三三……三顾茅庐……”硬是抓着我的胳膊把我拉回了家。

和赵结巴面对面，父母亲不好拒绝，你看我，我看你，不知说什么好。我说：“我怕死人味。”赵结巴说：“那那……那好办，棉棉……棉花套子蘸蘸……蘸上酒，塞上鼻鼻鼻子……”我像被抓住的囚犯，一路趔趔趄趄地跟他直奔西街。

一进门，他得意地大喊：“这这这……这小 ×× 孩子真真……真难请，我我把他他抓抓……抓来了！”

院子里到处摆着蓝的、黑的幛子，纸扎的童男童女、大鬼二鬼、牛马轿车、金山银山……人来人往，呼喊吆喝。鼓声唢呐，此落彼起。灵棚底下，跪着穿孝衣的男人。堂屋正中，是又黑又亮的棺材。棺材两旁挤满了穿孝衣的女人。我被塞在这群女人中间，赵结巴拿来棉花端来酒，我用棉花蘸酒堵了鼻子，二话没说，操笔就画。

事前，早在棺材两边各用土粉子涂了四个白方块，每一方块画一个仙人，如吕洞宾、铁拐李等。然后再把仙人周围多余的土粉子刮掉。

那时候没见过广告色，更不知有油画色，就连用胶调色也不懂，只是把墨来研了，把洋红洋绿用水泡了，染一遍不显色，再染一遍。

一边听着里里外外的嚎啕哭声，一边染来染去。觉着喘气实在不顺溜，索性抠出棉花球，嗅了嗅，似乎没有死人味。

晌午，坐席了，竟和穿长袍马褂的点主先生坐在一桌。

何谓“点主先生”？是本乡土年高德劭有学问的人，在丧事人家中的地位，很有点近似时下开幕典礼剪彩的官员或知名人士。不过剪彩是喜事，那是丧事。点主先生是为死去的长辈的牌位“点主”，就更具有神圣性。

大概是因为我给他家的长辈画棺材，也有了神圣性，才和点主先生坐在一桌的。

盘盘碗碗摆满了一桌，用一句常说的形容词：山珍海味。突然，门外一声大喊：“孝子磕头了。”呼啦拥进一大群，齐齐地跪在了桌前。我大吃一惊，瞅了瞅，当中还有赵结巴。

画了一天八仙人，吃了一天酒席，晚上回到家来，谁见谁问：“吃得好不？”我说：“盘里碗里尽是肉。”听的人满嘴啧啧。除了吃了一肚子油水，使我不可思议的是，刚刚还在拧我耳朵的赵结巴，竟在我们酒席桌前磕起头来。我也知道这主要是冲着点主先生，可我又影影绰绰地觉着，我岂不也有点“非同小可”了。

没想到打从赵结巴拧了我的耳朵，竟拧出了我学画的劲头。以往画画，只是为了玩儿。这劲头似乎不全是为了玩儿了。当然不是为了艺术，那时也不懂什么叫艺术。只是盼着再有人家叫我去画八仙人，吃肉吃馍馍，再感受一番“非同小可”。

# 我的老师

先说私塾老师。我的第一个老师是姑母的公公，我叫他姑爷爷。教我读《百家姓》。每页四行，每行四字。先是按着顺序念。等背得滚瓜烂熟了，再将书本倒过来念。再等背得滚瓜烂熟了，将书本侧过来，从左至右念。再侧过去，从右至左念。均须背得滚瓜烂熟。这真像《诗经》上说的“辗转反侧”了。还不只此，他还将字捂上一半，要毫不犹豫地辨认出来。他说念书就得这么念法，不这样，“啃”不熟。我不知他这教法是学来的还是自个儿想出来的，反正那本《百家姓》就是这么着一页一页地转着圈给念烂的。

第二个私塾先生姓屈。教《大学》、《中庸》。教一段，念一段，直至背熟。可是“大学之道，在明明德，在亲民，在止于至善”。是说的啥玩意儿？谁也不懂。老师说，他就是这么学的，也就这么教法，看来他也不懂。

桌上放着一个戒尺，是打学生用的，是当老师的必备之物。因为私塾先生不打学生，家长就会认为老师不认真教，不是好老师。屈老师不同于别的老师的是：他打学生，也让学生打他。他打学生的手，学生打他的头。他往椅背上一仰，眼一闭，把笤帚疙瘩往我们手里一递说：“打。”我们就打起来。他说他有头痛病，打一打就松快了。我们说是以打还打，是捞本。可说是“仁者见仁，智者见智”了。

再说高小学堂的老师。

教我们班的陈老师，喜欢训人，有时训上了劲，连课文也忘了讲了。“唉呀呀！瞧你们这身铠甲（我们没有手绢，都是顺手将鼻涕抹在棉袄上，久而久之，棉袄变得又亮又硬），简直给学堂丢人。学生就得有学生样，得干净，有了鼻涕不往棉袄上抹行不行？不能脖子老像车轴，洗脸的时候狠狠心也洗洗脖子。再有，要规矩，没规矩不能成方圆。要坐有坐相，立有立相。坐在课堂上，要一动不动。像泥胎一样。”像这类的话，一学期中翻来覆去不知要讲多少遍，可“铠甲”我们还是照样穿。

常老师的论调正相反：“我最喜欢什么样的学生，你们猜？我最喜欢调皮捣蛋的学生。”石破天惊，一句话说得大伙吐出了舌头，你瞧我，我瞧你。“你们说说，这是为什么？因为调皮捣蛋的学生最聪明，你们信不信？”我们不敢信他的话，谁知道他葫芦里卖的什么药？可是我们认为他最有学问，他会作诗，他常常不讲课文，却把他的诗写在黑板上教我们。比如：“十里槐香雨，一坡麦秀风。独轮旋不住，蚕豆到家中。”通俗浅显，一听就懂。而且我们曾亲眼看到过他推着独轮车往家里送蚕豆。还有“麦浪广无边，汪洋海接天。环村如列岛，我是水中仙”。我们整天价在野地里混，这情景当然熟悉。他看到我们念他的诗，很高兴，他越高兴，我们念得越带劲。我曾经抄了半本子。

校长叫王克敬。戴着一顶破礼帽，穿着过分肥大的长衫，讲话时总要喷出唾沫星子。他专门讲“修身”课。在课堂上，“修身、齐家、治国、平天下”，总是随着唾沫星子一齐出来的。在一次周会上，他讲起话来：“今天我演讲，是为的要你们好好上学。这些天来，我看到好些学生整天瞎闹，不用功。一滴汗珠掉到地上摔八瓣，你们父兄在地里累死累活，供你们上学可不容易啊！知道吗？”他激动起来：“你们不好好地学，对得起谁呀，我替你们父兄难过啊！我求求你们，以后好好上学吧，我给你们跪下啦！”说着，一撩长衫跪了下来。我们先是一愣，接着哄地笑了起来。他爬起来，又转向台上的老师：“各位老师，我求你们好好地教，好好地管……”说着，又跪了下去，老师们惊慌失措地四散躲开了。从此，校长有了外号：王疯子。

后来，我才明白，我们家乡就是行乞兴学的武训的家乡。武训精神深深地影响着我们家乡的文墨人，王校长下跪就是仿效武训的。

还应该说说不是老师的老师，却比老师还老师的老师。这个“老师”是同班同学，叫张惠信。

张惠信年已十七八岁，长得个子又高，每逢排队下操，在我们这群十二三岁的高小学生中间，简直是羊群里的骆驼。他这“骆驼”混到我们这“羊群”里来。也是那个混乱时期的阴错阳差。那时的堂邑县，城里是敌伪统治，乡下是土匪横行。张惠信家里富裕，住在城南张炉集，是到城里受汉奸的气还是在乡下被土匪绑票？权衡的结果，举家迁到城里。张惠信本已中学毕业，无学可上，无事可干，家里人怕闲中生事，不如委屈他，拘到我们这“羊群”里来让老师管着。这本是秃子当和尚，将就事，而这位同学倒也随遇而安。

早晨上自习，大家念课本，他念线装书。问他，说是“古文”。在我们心目中，白话文没意思，能读懂艰深的文言才是有学问。我们对他肃然起敬了。继而心向往之。问他愿意教我们不？没想到这恰投了他的心思，其中是否也有点儿想过过当老师的瘾？不敢臆断。反正是两全其美。

见缝插针，一旦课外有了空暇，一个“老师”三个学生就凑在了一起，这“老师”还真行，深入浅出，多方设譬，讲得明白通达。

起始本出之好高骛远，为学文言而学文言。后来却也渐渐有所领悟。比如“落霞与孤鹜齐飞，秋水共长天一色”。那浩渺烟波简直活现眼前，使我这矮墙破屋篱畔田塍间的“井底之蛙”，如就日瞻云，目极八荒，大拓视野。又如“文王拘而演《周易》，仲尼厄而作《春秋》，屈原放逐，乃赋《离骚》，左丘失明，厥有《国语》，孙子膑脚，兵法修列，不韦迁蜀，

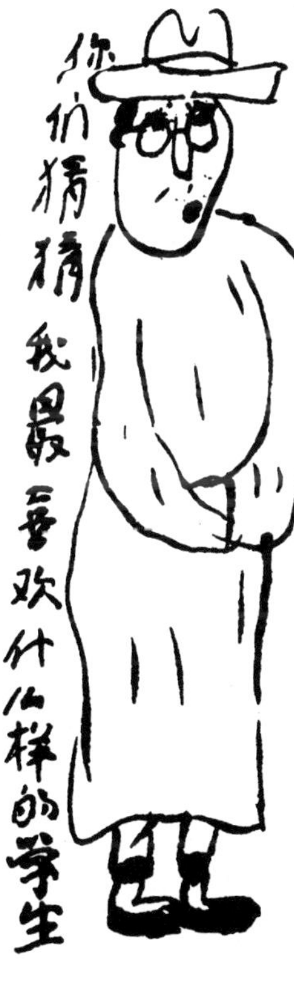

世传《吕览》，韩非囚秦，《说难》《孤愤》，《诗》三百篇，大抵贤圣发愤之所为作也”。心领神会，不觉间志为之壮，气为之豪。而且那字句像会跳跃，抑扬顿挫、跌宕铿锵，随着读声，似乎全身也有着一种舒畅快意的节奏的颤动。

出于对文章的兴趣，也出于同学间争强斗胜，先是无心，后到有意。你学一段，我学两段。你背得熟，我背得更熟。这一较劲，如箭在弦，如骑虎背，欲罢不能了。为了多念几遍书，就得争分夺秒，一个比一个起得早，满天星星五更半夜就爬出被窝儿上学校去。穿街越巷，又黑又冷，又怕狗，又怕鬼。钻进教室，点上豆灯，一边念诵，一边紧紧攥着棍子。再有：嗓子不念哑了不足以快兴。现在想来，不免哑然失笑。哪里来的这么一股邪劲？也正因了这邪劲，一个学期，竟将这“老师”所学过的《古文释义》篇章全从他肚子里掏出来了。

# 面刺猬

一到腊月底，家家都蒸米糕、枣糕、包子、馍馍。这时候我总喜欢呆在厨屋里，看母亲蒸枣糕，尤其是蒸面刺猬。

先将面团裹上红枣，做成椭圆形状。再用面团做成四个如树叶子大小的扁片，划出几道印痕，分别粘在椭圆面团的下边，就成了四个爪子。拿剪子在面团上剪出一道道小豁口，捏住豁口裂痕一提一捻，就成了尖锥锥样的刺。按上两颗黑豆，当作眼睛。最后再用面团捏个元宝放在背上，于是成了一个驮元宝的刺猬。蒸熟后，白晃晃、油光光、胖墩墩、傻乎乎，憨态可掬。不由得伸手去摸，突然一巴掌将手打了回来："你这脏爪子别捅，这是供奉财神爷的。"

财神爷供在堂屋西间，我无数遍地来到这儿，在袅袅香烟里，在闪烁烛光里，在穿红袍的笑眯眯的财神爷的下面，趴着那个胖墩墩傻乎乎的白刺猬，我瞅它，它也瞅我。

前年回家，和年已八十多岁的母亲闲说话，又提到了面刺猬。我问她还记不记得？

"怎么不记得？"

"那面刺猬胖墩墩傻乎乎的真有意思。"我所谓"真有意思"的意思，如再说清楚些，还应有如下的话：比如这面刺猬的整个制作过程，还要经过蒸熟发酵的膨胀，就是说既有人工作为，也有自然天成。那由蒸熟发酵自然形成的更为模糊了的形体，越发增强了它的浑厚、朴拙、粗犷之感。况周颐论词说："作词有三要，曰重、拙、大。"他把这作为词艺术的最高审美境界。依此来对个号，这面刺猬之"朴拙"，岂不是拙；这"粗犷"，岂不是大；这"浑厚"，岂不是重。固然，"质胜文则野"，艺术有文野之分。如果不论这文野，仅就审美境界讲，难道不是同趋一途？

母亲说："不就是裹了枣的面疙瘩！"

我说："别瞧这面疙瘩，拿到城里展览展览，人们都喜欢看哩。"还有心里在想却没说出来的：这面刺猬与真刺猬相比，的确并非如镜映物、毫厘不爽。然而，无论绘画或是雕塑，模拟酷肖以"像"求像，固然是本领；以"不像"求像，就更需要本领。正想到这儿。母亲说话了："别胡说啦，人家谁瞧这个？我不信。"我说："我知道你就不信。"母亲不但不信，她也不懂（她不识字，怎能懂得那些艺术中弯来绕去的道理）。我干脆自顾自心中独白开来：看那面刺猬的黑豆眼睛，浑浑浊浊，迷迷怔怔，一副傻相。不就是那傻相的好玩儿有趣才逗得我站在财神爷供桌前瞅了又瞅。

"你蒸面刺猬跟谁学的？"

"跟你姥姥学的。"

"我姥姥又是跟谁学的？"

"谁知道？全郭庄里会的多哩，又不难，一看就会。"

的确，一看就会。可是，之所以一看就会，是因为从真的刺猬到面刺猬已是经过了删繁就简、提炼概括。起始于谁？从母亲这儿是查问不出来了。也或许是一代代的农家妇女的智慧汇集的结果。

我说："你知道不？我小时候没少往财神爷供桌前看那面刺猬。"

母亲笑了："你看，不就是想吃呗。"

话又说岔道了。我慨叹她老人家竟不知她亲手捏出的面刺猬是民间艺术，且是很有趣的艺术。她根本没把它当回事。于此却使我想到我们这些所谓的艺术行道中人，又把艺术太当回事了。什么毕生追求啊，什么殚精竭虑啊，一旦稍有所得，仅仅拾得一皮一毛，就大呼小叫，一惊一乍。我想，如果母亲知道了这些，是否觉得很逗乐子？

使我迷惑不解的是，不仅面刺猬也包括其他民间艺术在内的一种现象，这些民间艺术的创作者，或出之即兴，或出之玩乐，随随便便，信手拈来，却轻而易举地抓住了艺术核心：传神。而我辈孜孜以求者，不是"效颦"，就是"画虎"，彷徨终日而不知其所止。想来岂不好笑？

似乎有句话，大意如是：有心为善，实非至善。无心为善，乃为至善。这艺术的至善境，当也关乎有心与无心的。

# 小 院

园林，不就是亭、台、楼、阁、山石、花、草、树木。干脆些说，不就是两大类：人工物和天然物。就这点看，农家小院倒是和园林颇可比称伯仲。人工物和天然物两者间的相反相成配合得当，园林艺术是匠心经营；农家小院是随意点染。

庄稼人顾嘴顾吃，利用门旁宅边、屋前窗下见缝插针点种些瓜瓜豆豆。夏日郁郁葱葱一片生机，秋天更是色彩缤纷，红橙黄绿青蓝紫。

这瓜瓜豆豆，夤缘而附，乘隙而攀，扭缠于窗棂房檐之上，聚散于墙头柴垛之间，“各抱地势，钩心斗角”。而豆棚瓜架深处，时闻鸡声咯咯，犬吠汪汪。野之天然和人间烟火相映成趣。这似此又彼，似彼又此，不正是园林艺术所极力追求的人工与天然相融化的境界？

在这“涉笔成趣”的环境里，我小时候不止一次地有过这种好玩儿的体会。比如：眼瞅着的是冷白的月光，是簇拥着要挤进窗户里的瓜藤瓜叶。听着的是瓜叶里的蝈蝈的叫声……所视所听使我如置身于夜的田野；可一伸腿又确凿是在暖和舒适的屋子里的被窝中。这截然不同的两类空间，近得只有一窗之隔，因而引起两种不同感受反复交错，使之恍惚迷离。这用小时候的话说是“好玩儿”，用现下的话说是审美活动中的愉悦享受。其实，这也就是所谓的“诗意”。这小院的诗意竟逗引起我这不善吟诗者的诗兴。有一年回家，对着小院诌了几句：

小院秋深深几许？
瘦了瓜藤，
肥了白菜，
红了枣子，
黄了玉米。
暮色里，
墙转角处。
豆棚入画，
草虫吟诗。

这只说了小院的一半，即野趣。而野之“趣”之所由而生，实是因了人间烟火气的相比相衬。我又写了另一半：

一天农活完了，
抽烟喝茶，
闲坐院中。
看星星映眼。
听秋虫唧唧，
间议来年农事：
南亩种豆，
东篱栽葱。
唯老母忙碌，

进进出出，

米粥飘香，

炊烟辣目，

灶火通红。

两诗合并一起，庶几是一幅农家小院的画图了。这画图不甚高明，因为诗是蹩脚的。

有趣的是，竟连簪缨世家的老官僚贾政也居然为之“动心”了。《红楼梦》“大观园试才题对额”一回中，贾政、门客以及贾宝玉一行人来到这么个去处，“里面数楹茅屋，外面却是桑榆槿柘，各色树稚新条，随其曲折，编就两溜青篱……贾政笑道：‘倒是此处有些道理。虽系人力穿凿，却入目动心。’”

这“农家”小院，不过是冒牌货。贾政说“人力穿凿”，倒不如说“东施效颦”。

我本应写些童年时与画画有关的事，可农家小院使我心向往之，总在笔尖底下晃来晃去，终于挤到稿纸上来。人总是要受到环境的影响，这环境不光是人际间，也有自然界。农家小院作为环境之一部分，不能不影响及审美观念、艺术追求及生活情趣等。

# 拉车与磕头

一九四二年，大灾荒年。学生饿得没劲学，老师饿得没劲教，学堂于是“聋子放炮——散了”。

有一天，那个曾经在讲台上讲着讲着话忽然给我们下起跪来的“疯子”校长，戴着破礼帽穿着破长衫正费力地推着独轮车。车上是锅碗勺盆行李被褥，还有他的孩子。校长太太拉着车。一路歪歪斜斜走来。不问可知，他是回老家去了。

我们几个学生一齐拥了上去，边喊着“我拉车送你去”，边争抢牵绳。牵绳被我抢到了手，兴奋地冲着与我形影不离的另一个伙伴喊了一声：“走。”拉起牵绳，穿街过巷，出了北门，出了北关，直奔二十里铺。

一路上坑坑洼洼，死拉活拽，总算到了他的村子。回到家，太阳已落了。一进门，父亲大喝一声：“你还回来呀？”我的伙伴一看事不好，溜了。

母亲、祖母也数叨起来：“你这小孩多半天没个影，叫家里牵挂着。”我辩解说：“我给校长拉车子去了。”“知道你拉车子去了。东邻你二婶子说，是她亲眼瞧见的，人家二贵抢牵绳光伸伸手做个样子，可你倒好，数你抢得带劲。再说，送三里五里就回来呗，一直送到家，实打实。”

父亲说：“念书念傻啦！”

我还在茅厕里给死去的妹妹磕过头。

五岁的妹妹病死了，母亲来郭庄姥姥家告诉了我。我问埋在哪里了？母亲说埋在臧庄村东祖坟地头上。没想到这一问，竟弄得我心事重重起来：她活着时很胆小，天一黑就不敢出屋了。可现在埋在那野地里，该多怕哟！想象中的黑天野地里的小坟，总在脑子里打转转，转得我这活着的比那死了的还着急。

现在算是悟开这个理了，迷信这码事，并非全是由于愚昧没有文化。有了知识学问，未必不迷信，甚且更迷信。不信鬼神了，却信人。迷信鬼神，无非烧香磕头；迷信起人来可能就折腾得人仰马翻。话再说回来，不管怎样，迷信与真挚虔诚总是伙穿着连裆裤，可感复可泣的，倒也不能说得一钱不值。迷信多种多样，形成之因也多种多样。其中之一因，就是心理作用。比如，当人们在无能为力的时候，为了自我安慰，为了心理平衡，说难听些，为了自欺，或是欺人，于是生出了幻想，用幻想来的幻象来对付那使自己无能为力的对象，且牢牢缠住不放，成为执著的信念，顶礼膜拜，精诚专一。

对埋在野地里的死去的妹妹的无能为力，迸发了我的幻想力。画上的神像头上不是都有灵光吗，我幻想出我头上也有灵光。这灵光可以罩着她保护她。却是也怪，这么一想，觉着有了仗恃，重重心事顿时化解了好多。人们说：神是人造的。我把我自己造成了神。

具体做法我也想出来了，而且坚定地相信着：我跪下一磕头，这灵光就从头顶上飞射出去了。

在哪儿磕头呢？屋子里院子里都不行，胡同里村边上也不行，给人瞧见了怎么说？得找个僻静去处。对，去茅厕里。临到磕头，又犯难了，那坟在哪儿啊？如对不准坟，这灵光不就飞到别处去了。总算没有难住，冲着西的方向半圆圈地连着磕，像撒大网，总会能碰得上的。于是我想象着那灵光，跪下爬起来，爬起来跪下。

背后突然一声：“哪里不好玩，偏在茅厕里地上爬，我告你去。”一看是四姨，我求告说：“好四姨，别告我去。”她说：“你还拽我的辫子不？”我说：“不拽了。”她说：“快滚，我要方便了。”

后来读《红楼梦》，读到“不了情暂撮土为香”“杏子阴假凤泣虚凰”，原来书本里也有冒傻气的。我边读边笑，笑他、她们，也笑我。又不知是因了他、她们而笑我，还是因了我而笑他、她们？

又后来，“红楼梦”组借调我去画《红楼梦》插图，画到藕官，画出劲来了，按时下说法是“投入”了。我觉得既像画她又像画我。这也应算是“痴及局外”吧。

# 老憨七

老憨七，长脸、高个。是我姑母家村里人，住村西头。有个老娘和媳妇。生过一个小孩，七天头上死了。说“憨”，是因他实在得过火。他媳妇倒是地地道道有些傻。

他说他唱过戏。我问:“是唱花脸吗？我最喜欢花脸了。”他说:“不是。”我问:“是唱胡子生？”他说:“也不是。”我说:“那就是打旗的（跑龙套）。”他说:“唱花旦。”花旦就花旦，反正是唱过戏，我有了个唱戏的朋友。

我和他形影不离。他除粪，我坐在粪坑沿上。他挑水，我替他拿井绳。他锄地，我一趟趟地来回跟着他……

村里不知许了什么愿，请来草台班，搭台唱戏。又不知他和戏班里有什么说道，听说他也要上台唱一出了。我兴奋地站在台下等着他出台。果然出台了，唱的是《喜荣归》。我一看，那身花衫（是他自己的行头）绷得快要裂开了。脸上煞白，脖子黝黑。一唱，声腔直发岔。尤其是他用手指指那小生的脸，又指指自己撅起的屁股，我身上直起鸡皮疙瘩。这时台下像开了锅，有笑的、有骂的，我赶紧挤出人群，再也不敢看了。

打那以后，我也不好意思替他拿井绳了。

后来，每逢姑母来我家，总有时提起老憨七。姑母说：“来了戏班时还是唱，可带劲哩。你骂你的，他唱他的，百不在乎。要不怎么叫老憨七。”

一九四二年大灾荒，老憨七饿死了，他娘他媳妇也饿死了。建国之初，我搞起美术创作，投起稿来。那时报社退稿，在信封上总要盖上“退稿”字样的戳印。再是，不刊用的稿子基本上都给退还，不像现下“人力、财力有限，来稿一律不退”的。我的画稿是这张寄出，那张退回。

退来退去，惹烦了收发室的老头。怕啥有啥，他总要嘻嘻地喊上一声："小韩，退稿一件！"把那个"件"字拉得长而又长。每到这时不免想起老憨七，觉着自己正如老憨七在戏台上招人笑骂一样。姑母说的"你骂你的，他唱他的，百不在乎"。这本是嘲笑话，可我这时方觉出了这"百不在乎"的了不起。我开始服了老憨七了。没想到这一服他，对那拉长了声的"件"字也不那么觉着刺耳了。渐渐地收发室的老头也愈来愈少了嘻嘻地喊上一声的兴致。因为再新鲜的事也总会有腻了的时候，是我把他给耗腻了。再是，我的画稿也终于刊登了出来。老憨七万岁，"百不在乎"万岁。我没有白替他拿井绳，陪他坐粪坑沿。

# 戏园景观

百八十里的庄稼人，一提起临清，总是神采飞扬：嘿！那地方，三台大戏整年家唱。

我父亲和二狗他爹，合伙往临清贩卖粮食。走了一夜，一到临清，卸车、过斗、喂牲口。顾不上躺一会儿合合眼，立马兴冲冲奔向戏园。二狗的爹说："不看一回戏，是白来临清一趟。"

乡下庙会是啥成色，临清戏园又是啥成色。在乡下庙会上看戏，能把人挤成柿饼子。戏园子里，你猜怎么着？稳稳当当坐着看。好家伙，真享死福了，到底是临清。

临清有三个戏园子。两个是苇席搭成，一叫"前进"，一叫"民生"。一是砖木结构，叫"慕善戏园"，离上湾街不远。

如众星捧月，慕善戏园两旁是栉比鳞次的水饺馆、汤面馆、包子铺、烧饼铺、豆腐脑摊、烟、酒、花生、瓜子摊……戏园子里是叮哐铿锵的锣鼓声，戏园子外是各种腔调的叫卖声。夜晚灯火辉煌，人群熙攘，越发显出临清的火爆热闹。

戏园子门口挂着一溜镜框，涂了红红绿绿颜色的黑白照片上是唱戏主角的英姿靓妆。镜框旁边是擘窠大字的戏报。说起戏报，也颇有小小文章。比如，今天是"白水滩"，隔了几天，是"十一郎大战青面虎"。

这瞒得了乡下人，却瞒不了戏迷。戏迷嗤之以鼻："'十一郎大战青面虎'不就是'白水滩'；'白水滩'不就是'十一郎大战青面虎'？倒粪！"（意即重复上演同一剧目）又隔了几天，是"四十八条腿"。戏迷们盯着戏报纳起闷来，这是啥玩意儿戏？买票看看，一看，又是"白水滩"。戏迷们悻悻地质问："这哪儿挨哪儿，为啥叫'四十八条腿'？"戏园子里的人说："我先问你，一只虎是四条腿不？十一只狼（郎）是四十四条腿不？加到一起你算算看。"戏迷们一想也对，乐了，花钱看戏不就是为的找乐子。

找乐子，不仅仅是看戏，还在于边看边吃。似乎看客一进戏园子就特别嘴馋起来，非吃不可，花生瓜子，一片耗子嗑声，吱咯吱咯。更有摆谱儿的，从饭铺叫来水饺、炒饼大嚼。

最抖精神的是递手巾把的，侯宝林的相声曾描述得活灵活现。这是戏园里的一个行当（供给看客擦脸毛巾），也是戏园里一大景观。那递手巾把的同伙互递毛巾赛似打镖、接镖。一道白光，一捆手巾把从看客头顶上倏地飞了过去，又是一道白光，倏地飞了过来。有时还来个即兴表演，手往后一扭，将手巾把从背后甩出，这有说道，叫"韩信背剑"。将腿忽地踢起，从胯下将手巾把甩出，叫"张飞骗马"……直欲和戏台上喧宾而夺其主了。

那时唱得最走红的是李和曾，不说别的，只那一句荡气回肠的《逍遥津》导板，就值一张戏票钱。

再是"活张飞"马德奎。戏报上赫然大字"胡魁卖人头（有须）"。对这"有须"二字，我们货栈掌柜与老客的议论是：

"胡魁不是没胡子吗？"

"马德奎上了岁数留起胡子，总不能为了唱这出戏刮掉胡子吧。"

“可也是。”

“胡魁这一‘有须’，你猜怎么着？上了个满座。”

“这招真高。”

“依我看，这一招用到马德奎身上行，别人恐怕就不行。角唱红了，怎么都行，你们信不？”

无论李和曾或是马德奎，只要出台一亮相，台下立马睁大了眼，伸长了脖子，鸦雀无声了。那时的说法是：给镇住了。唱“帽戏”的可就难堪透了。台上你唱你的，台下我嚷我的，整个戏园里一片嗡嗡之声，“百家争鸣”。在这唱戏的与看戏的之间，似乎也应了《红楼梦》里林黛玉的那句话，“不是东风压了西风，就是西风压了东风”。

那时的有些戏曲表演，给我留下了深刻记忆。比如《活捉王魁》一戏里绕桌子转的情节，我曾在一篇小文里讲述过当时的印象：

> 敫桂英（鬼魂）与王魁四目相向，一个直前，一个后退，绕着桌子转。起始，尚还举手投足，随着愈转愈快，双臂下垂了，身躯僵直了，连脸部肌肉也凝然不动了。虽是迅疾地绕着桌子转，却似乎不再迈动步子，像是给旋风刮着动的。记得那时候，看着看着，倏地毛骨悚然了。一男一女，绕着桌子转，竟转得满台森森鬼气。
>
> 说来也简单得很，看那双臂下垂，身躯僵直，看那脸部肌肉凝然不动，只不过是模仿了一下僵挺了的死人躯体（这是人们曾看到过的）；再加上一些想象：让它直立，且动起来（这是人们从未看到过的）。就这么使“现实”和“想象”一糅合，使得两个本是人的样子的比起庙里的泥塑的青脸红发的鬼的样子更多着鬼气。
>
> 出“鬼”入化，可又不单单仅是为了装鬼像鬼。因为在这“鬼

气”里凝聚着的是敫桂英的愤懑嫉恨，这“鬼气”实则也是怨气。而于王魁，则又成了冥冥中的谴责所施加给他内心的一种压力。一石两鸟，我赞佩第一个想出这个招儿来的那位民间戏曲艺人。

再如那戏曲中的丑旦，《拾玉镯》中的媒婆，《铁弓缘》中的茶婆，均由男角扮演。现下则多改为女角扮演了。由女角扮演固然更为“真实”，然而却总觉着有如麻辣豆腐少放了辣椒。说起我当年看的《铁弓缘》，那茶婆棒打丑公子一场，直是噱头百出。茶婆用棒槌打跑了跟班小厮，截住丑公子。丑公子没了仗恃，下跪求饶，茶婆要他脱个精光方始放他。于是小丑摘掉帽子脱去长衫。茶婆要他再脱，小丑又复脱去短褂儿成了赤膊。茶婆要他脱掉裤子，这可难了。小丑百般忸怩，却更惧怕棒打，只好解开了裤带。这时看客心想，下一步怎么办？太寒碜人了。说时迟，那时快，随着茶婆猛然高举的棒槌，那小丑倏地将裤子褪了下来。男看客还好，女看客急忙用手捂住了脸。可是再也没有料到，里边却又另有一条裤子。茶婆要他再脱，小丑又是忸怩半晌，终于还得再脱。脱了，里边还有一条，就这样脱了一条又一条，看客笑了一次又一次。最后茶婆说：“再赏你一棒槌。”将棒槌冲着小丑的屁股敲去，小丑用腿裆夹着棒槌逃向后台。

对那小丑（丑恶势力）嘲弄得可谓是淋漓尽致了。看得痛快，笑得痛快。试想，如是女角扮演的茶婆能如此泼辣？纵使能表演到如此泼辣的地步，看客能不有观赏活动中的心理障碍？我也看过现下由女角扮演茶婆的《铁弓缘》，却没了那令人捧腹的噱头，削足适履，憾哉憾哉。

可能有人会想，你是学徒，没钱没工夫看戏，可你写的这些，不俨然是个泡戏园子的常客？这的确也有饶舌的必要。

那时临清戏园子有个章程。是旧小说里写的，逢到荒年，财主富户每每舍粥，谓之“善举”。想来那当初给戏园子订章程的也看过旧小说，学来这一手。这章程就是：为了满足无钱买戏票的戏迷，戏园子散场前十数分钟，就将戏园大门敞开，不再要票，可以白看，这应算是施舍精神食粮之善举了。我曾不少次地沾过这“善举”的光。

掌柜喜欢看戏，三天两头地泡戏园子。有时有急事商量，去戏园子找掌柜成了我的专差。一到门口，说声有事找掌柜，也就通行无阻。开始是，进到戏园就四下寻视，看到掌柜，立马凑上去，如此这般一说，又立马紧随掌柜走出戏园。尽管台上花花绿绿锣鼓喧天，再也顾不上扫它一眼。后来多了个心眼，是急中生智吧，进了戏园子，虽瞅见了掌柜，却假装没瞅见，一只眼作寻人状；一只眼盯着戏台，直是“项庄舞剑”。看个差不多了，也“找”着掌柜了。

对门油栈的学徒更有高招，他曾现身说法向我传授。

“你知道不，有一回我打着找掌柜的旗号进了戏园子，台上正武打得热闹哩，我就势找个座位坐下来。正看得起劲，你猜怎么着？一只手抓住了我的后脖领。我吓了一跳，一回头，是那个把门的胖子。那胖子说：‘戏台上有你掌柜的？你给我出去啵！’

“不行，我得想法斗斗他。我琢磨好了，戴上一顶帽盔去了戏园，又说是找掌柜，他又放我进去了。我知道他随后还会跟了来，我往人多处紧走几步，往地下一蹲，摘下帽盔坐到座上。我从人缝里瞧见那胖子悄悄进来了，睁大眼到处傻瞅，你想想，他能再瞅到那帽盔？这法特灵，你试试。”

我没敢试，因上了几年学，有了点儿书生气。正说着，是爱面子；反说着，是没有那个胆。

# “招牌”小记

隔着窗玻璃，有好几次看到大掌柜、二掌柜、管账先生在一起叽叽咕咕。我“可使由之,不可使知之”。心里纳闷,八成有事,是什么事?

一天，二伙计胳臂窝里夹着块四尺长的招牌，单手扶把，骑着自行车，威威势势地一直冲进院子。我上前接了过来，一瞧，眼前忽地一亮，是宋萍轩的字。两天前刚刚听说，“东升厚”将要改为“瑞恒”，没想到说改竟改了，更没想到竟然是请的临清书家写的招牌。

先前的招牌是啥成色？不知是哪个倒霉人的手笔，又僵又板，令人作呕。且要天天挂上摘下伺候它，不想瞧也得瞧，不想摸也得摸，憋气煞人。

新招牌又是啥成色？相对之下，如醍醐灌顶，如吞梅嚼雪，气爽神清。二伙计本粗俗之人，居然办了这么一件雅事。

为什么对宋老先生的字一见倾心？这说来话长。我上学时，每周有一堂习字课，谓之“写仿”，即临帖，说不好听些是照着葫芦画瓢。临的帖是《玄秘塔》。起始，尚还觉着新鲜，可周周月月地依样葫芦就腻烦了。愈腻烦愈临不像，愈不像，老师判给的圈圈就愈少。于是迁怒于柳公权。“心正则笔正。”可是水字旁的一挑为何多出个疙瘩?

按说怕临帖应与习字无缘了,可我又偏偏喜好画蚓涂鸦。人谓“戒骄戒躁”，不能潜心临帖，也就是病在浮躁。老师耳提面命，反使之道高一尺，魔高一丈。后来学校散了摊子，这下好了，再不临帖了，孙猴儿终于逃出了老君的八卦炉。木不受绳，金不就砺，也必然地使我毕生写字总像没有家教的野小子。

宋萍轩的字，不为成法所囿，不循规蹈矩，恰恰投合了我的腻烦临帖的脾性，从他的字里仿佛看到了我自己，可谓同气相求了。或牌或匾，盈街充巷。我每上街，穿行于马市街、锅市街等闹市区，如观赏宋氏书法展。已习惯了的凭记忆作画的“不得其法之法”派上了用场。粗细疏密之形，纵横跌宕之姿，飘逸自适之韵。冥追神悟，潜移默化。也于是乎发现，先前在学校的临帖，要之在于形似，被动地亦步亦趋，终于使之兴趣索然。而看，是走马观花，是悠然地欣赏活动，不乱目劳形，反而能感悟到那笔势中的高下抗坠之度、反复进退之态，应其节奏，而胸中跃跃了。这应了一句俗话:程咬金抡斧子，各自一路。这导致我以后的无论学书或是学画，重“看”不重“临”。在实践中虽千失也有一得，留待另节中详述。

话再绕回来，仍说招牌。不久听说，这“瑞恒”名号是新掌柜起的，闹了半天，竟改朝换代了。怪不得大掌柜、二掌柜、管账先生嘀嘀咕咕，我这“可使由之”的终于“知之”了。接着是引起了一阵莫可名状的怅惘。

据说新掌柜是清河人氏，当是《水浒传》里的武大郎、潘金莲的乡亲了。可这新掌柜像戏台上的大将出台，“紧急风”锣鼓敲了大半天仍不露相，愈增加其神秘感，也愈增加了我对他的敌意。

按说从不相识，何来敌意？现在我边忆边思谋，也边觉得好笑，笑我有点儿像鸡。凡是喂养过鸡的都清楚，鸡排外欺生。如果在原来的鸡群中放一只新鸡进去，群鸡将会齐起而攻之。我不懂鸡的心态，我猜测，那原来的群鸡可能出于护食，出于自保，出于对打破了原来的秩序引起的不安，先发制人，不，应说是先发制鸡。是虽“攻”而实“守”,实则是弱者的表现。我这学徒,位处卑下,出于自身利益考虑,唯愿维持现存之原状。因为平空多出一个掌柜，无异于又多了个婆婆，抑且又谁知这新婆婆是啥脾性？俯仰由人的弱者，怎能不思及于此！这敌意岂不有点“鸡性”？岂不也是出自自我保护的戒备心态？

有一天我上街回来，一进屋就瞅见大掌柜常坐的那把椅子上坐着一个老气横秋的胖子，大掌柜却坐在另一把椅子上。“鹊巢鸠占”，不免兴“式微”之慨，也明白了八九：是新掌柜了。真是邪门，莫非我的敌意竟流露到脸上？当掌柜介绍我是学徒时，那新掌柜眼皮也不抬，只唔了一声。我心想，好贼尖的眼。

招牌带给了我欣欣然欢快，与招牌密切相关的新掌柜黑脸秋风。招牌招牌，“成也萧何，败也萧何”。

新掌柜随身带来一个学徒。他不喊“掌柜”，喊“大伯”，意即“嫡系”了，却又呆头呆脑。惟独一手机灵得很，每当新掌柜一拿起水烟袋，立马一个箭步跃上前去，哧地划着火柴点着火媒子，颇像《法门寺》里的贾桂。

二伙计哪头炕热往哪钻，对新掌柜毕恭毕敬，趋前随后，唯命是从，甚至不命而从。

对二伙计，对“贾桂”，我嗤之以鼻，讥为奴性。

后来读《红楼梦》，从书中却也瞅出了我的尊容。比如因了大掌柜而生出的对新掌柜的更大的敌意，岂不有点像大观园的丫头出自切身利害的“各为其主”，这岂不也是奴性？

# 苗　庄

城里三天两头过乱兵，人心惶惶。“大乱居乡”，我们一家搬迁到城东苗庄村西头的一个远亲家住。住了一个冬天。现在尚还记得的是，有一天，我正在院子里站着，一回头，亲戚家那个老头正恶狠狠地盯着我对另一个人说：“像这个，要是我家的孩子，我准定天天黑夜打他的睡虎。”“睡虎”是土语，意即白天打，孩子可跑可躲，等睡下后打。这颇有点用兵讲究，出其不意抄老窝。我现在回想起那恶狠狠的眼光还有点毛骨悚然。可他为什么要打我“睡虎”？始终捉摸不透，这是终生不解之谜了。

幸好一开春，我们迁到苗庄东头，离开了这个恶狠狠的老头。

苗庄在官道南，与官道北的臧庄遥遥相望。这两个庄，可谓是堂邑县境里的一奇。每年春天刮大风，黄沙蔽天，这飞沙像是认准了地方，哪儿都不落，偏往臧庄落，或者飞过那官道，落在苗庄。庄稼人解不开这道理，只能叹口气说：神啦！

这飞沙，年复一年，在苗庄村里村外积淀成一个又一个沙土岗子。这沙土岗子虽然不长五谷，却是极好玩儿处。可躺可卧，可打滚可翻跟头，衣服再是也脏不了。抓一把沙在手，那沙从手指缝里会像水一样流得一干二净。拆洗衣服晒被褥，不用搭在绳上，往沙上一铺，晒干后抖一抖就行。把脚埋在晒热的沙土里，可治脚气，用新词说：日光浴。

沙土岗子上下四周，路旁篱畔，街里街外，房前屋后尽是杏树。我们刚搬来时还看不出什么。可一到春暖花开，景象焕然一新：铺天盖地一片粉红。

远远地看，黄褐色的土墙土房、淡黄微有闪光的沙土岗子，或隐或现在如烟如海的杏花丛中，飘忽其间的是缕缕炊烟，间杂以犬吠鸡啼。

晚饭后，月光下，杏花影中，聚聚散散，明明灭灭，当街都是人。老人们坐在木头梁上，汉子们蹲在粪坑沿上或石磙石碾上，妇女们抱着吃奶的孩子或是手中舞弄着线拐子，这里那里不时闪现一下烟锅里的火光，或是没完没了地带着痰音的咳嗽……张家长、李家短，鸡不下蛋、母猪生崽，絮絮叨叨，鸡毛蒜皮，偏是嚼得津津有味。

村外的杏树行子里，月光亮如白昼。疏影横斜，暗香浮动，斑驳迷离，如幻如梦。孩子在笑，狗在叫。三个一伙五个一群的黑影，像鬼精灵，在杏花影中时而聚，时而散，时而无影无踪。孩子们在“藏迷糊”。

谁家的院落里，驴叫了。

大人们扯着嗓子喊：“该回家睡觉了。”

杏树行子里：“俺再玩一会儿。”

次年，还没等到杏树结骨朵，响起了枪声，日本鬼子打进了堂邑城。苗庄也人心惶惶起来，撇下宅院杏树，各逃各的。我们全家逃到郭庄。

# 感乎中，发乎外

白杨，

衰草，

碧水，

晴空。

片片黄叶，

欢快跳跃，

争逐西风。

更为点缀秋色，

浓阴深处村女，

一抹桃红。

我把这几句诗，拿给家乡的当年的一个小学同学看，他说：“转得真好。”

“转”是家乡土话，即“转文”。说话时不用口语，而用文言的字眼儿，以显示有学问。

真败兴，落得个“转”字。却也活该。《儒林外史》里的马二先生游西湖，如果不甩出那句“载华岳而不重，振河海而不泄，万物载焉”

不就少露出点酸相。

我又问："你看这像写的哪儿？"

他说："看不出来。"

我说："像咱们城东吗？"

他疑疑惑惑地说："是吗？"

怎么不是！出于怀旧，每次回家总要来这里到处走走。漠漠平林，暧暧村落，尚是依稀仍旧。妙也就妙在这"依稀"，"依前黄叶西风。（晏殊句）"这不就诗意来了。

回想当年，和二狗和李五和……不是整天价泡在这里！割草拾柴，扒瓜摸枣，掏鸟赶兔，吵嘴打架，拉屎撒尿……提起拉屎撒尿，使我想起来了，面对田野风光，小孩子的本事是"撒欢"。"瞧那杨树叶子滴溜乱跑得贼快，追啊！""看谁先跑到树行子那头去！""看谁嗓门大！"嗷嗷嗷嗷。长啸仍不足以尽兴，于是大喊："拉屎了。"争相褪下裤子，"一二三，拉。"

感乎中，发乎外。小时候的招数是拉屎；识了字，却费劲了，咬文嚼字，作诗。

# 二杠奶奶

二杠奶奶年十六,二杠爷爷三十一。影影绰绰地听人说，过门那一天，没有花轿，没有吹打，贴几个红喜字，换件干净衣裳，晌午请几个远亲近邻吃顿饭，完事。

二杠爷穷，二杠奶奶娘家更穷，要不怎么十六岁的闺女嫁给三十多岁的汉子？人穷了，什么也别说了。

过门的当天夜里，好事的人去听房。第二天，当新鲜事说开来：

“新媳妇吓得嚎嚎地哭。”

“从窗缝里瞅得真真的，新婶子连推带搡地从炕这头爬到炕那头，二叔也跟着从炕这头爬到炕那头。新婶子又从炕那头爬回炕这头，二叔也跟着从炕那头爬回炕这头，爬过来，爬过去……”

说的人笑弯了腰。

听的人也笑弯了腰。

二杠爷光棍一人时，顾了外头，顾不了家里，锅不是锅，灶不是灶。可这二奶奶……有一天，我从树上摘了几个枣，见她家灶洞里正冒烟，拿了枣往她家灶膛里烧枣去。进门一看，二杠奶奶正蹲在灶前烧火做饭，锅盖上腾腾地冒着热气，可紧傍着锅沿，是盛着半盆尿的尿盆。

村里人说闲话，有时议论起二杠奶奶：

“二杠家也真够邋遢，买不起布穿补丁衣裳没人笑话。可水不花钱买，瞧那衣裳，瞧那手、那脚、那脖子，就不洗洗！”

“邋遢归邋遢，说真的，三里五乡还就数她长得好看。”

这话提醒了我，我方始留心。的确，蓬头乱发与积年污垢能遮掩住皮肤的颜色，却遮掩不住焕发的青春之气，尤其是那乌亮的眼睛。村里人的点拨，有如评论家评述艺术作品，由表及里，去伪存真，二杠奶奶竟原是璞中之玉。

一九四二年，大灾荒年，二杠奶奶在劫难逃，死了。

有的说是病死的。

有的说是饿死的。

在二杠奶奶死去四年之后，我离开沙土窝的家乡到临清当学徒。有一天上街买东西，在锅市街上，突然从一家洋布店里闪出个衣饰华丽的姣好女人，应是掌柜太太吧，将一盆洗脸水泼在门口，几乎溅到我身上。错愕之间照了个面，那女人倏即闪回店铺去了。我心中一动，觉得依稀有些像谁。像谁？终于想起来了，像二杠奶奶。

我怅然有感，不由地想：假如二杠奶奶也穿上这掌柜太太的衣裳，梳洗梳洗……

天底下事，总是那么阴错阳差。如果没有在临清街上与那洋布店掌柜太太的偶遇，也许再也不会想起二杠奶奶。可是偏巧遇上那掌柜太太，致使现如今，还逗得我这年逾“耳顺”的老侄孙絮叨不休。

絮叨不休，实因不仅有所感，且有所悟。

本是半斤八两，同样长得好看的两个女人，一衣饰华奢，一短褐穿结，怎能不使人有老天何其不平乃尔之感。这感，也是哀，能不小哀喋喋?

二杠奶奶衣食不足而不知荣辱，整天忙着顾嘴顾吃，何暇留意于自己的“好看”，更何奢求梳洗妆裹?然而，丽质天生，污而不掩其皎。“短褐穿结”反而使这“好看”更“真”更“朴”。

掌柜太太衣锦于身，脂粉于面，天时地利全占了。俗谓“人靠衣衫马靠鞍”，此话固是不错。可这“衣衫”既帮正忙也帮倒忙。这“倒忙”就是使她的“好看”敷上一层雕饰气，弄得这“好看”不能不有了瑜中之瑕。

人之看人看事，总要揆之以情度之以理，掌柜太太和二杠奶奶同样长得好看的那“真”那“朴”那“雕琢”那“虚饰”，岂不都关乎着情，关乎着理，关乎着价值评判?

世间有各式各样的美，也有各式各样的说道，仁者见仁，智者见智。虽然“匪沐何洁?非熏何香?”（袁枚语）虽然“文辞所被，夸饰恒存”（刘勰语），我却更看重于“天然去雕饰”。

公园里频频向人开屏的孔雀是美的，但我不喜欢。因为它太急于向人显示了。

《聊斋志异》的《司文郎》中，一漂泊游魂讲过一句高明话：“然命笔时，无求必得之念，而尚有冀幸得之心，即此，已落下乘。”孔雀，下乘之美。

同一书中，说出“个儿郎目灼灼似贼”的痴话的婴宁很美。她的美不是由于书中“容华绝代”的描述，而是在天真娇憨中透露出的“丝毫没有留心过自己的美”的美。婴宁之美，上乘之美。

有心为之与无心为之竟能如此影响到美的本身。

这是我在一篇小文中对“美”的看法。如果这看法偏颇，这偏颇，或许与二杠奶奶有关。

# 喊　街

父亲和祖母拌嘴，火气越来越大，嗓门越来越高。祖母突然甩出一句：“我喊街去了！”父亲蔫了。这话真管劲，像文化大革命中贴大字报，谁敢不怕？

喊街，不知是不是我家乡的独有乡风，反正我小时候见过。老汉或是老太太在街上边走边喊：“大伙听着，我家小子打爹骂娘哩！忤逆不孝哩……”按家乡人的说法，是让那小子“光腚推磨——转着圈丢人”。于是从家家户户门里探出头来，惊诧地你瞧我我瞧你，“怎么回事？”“怎么回事？”小孩子算是来了精气神，紧紧尾随在后，像正月十五元宵节看灯会一样兴奋得难捺。而“忤逆不孝”的儿子则蜷缩在家里畏之如猬，尴尬着脸，一时再也不敢露头。

人说：人生世事皆如戏。可唱戏人的嘴有时也真不听使唤，本想唱个一二三，一开口却成了四五六。

就拿这“喊街”说吧，为求个不平则鸣，为出口气，喊上一条半条街，嗓子哑了，气也消了，回到家里该怎么过日子还怎么过日子去，“民不告，官不究”。云散烟消，天下太平。如若破釜沉舟铁了心，那就一直喊到衙门口去。

我家东城门里的天齐庙就是个衙门（警察局的分局子）。一天傍晚，一个喊街的老太太直冲那里走了去，看来是铁了心了。街上看热闹的立即蜂拥蚁聚。

“这不是西街上的二愣他娘吗！怎么回事？”

“这不，她喊哩，说二愣撒泼哩，打娘哩。”

“这个王八羔子！抓了他来。”

看热闹的义愤填膺。衙门里的人也义愤填膺。雷厉风行，说抓就抓。城圈不大，街巷不长，像戏台上走过场，不一会儿抓来了，推推搡搡进了衙门。

这时看热闹的，一双耳朵往两下里使劲，一是衙门口外，一是衙门口里。

衙门口外的老太太冲着衙门口里："长官，他是畜类，不是人，还不如当初一生下来就掐死他哩。"

里边没有动静。

老太太躁急了："长官，为俺做主啊，替俺管教管教啊！"

里边乒乓响了两下板子。

“对，对。打！可不能轻饶了他啊。”

里边杀猪般地叫起来。

“狠打，狠打，往死里打！”

里边的嚎声更凄厉了。

“活该，活该。这是报应哩。”

里边惨声叫起娘来。

“别叫娘，你没娘，你是石头缝里蹦出来的。打……狠狠……咳哟咳哟……打……打死才活该哩……咳哟咳……我我……打……我的……儿啊……我的儿啊！！！”突然，那老太太瘫坐在了地上。突然，看热闹的哄声齐笑起来。

谁也没有想到，老太太也没想到，“喊街”竟是如此收场。

戏，唱砸了。

# 黑 牙 齿

姥姥家的小郭庄村西口，有座孤零零的奶奶庙，是个仅只一间的小庙。人们进村出村都打这庙前经过。庙门常锁着，供的神是“奶奶”。奶奶的两侧，一边是童男，一边是童女。双手合十，笑眯眯的。

那个童男，不知是哪个小子恶作剧，用香火将它的牙齿熏得黑糊糊。说来也怪，那童女一点儿也没有什么异样。可与那童女的面孔本是毫厘不爽的童男，就因了这黑牙齿，竟透出一股邪恶之气，愈是笑眯眯，愈是瘆人。

我再也不敢一个人进到这庙里来。可又愈怕愈是想看，我扒开门缝往里瞅，在昏暗中，那白脸、那笑模样、那黑牙齿、那眼珠闪着光似乎在眨动了。

晚饭后上街找小孩玩儿，到胡同口总要往西瞅瞅。有一次，我瞅着那黢黑的庙影，忽地想：那童男趁天黑了也要出来玩儿的吧！瞅着瞅着，隐隐约约地“哐啷”了一声，莫非是庙门的门钌铞儿响？我撒腿没命地跑回家中。

沧海桑田，现下的小郭庄，不但没有那庙，就连庙基地也找不到了。可那童男的黑牙齿仍深深留在我记忆里。

和一位漫画刊物的编辑闲扯，像扯乱线团一样扯出了童年时代，也扯出了那童男的黑牙齿。我说："假如那个恶作剧的小子把童男的整个脸给抹黑了，则未必如此吓人。可就因了他仅仅涂黑了牙齿。比如我，你看我现在坐在这儿，本是与别人一样正常，仅仅是我的眼是鲜红鲜红的……"她笑倒在沙发上，说："你说两只鲜红鲜红的眼，我一想象，简直不敢再看你了。"

那个恶作剧的小子再也没有想到，"瞎猫踩上死老鼠"，正好触及到一个艺道中的至理：以少少许胜多多许。

# “铁马冰河”

冬天上中学，最怵的是睡觉钻被窝。边解纽扣、裤带，边龇牙咧嘴，嗷的一声，像钻进了冰窟窿。

那时的家乡人，无论男女老少都不兴穿内裤，更甭说睡衣了。说是穿着衣裳睡觉生虱子。是从老辈子传下来的约定俗成，也算是一种乡风。

我参加工作后，也讲究起来，弄了条裤衩穿。可一丝不挂地睡惯了，辗转反侧，直如芒刺在身，忍无可忍，又悄悄把裤衩褪到被窝里。

此是后话，且说那中学时，有一天晚上，正在“冰窟窿”里蜷缩如猬，隐约听到操场里有杂沓的脚步声，那声音近了又远了，远了又近了……

一个同学为好奇心所驱使，披衣下炕，凑近门缝瞅了瞅，大声笑嚷起来：“瞧，博平县的那几个傻小子发疯哩！”我们也争相爬下炕去看。明晃晃的月光下，在空旷的操场里，几个赤裸的身影，正在蹿蹿跳跳。打排头的那个谢大耳朵弯腰如虾米，一蹿一蹿，尤为有趣。当他们跑近我们屋门口时，叫起阵来：“堂邑的小子们，敢吗？”

我们你瞧我，我瞧你，终于下了决心，把棉袄往炕上一扔，发一声喊：“敢！”也蹿了出去。

看来，什么都怕“愣种”，操场里的彻骨之寒也不例外。甩开膀子，挺起胸膛，一咬牙，豁出去，它也就没了咒念。

跑够了，呼哧呼哧地钻进被窝，那被窝里的冷劲反被我们给吓跑了。本是出之争强好胜，没想到竟悟出了钻被窝的窍门，以冷对冷，以毒攻毒，博平县的那几个小子可谓先知先觉。

前行后效，如星火之燎原，由几个人扩展到所有住校生。熄灯铃后，满操场里，黑的、白的、胖的、瘦的、高的、矮的、留发的、光头的、八字脚、罗圈腿……精赤条条，真真“惟大丈夫能本色”也。

奔腾澎湃，浩浩荡荡，如长风出谷，如决大川，大有“铁马冰河”之概。

# 再从临清写起

穆涛兄又问起“信马由缰”，这已记不清是第几次了。他的笑眯眯的目光简直像鞭子。

人，最难招架的是“酒色财气”。其实，还有一样难以招架，就是“懒”。比如在下，两眼正紧盯着“戒之在得”哩，一不留神，懒竟抄了后路。不说了，这是什么光彩事？还是认真想想“信马由缰”打从哪儿写起吧。从哪儿写？反正再不去碰二狗了。有一次，他趁着酒盖脸，给我甩过来这么几句：“我说，三哥，你写的那玩意儿不怎么样。你说俺爹挖了一勺料偷喂俺家的驴。打人别打脸，揭人别揭短。知道不？”

我家东关外的河堤上，稚树新条，蔚然成林，倒是个可以入诗入文的好景致。回乡期间，几乎天天来这儿散步。“傍花随柳过前川”，颇得明道先生之乐。

有一天，两位扛锄的妇女喊道：“老先生想往哪村去啊？踅来踅去的，迷了路了？”

她们的好心逗得我好笑。

很可能，她们更觉得我好笑：大白天里，这老头儿碰上“鬼打墙”了。

各笑其所笑。

要不再回到临清去。对，想起来了，那个女八路还等着我哩。就从那女八路写起。

有一天上街回来。二掌柜说："有个女八路来找你哩。"二伙计也眯着笑眼问我："听说是教育馆里的，找你干吗？"我思谋着：兴许是动员我参加工作哩。我所以作如是想，是因为早在家乡的时候，突然有两个八路军找到我家，说："听说你会画画儿，愿意跟我们去吗？"他们刚一走，父亲说："快躲快躲，别给抓了兵。"我一溜小跑，躲到了郭庄姥姥家。

女八路找我，找得还真是时候。这时我正不想在商号里干了。不说别的，就冲着那新来的孙掌柜也不想干了。整天价黑着个脸，像谁宰了他家的人似的。

不想当学徒往哪去？回家抡锄把去？好容易请了村长一碗汤丸子开了张路条出来了，傻子才回去哩。再换一家？怎好向二舅张嘴，说是孙掌柜秋风黑脸？说是当不了管账二先生？这不是找着去挨训。

一天过去了，两天过去了，好几天过去了，那个女八路再也没有露面。我去了大众教育馆。一个瘦子正坐着打盹。我说："你们这儿有个女的找过我，我来问问什么事？"他说："女的？是不是陈青？陈青，是你找他了吗？"从里屋出来一位女的，说："是我找过你，你愿意来我们教育馆工作吗？"我说："我和家里商量商量。"她说："好。"

编了个瞎话请假回了家，如此如彼告诉了父母。父母又告诉了姑家姨家姥姥家，还有要好的街坊邻舍半分利、二狗爹（还是绕不开二狗家）……为的人多多个心眼，多个主意。然而，七嘴八舌，莫衷一是。

"说什么也别回家，回家来抡锄把？"

"抡锄把怎么了？收了庄稼完了粮，坐到炕头上去当王。"

"你啃着黑窝头当王去吧。依我说，还是去学生意，好歹熬个二掌柜，当个买卖人，又不出力气，又吃香喝辣。”

“你半分利是个买卖人，吃香的了？喝辣的了？喝你的剩丸子汤去吧。”

“我看当八路也行，瞧人家王区长，骑着毛驴，挎着盒子炮，多抖威风！”

“要不怎么说是顶着一头高粱花子哩，就知道吃，就知道喝，就知道抖威风。钻头不顾腚。现在是啥世道，谁知道这世道以后会怎样？现下的济南府就是老蒋的中央军占着哩。人家的枪，是清一色美国造，一扳扳机，哒哒哒，二十响。八路是啥枪？老套筒、汉阳造。我亲眼见的，一挂子弹袋，一多半秫秸秆秆。济南府离咱这儿不就二百多里地，一迈腿就到了跟前了。”

“唉哟！唉哟！这倒是，说什么也别去那个什么馆里当八路去哟。”

说来说去，说得我心里直发毛。

回到临清，反多添了一件麻烦事，每逢上街，总要多走几步路绕开大众教育馆那个大门口。

# 一声京胡

“酒色财气”，我第一次听到是在说书场上。钱大喜一板一眼地说：“这‘酒色财气’乃人之四戒。话说回来，说归说，可谁也戒不了。”我听了不以为然。要说“财”戒不了，我信。我打从记事起就知道钱好。为了讨一个铜板，整天价黏着母亲，哭丧着脸，哼哼唧唧。大多时候是挨一巴掌。也有时候，母亲从衣兜里掏出个铜板一扔老远：“给！”于是精神抖擞扑了上去，眼前立即浮现出糖块、花生。可是“酒、色、气”是啥玩意儿？竟然还戒不了，我真纳闷。

到了学徒的年岁，仍然品咂不出“晚来天欲雪，能饮一杯无”趣在何处。可是每当面对大闺女小媳妇，又想看，又不敢看，这大概是“色”了。

二掌柜说“卷铺盖走人”。这不是逐客令？我可没有李斯的厚脸皮。这和小时为讨一个铜板挨一巴掌完全是两码事儿。越想越堵心，这大概是“气”了。这“气”劲一上来，还真不含糊，居然连中央军也不怕了。第二次又走进大众教育馆。

头回生，二回熟。那瘦子一见我就说：“来啦，正好馆长在哩。”一努嘴：“在里屋。”

我推门一瞧，一怔。在街上看见过，当时曾想：没想到土八路里还有这么儒雅的哩。更没想到竟是大众教育馆馆长。

让座后，说："陈青找过你，是吧。怎么样？"我说："我先来试试行不？兴许以后我不想干了，能让我再不干吗？"外屋里像是有笑声，我猜想八成是那个瘦子。

馆长也笑了："干革命是自愿，不强迫。可是你还没干哩，却先撂下不干的话。可不可以告诉我，为什么会兴许不干了？不干了还想再干什么去？"

我脱口而出："上学。"其实这是在说谎。

他说："你以为学校仍像以前，坐在课堂，听穿着西装革履的教授讲课。完全不是那回事。现在的学生是一年四季在乡下，一边配合搞中心工作；一边帮老乡干庄稼活。和咱们教育馆差不到哪里去。"见我半信半疑，又说："我说的是实话，你也许不信。你如愿意上学，适当的时候，还可保送你去哩，这该行了吧。听图书管理员说，你读过很多图书馆里的书。读书是为的增长学问。可增长了学问又为的啥？是为了高官厚禄光宗耀祖；还是先天下之忧而忧，后天下之乐而乐？"

我肃然起敬了。他还读过《岳阳楼记》哩，一肚子学问哩。他问得很令我茫然，我从没想过高官厚禄，更没想过先天下之忧而忧、后天下之乐而乐，对一个学徒的来说，简直不沾边儿。

忽然，另个屋里响起了胡琴声。我一听京胡响嗓子眼就痒痒，就兴奋难捺。急切地问："是谁拉的？"他说："是我们馆里的老梁。"我竖起大拇指："高！"他说："他原先在前进京剧团里拉胡琴，不愿在剧团干了，要求来教育馆的。"

本已和馆长谈得颇投机了，一声京胡，又勾了我的魂儿。我毅然决然地说："明儿我就搬铺盖卷来。"

其实还有一句话，没敢说，就是：冲着这胡琴，我也干了。万一中央军打过来，你们跑到哪里我跟到哪里！

回商号的路上尽想的是：让厨师傅瞧瞧，我也不吃二掌柜那一套哩！

从那时到现在已是五十二个年头了。履历表已填写过不知其数。每次填写都是“1948 年参加工作”，现在也算是“离休干部”了。每想及此，不由莞尔，居然也混了个“离休干部”。表格上的“参加工作”是“参加革命工作”的省略语。可我那时哪有丝毫革命觉悟？又何敢革命？实是为了找个吃饭的饭门儿，再就是那一声京胡。

文化大革命中“革命群众”给我贴大字报，说我是“混进革命阵营里来的”。“瞎猫碰上死老鼠”，蒙得倒不太离谱。

# 碧霞宫庙会

庙会都一样。唱戏的、耍猴儿的、拉洋片的、唱大鼓书的、卖香烛的、烧香磕头的、押宝的、剃头的、要饭的、卖炸糕的、卖火烧的、卖水饺的、卖凉粉的、卖丸子的、卖油条的、卖包子的、卖花洋布的、卖针头线脑的、卖鞋帽的、卖杂货的、卖花生的……一口气说完得憋死。

论起看法，却见仁见智。睏二爷说："有个老汉料定闺女媳妇早盼着赶庙会了。到了庙会那天，说：'等会儿带你们赶庙会去。'说完出去了。不一会儿买回两个夹肉火烧。这时闺女媳妇已穿上新衣新鞋等着了。老汉说：'给，吃。'等她俩吃了夹肉火烧，老汉从地上抓起两把土撒了她俩一身。说：'赶了庙会了，干活儿去吧。知道不？赶庙会就是吃一顿好的挤一身土。'"

有的老汉看得更进一层，疾言厉色地训斥闺女媳妇们："上庙会干啥去？和人蹭腚蹭膀子去？"

婶子大娘的说道是："上庙会不就是看人呗！"的确，熙来攘往，摩肩接踵。可是，看人又何必定去庙会？百思不解，姑作别解，以圆其说。

比如，年轻小伙子八成会说："上庙会看戏去。"可别真信了他的话。固然，戏迷小伙会一眨也不眨眼地盯着戏台。可这戏迷小伙百不挑一。更多的是不戏迷小伙。不戏迷小伙可没耐心瞅那戏台。瞅哪儿？哪儿有花花绿绿往哪儿瞅。

大闺女小媳妇上庙会，瞧不瞧人？不敢乱说。说让人瞧，八成近似。穿上新衣新鞋，梳头抹粉干什么？不就是为的让人瞧去？可是瞧归瞧，不能狠瞧。千万不能瞪着傻眼死盯。死盯，就要骂了。看来是：既想让人瞧，又不想让人瞧。

说碧霞宫庙会哩，说走了嘴，废话连篇了。言归正传。

去碧霞宫赶庙会，是教育馆的任务：微服私访。

摘下大檐帽，包上羊肚巾。走出竹竿巷，过了卫河浮桥。麦垄飘香，柳梢新绿，好一个“阳春召我以烟景”也。大路上，小路上，推车的，挑担的，大伯二婶，七姑八姨，前呼后喊，驴鸣狗叫，好个活生生农村欢乐画图也。

我们一伙，嘴也不闲着。有的仿着老齐，高喊：“卖馍馍！”也有的拉着长腔：“甜——瓜！”老朱大骂：“狗 × 的，我揍死你！”因为老朱的爹卖过甜瓜。老梁一本正经地嚷：“我可先说下，小甄。还有你，小张。到了庙会上，你俩可不能和我在一起。要想和我在一起，得请客。”人问为什么。他说：“和他们在一起，我吃亏。”人又问为什么。他说：“你们想想，他俩脸白，我的脸黑、又麻。弄在一起不更衬得他们的脸白了？不更显得我的脸黑了？”

看到了柳树间隙里的碧霞宫庙顶。市声嗡嗡如蚊了，继而轰轰如雷了，又继而轰轰声成了此起彼伏的吆喝声，我们到了庙会上了。

庙会上种种，略过不提。撮其要，记所见所感。

宣传棚扼据津要，可谓“襟三江而带五湖，控蛮荆而引瓯越”。与香烟缭绕人声鼎沸的碧霞宫傲然对峙。

我们进得门来，先是一怔。在四围的漫画、宣传画中间，在杂乱的人群里，端端正正地摆着两个摊子。一个是卖烧饼的，一个是卖豆腐脑儿的。那卖豆腐脑儿的，肥头大耳，挺胸腆肚，活像一尊弥勒佛。

“好家伙！不请自来了。”

“你们也不睁眼瞧瞧这是什么地方？”

“快走，快走！再不走。掴摊子了！”

在呵斥挖苦声中,那“弥勒佛”和卖烧饼的急忙收起摊子夺门而出。

看来宣传棚无人看守是不成了。商量的结果,合适人选当然是老朱。老朱哭丧着脸答应了。我们在人群里走出好远了，隐隐约约地听到老朱的嚷声：谁要是再往席棚后边撒尿，抓起他来！

拉洋片的算是我们的一个目标。再具体点说，目标就是那个由四根木腿支撑着的大箱子。箱子上有一排孔洞。看的人就是从这孔洞往里瞅。拉洋片的使出浑身解数，一边用脚敲打乐器家伙；一边倒腾掉换箱子里的画儿。嘴尤其忙活。听吧：

“往里边瞧来往里边观，怕媳妇顶灯还跪着砖。”咣咣咣，咣咣咣！

“往里边观来往里边瞧，二八佳人剃了个光葫芦瓢。”咣咣咣，咣咣咣！

“看喽，看喽，看洋娘们洗澡喽！”

连唱带嚷，大有“语不惊人死不休”的劲头，却也逗得人们迫不及待，争着往里瞅。没看过的问看了的，是啥？是啥？看了的嘻嘻一咧嘴，无可奉告。

箱子上面有个天窗，盖着一半留着一半。这是关要处。盖板往后一移，箱子里是前半边亮后半边暗，看见的是正面的画儿。盖板往前一移，是前半边暗后半边亮，显现出了背面的画儿。那背面的画儿上都是些什么？借用鲁迅先生书中的说法：有两个人光着身子仿佛在打架。

我和老陈分在一起。老陈是老同志，我是新同志。新老搭配，以老带新。我当然惟老陈马首是瞻。

老陈冲着目标挤了上去，我也紧跟着挤了上去。付了钱，就往那孔洞里瞅。“项庄舞剑，意在沛公。”“沛公”就是“光着身子仿佛在打架”的画儿。那拉洋片的唱着唱着，嘿的一声，铃铛一响，移动了盖板，高楼洋房大马路倏地成了“沛公”。我们如获至宝，兴奋地嚷：“收拾摊子，跟我们走一趟！”拉洋片的正唱得忘乎所以，一怔，“俺咋啦？”“跟我们走一趟你就知道了。”他问是哪儿的？我们说是市政府的。一声“市政府的”，如晴天霹雳，本和我们混杂在一起的人们，一下子倒退了好几步。远处里的却又挤了上来，愕然地、惊恐地盯着我们。

那拉洋片的死把着箱子不放。我怒目而视。这才看清了他的脸。皱纹纵横和掉了两颗牙齿的嘴。按年岁说，应是我的叔叔大伯辈了。他的腿弯了一弯，像是要跪下来了：“长官同志，高抬贵手……”我瞅了瞅老陈。老陈斩钉截铁地说：“走，跟我们走一趟！”

我们刚一抬步，人群刷拉闪出了一溜胡同。

把拉洋片的带到宣传棚里，没收了“沛公”，狠训一顿，放了。

以后的好几天里。脑子里老是不时地浮现出人群刷拉闪出一溜胡同的情景，并立即感到飘飘然。这大概就是像描述动人的乐曲的那句话，“余音绕梁”吧。

可是总又掺杂着皱纹的脸和弯了一弯像要跪下来的腿，使我想起家乡的叔叔大伯们。

# 电 话

全市干部大会临散会前，丹彤市长举着一张报纸说："告诉大家一个好消息，咱们的报纸创刊啦！瞧，这《临清市日报》的报头是个孩子写的哩。"老齐悄悄冲我说："好家伙！你是三齿镢划拉在眉头上，又搂（露）鼻子又搂（露）脸。"

之后没几天，我接到市政府办公室的电话，说是要调我去市政府办公室。我问干什么去，说是抄写整理文件。我一听，脑袋瓜子轰地大了。我说干不了，我只会画画儿。电话里说："干不了，可以学呀！我们不是有很多新的工作都要从头学起吗，你的字不是写得很好嘛……"没等说完，我"咣"的一声把电话挂了。接着一怔，我被我吓了一跳，好大的胆子！

我悔恨极了，都是写那个报头惹来的麻烦。

冷静下来后。心想，端人家的碗，服人家管。不服人管，走到哪里都说不过去。可要是听人家管了，一辈子甭想再画画儿了。老天爷，可怎么办啊？真想大哭一场。每当电话铃一响，心里就哆嗦一下子。

看见馆长屋里灯光一亮，我立即推门进去。看似闲串门儿，实是"蒋干过江"，探听虚实。馆长倒真像了周公瑾。闻弦歌而知雅意。以静制动。终于我沉不住气了，说："前天市政府里打来了个电话……"他笑了。

我瞪大了眼,全神贯注。他说:“市政府领导谈过这事,你既愿意画画儿,就安心画画儿吧。”嘿！漫天阴云，一下子晴了天了。

股长对这事看得严重:“你啊，你啊！这叫什么？这叫不服从组织，这可是个原则问题。你要是党员,是要受处分的。没想到你竟敢摔电话。你啊，你啊！”听那声腔他也有点儿怕意了。“张三着凉，李四打喷嚏”起来了。

老齐是替我一百个惋惜:“小韩。你怎么这么傻！你知道不？这是天大的好事哩。是提拔你哩。别人还求之不得哩。你倒好，肉包子塞到嘴里倒吐出来。我不是说过，参加了工作要是入不了党，是白干一辈子。在市政府办公室抄写整理文件是直接在领导手下工作哩。入党、提拔都容易得很哩。画一辈子画儿有什么意思？还落个不服从分配，在领导眼里留下个不好印象，啧啧啧啧！”大姑娘不急媒婆子急，替我急成了这个样儿。

# 半路上杀出个程咬金来

闲聊中说起马市街上的画像馆，馆长说："提起画像馆，我想起来了，前两天听教育科的老罗说，有个叫王征的，在太原的学校里教美术。老家是临清，不想在太原了，想调回临清来。"我说："好哇，咱临清又多个画画儿的了。"馆长说："老罗说了，画画儿的人才，当然欢迎。或是小学，或是教育馆，来了再安排。"

提到教育馆，我怔了一下。如果真的调到教育馆来，兴许以后有麻烦哩。教育馆能容下两个画画儿的？虽不兴说"竞争"，只兴说"竞赛"，而且是友谊竞赛，听来温文尔雅，其实也是真刀真枪动真格的哩。不信，败了试试看。

市政府的那个电话，有"提拔"的意思。我软磨硬抗死抱着画笔不放，不算丢脸，大不了落个不服从组织分配。可"友谊竞赛"赛败了，怎好厚着脸皮不挪窝儿？妈哟！半路上杀出个程咬金来。你王征不好好地在太原呆着，跑回临清来干什么？

画《水浒乱弹》，对白衣秀士王伦总是狠不下心来挖苦几句。模棱两可不痛不痒："若是不收留晁盖，是心地褊狭，不能容人，惹人笑骂；若是收留晁盖，一旦强宾压主，鹊巢鸠占，噬脐莫及。左右为难，强盗也不好做也。"实是从王伦身上看出了我的影子，同病相怜，无异夫子自道。

庄子有句话："无能者无所求，蔬食而遨游，泛若不系之舟。"虽然在教育馆画画儿对我说是天遂所愿，可在旁人眼中是"教育馆的工作是有能耐的不干；没能耐的干不了"，应算是庄子说的那个"无能者"了。窝头、老咸菜是地地道道的"蔬食"。可"遨游"呢？说不定什么时候来阵顶头风儿，那"舟"怕要系一系了。庄子的话碰上我的现实要改一个字，无能者有所求。

怎么个求法？各有各的招数。我的招数是：比如唱戏，不靠唱功，靠做功。像《三岔口》里的任堂惠与刘利华，一言不发，猛折腾。

说破了吧：阅览室墙上的宣传画、漫画本规定的是半月一换，现在来个一星期一换。以前和股长说话从没嘴软过，现在是想方设法替他到处寻摸废子弹壳。溜须拍马起来了。

# 将两字颠倒了个个儿

《原道》中有句话:“坐井而观天,曰天小者,非天小也。”细细一想,似有可斟酌处。问题在“曰”字。“曰天小者”的“坐井”者,是偶尔失足落井,还是自幼生长井内?按道理,前者不会说出“天小”的话,因其已见过井外之天。后者也不会说出“天小”的话,因其生于斯长于斯,从未见过井外之天。

提到韩愈这句话,是因为写“信马由缰”写到临清市大众教育馆,想起和人议论画画儿的事,三说两说说拧了,对方甩过来一句:“井里的蛤蟆,你见过多大的天?”他以为刺骨三分;我却谓隔靴搔痒。何耶?我从没觉得过“天小”,非但不小,且是艳阳天。

画画儿,打从小时起就当成是“玩”。在墙上画着玩,在地上画着玩,在大人们的呵斥声中偷偷地画着玩。到了教育馆,却成了“工作”了。嘿!还有“玩”的“工作”哩。玩得对了劲,还受表扬,说是工作积极哩。

再说,画起画儿,脑子里根本没有“什么是好,什么是不好”一说。不懂得“不好”,就只剩下了“好”,怎么画,怎么好。好得自叹自赞:你小子还真有两下子!

无往不适,怎会感到“天小”?

抚今追昔,一笑复一叹。

笑的是,知足。固然知足常乐。可是“知足”需有一个前提,就是“无知”。唯其无知,方能知足。因为所知者少,其所欲也小。欲小则易足,足则乐。

叹的是,人从小到大到老,总要从无知到有知。知之愈多,欲求愈大。“而知也无涯”,欲壑难填矣,“巧者劳而知者忧”矣。

这又明白又糊涂之理,人们可以不去想它,但却摆不脱它。“井里的蛤蟆,你见过多大的天”那句话,后来我从书本上也读到了:“井蛙不可以语于海者,拘于墟也。”反正是人吃了粮食总要往大里长,总要跳出那个“墟”。这才知道山外有山,天外有天,小小画笔的笔尖上竟有无穷无尽的学问哩。眼不够使了,脑不够用了,寝不安枕了,食不知味了。愈觉无知,愈拼命求知,愈是求知,愈觉无知。像不知饥饱的饿死鬼。越吃越饿,越饿越吃。可是,进了肚子里的这些“知”,又像是冤家狭路相逢,互不相让,连踢带打。感于中,形于外。以前画画儿如小儿戏耍,无拘无束,自得其乐;而今却成了庄稼人下操,左顾右盼,亦步亦趋,只怕迈错了步子,又往往迈错了步子。

绕了几十年的圈儿,知识多了,胆子丢了。再也不敢把画画儿当成“玩”了,再也没了知足之乐了。再也不敢自赞一声“你小子真有两下子”了。一个“玩”字,本意味着对艺术的一种彻悟,可是“日凿一窍,七日而浑沌死”了。我自笑,这不是玩儿命地和自己过不去?

丁聪前辈曾为我画了一幅漫画像,要我自题。我写了这么一句话:小时作画,觉着人不如我;而今作画,觉着我不如人。画了大半辈子,只是将两字颠倒了个个儿。

# 煮羊杂碎

天黑了，街上更生冷生冷了。拐角处闪出一盏灯，晃晃悠悠。接着一声叫卖："煮羊杂碎。"灯愈晃愈近，是副挑担。前头是个木架子，挂着灯，安放着炉灶和锅，炉灶口里吐出点点火星。后头是个大竹篮，篮子旁挂着两个马扎子。

教育馆斜对过的杂货铺里喊了一声："杂碎。"哐的一声门板开了，刘掌柜大步流星迈向街心。挑担停了下来，我看得更真切了。锅沿上放着一摞两寸来宽一尺多长的木板板。木板上是一把牛耳刀。我纳闷，这木板板是干啥用哩？

刘掌柜坐到马扎子上，探着身子往锅里指指点点。卖杂碎老汉拿着筷子随着刘掌柜的手指处在锅里翻来搅去。两人小着声叽叽咕咕。一阵热气向我袭来，夹杂着葱、姜、大料味。

热腾腾的杂碎夹到小木板上，卖杂碎的操刀切碎，摆上筷子连同木板递了过去。原来这木板儿又是案板又是盘子哩。刘掌柜大嚼，嘬咂有声。又是一阵夹杂着葱、姜、大料味儿的热气扑了过来。我忽地回过神儿来，暗自骂道："真丢人！"扭身关上了阅览室大门。

熄灯睡觉了，钻进被窝里了，眼前又闪现出了那副煮羊杂碎挑担。摇曳的灯光，吐着火星的炉灶，冒着热气的汤锅，当盘子用的木板板，生冷生冷的黑暗的街上……真有意思。对了，这叫情趣。兴许还有诗意哩。所以我看得入了神。心里坦然了些，似乎“不丢人”了。那刘掌柜端着木板板大嚼得真带劲，到底是啥滋味儿？我咽了口唾沫，发狠地想，有了钱时，定也要在黑夜的街上，在灯影儿里，端着木板板吃它一顿。

可是直到我离开教育馆也没如愿以偿。

由供给制而大包干而小包干而薪金制，口袋里总算有了零花钱了；可由临清而邯郸而保定，离那煮羊杂碎挑担却越来越远了。

老饕涎出，为此没少吃了各个地方的羊杂碎。虽然天底下的羊都一个样儿，可一吃到嘴里，“远引若至，临之已非”，总像是少了那刘掌柜大嚼的滋味。

好多年过去了，每遇到临清老乡总忘不了问：临清街上夜晚还有卖煮羊杂碎的挑担吗？呜呼！哀莫大于心不死。

那吃了煮羊杂碎的刘掌柜，八成是抹抹嘴打个饱嗝儿呼噜呼噜睡大觉去了。没吃杂碎的我却被折腾得犯了邪。“张三吃了李四饱，撑得王五沿街跑。”看来还真有是事。既有是事，必有是理。谁来帮着讲说讲说是啥道理？

# 大开眼界

一提起画儿，就会想起自己家及左邻右舍的门帘上、炕围子上的“喜鹊登梅”、“鲤鱼戏莲”……

就会想起年画，那新鲜个十天半月就褪了色的“猴抢草帽”、“麒麟送子”……

就会想起庙里的壁画“水漫金山”、“八仙过海、“唐僧取经”、“太公封神”……

就会想起一本没头少尾的画谱上的钟馗嫁妹小鬼放炮仗。

就会想起烟草公司的月份牌，露着胳膊大腿的洋打扮的女子。婶子大嫂们一瞅，就“呸”的一声：不害臊！

到了大众教育馆，整天价照着描摹的不是“山姆大叔”就是“约翰牛”，再不就是“膏药蒋”。阅览室里读报的群众说这是宣传画。想想也是，这个只能贴在阅览室里或画在大街的墙上，没见谁贴在自己的床头上。

还有什么？想不起来了。

上海解放了，在偏僻的鲁西北的临清也能看到《文汇报》了。现在说起来仍对它感激不已。没有它，怎能看得到《小二黑结婚》。这是米谷根据赵树理的小说编绘成的连环画。记得当时翻开《文汇报》时，惊奇得发了声喊：天底下竟有这样的画儿哩！是活生生的庄稼人，而且似曾相识。拿着皇历的二诸葛活像是我街上的五大爷，连犟劲都像。瞅着瞅着，忽地想起来人们说五大爷的一句话，"犟劲一上来，叼住屎橛子不撒嘴"。坐在炕沿上的于福，多么像袁庄的亲戚。我家那亲戚不也老实得"三脚都踹不出一个屁来"！那神婆子不就是北关里的我妹妹的干娘？她也"下神"。因给我妹妹看过病，两家愿做个干亲。我妹妹认干娘那天，"干娘"在衣服外面套上一条专门新做的开裆裤。大伙七手八脚将我妹妹头朝下脚朝上地往她裤腰里塞，再从下边开裆处掏出来（以示生养之意）。我瞅得真真的，吓得我妹妹像挨宰似的拼死拼活地大嚎。金旺的老婆有点像臧庄的瞎四辈家，论辈分，我应叫她奶奶哩。

还有那土炕、那锅台盆碗、那油灯盏、那碾棚、那鸡窝、那驴那猪、那柴火垛、那纺线车子……似乎还闻到了土坯味、牛粪味、烟熏火燎味。嘿，又回到了老家了！

读了《阿Q正传》，这个未庄的舂米汉总在眼前晃悠。躲躲闪闪，恍兮惚兮，熟悉而又陌生，真切而又模糊。逗得我反复地猜摸，到底是什么样儿？终于废然而叹：草色遥看近却无。

是天遂人愿？本是上街闲逛，逛来逛去逛进了书店。有一搭没一搭地往书架上东瞅瞅西瞧瞧。正想转身出去，眼前一亮——一本薄薄的小书《阿Q正传插画》。急忙翻开一看，嘿！阿Q竟在这儿。一点儿都不错，正是我心目中的那个模样。好厉害的拘魂摄魄的画笔！封面上有两行小字："鲁迅原著，丁聪作画"、"上海出版公司"。忙不迭地掏钱。这是我长到十九岁第二次花钱买书（第一次是六七岁时用一个铜板买了常信的一本唱本儿）。这本书和《小二黑结婚》一直珍藏至今，已是五十一个年头了。

《小二黑结婚》和《阿Q正传插画》将我引到了绘画的新的境地。那些长年见惯了的“麒麟送子”、“天女散花”黯然失色，日月出而爝火熄了。

一天里不知翻看多少遍，不知赞叹多少遍。如获至宝，兴奋得不能自已。洪馆长冲我直笑，甩出一句文词来：临渊羡鱼，不如退而结网。我懵怔半晌，这网可是如何结法？说句不怕寒碜的话，速写、素描、对比观察、提炼取舍……在我这儿还是一盆糨糊哩。

# 城头怀古

出上湾街往东，是歇马厅——一座颓败了的庙宇式的大殿。歇马厅正北，就是临清砖城了。城里除了稀稀落落的住户和南门里一所中学，到处是庄稼地、碎砖烂瓦。城墙，徒具形似。城砖剥落处，露出里边的三合土，污迹斑斑，如创口瘢痕。偶尔，一两个捡拾野狗粪的老汉出没其下。

算是雅兴，我来这城墙上闲遛。听着风声草动虫鸣，仰望云舒云卷云飞。心里一惬意，嘴里就想哼唧几声。感于中形之于外也。那时还不时兴“啊！大自然我拥抱你”，可又没有出口成章的本领，只好学马二先生游西湖那样掉书袋。翻了个底朝天，抖搂出了当过我县县尹的张养浩的《山坡羊》，聊胜于无，抑扬之顿挫之：“峰峦如聚”（歪斜参差的雉堞，眯着眼远远望去，真有点近似“峰峦”哩）；“波涛如怒”（且将这句跳过去）；“山河表里潼关路”（蜿蜒于乱砖杂草中的城墙上的小路，说它就是“潼关路”，它敢犟嘴么）；“伤心秦汉经行处，宫阙万间都做了土”（脚下的城墙，明摆着的，已快“做了土”了）。境由心造，恍惚间，不知自己为古人今人了。

尤为快意的是，在这儿，苍茫大地，我主沉浮。比如，想在哪儿撒尿，就在哪儿撒尿；比如，看哪块砖头不顺眼，就猛地一脚，踢它个屁滚尿流，比如，想怎么嚎叫就怎么嚎叫：“前不见古人，后不见来者。我前我后不见一人，我就是陈子昂！”

曾翻看过临清地方志，一些记载逗得我浮想联翩。乾隆年间，王伦的农民起义军为夺取这砖城和官兵激战了十七昼夜。那时的我的四周正杀声震天哩。说不定我刚刚踢飞的那块砖头上曾染过血迹哩。咸丰四年，太平天国北伐军抵达临清，攻陷了这座砖城，将城墙炸了个大豁口子。是哪个豁口？想来那豁口早已修复了。现在的豁口又是谁扒的？宋景诗的黑旗军和僧格林沁的清军、英人洋枪队的一场鏖战，就在这砖城东南的柳林镇进行，这儿能不风声鹤唳草木皆兵？这砖城缩短了我和历史的距离。

一个放羊老汉是见面熟，我们蹲坐在北门外的土坡上闲聊起来。他说他就住在这砖城里。他爷爷见过太平军、捻军。一忽儿官兵杀了过来，一忽儿捻军杀了过去。老百姓今儿往这躲，明儿往那逃。他指着北门城门洞说，你往里边看看去，往上瞅瞅，黑糊糊一片，我爷爷说那都是血。我问其详情，他说：“我爷爷也说不清楚，兴许是被官兵杀的捻军的血，兴许是被捻军杀的官兵的血，也兴许是被官兵和捻军杀的老百姓的血。”这北门的城门洞子更加缩短了我和历史的距离。

写着写着想起了老朱。我曾对老朱说：“有个好玩的地方，去不去？”他问是哪儿，我说砖城城墙上。他说：“吃饱了撑的？哪儿不好去，偏去那儿？”或许老朱说得对。可又已经写出来了。读者如若觉着没意思，就翻过去，只当没有它；或者撕下来卷烟吸。

# “饱食黄粱追梦去”

吕仙祠里，烂砖碎瓦，枯草野蓬。我独自冲着照壁发笑，这就是“蓬莱仙境”？

吕祖殿里，除了鸟粪狗屎和刺鼻的土腥味，别无一物。

卢生殿里的卢生，酣然高卧。一摸，冰凉。一敲，当的一声。不知是铁的还是铜的？

无怪文工团的人说：没有看头。

倒是旁边的已干涸了的池塘、亭子四周，尚可憩坐。阵阵雀噪，声声鸦啼。尤其从墙豁口处挤进来的麦田绿色，给这儿增添了些许春意。

写到这儿，忽地想起一首诗：“四十年中公与侯，虽然是梦也风流。我今落魄邯郸道，要替先生借枕头。”另一诗句更奋袂昂扬：“愿作卢生不愿寤，饱食黄粱追梦去！”

吕真人大概没有想到，人之所以异于禽兽者，以其有梦也。人既生活在现实中；也生活在理想或幻想中。理想幻想，不亦梦想？张岱讲：有一脚夫，为人担酒。跌碎了酒瓮，赔偿不起，坐着傻想：但愿是梦。又一穷读书人，听到得中了的消息，欣喜之极，咬了一下自己的胳膊：莫非是梦？惟恐其非梦，惟恐其是梦。谁又能不在这醒与梦之间打转转？人就是活在一半儿醒一半儿梦里。醒着得不到的，梦里求得之。

梦给人以慰藉。以满足。“第云理之所必无，安知情之所必有邪！”梦虽是虚，虚实相通，虚未必不可转化为实。梦又给人以希望，以力量，使人活得更有奔头。卢生的梦，实是人生的另一半。

吕真人虽是道家，不“无为”，偏偏“有为”，偏偏要替世人操心，弄出一枕黄粱，谓荣华富贵本是一梦。慢藏诲盗，冶容诲淫，恰恰搔着了世人的痒处。本想将人心弄得冷些，岂料反而更热了，热得烫手。

# 强打鸭子上架

跟随着文工团巡回演出一个月，画出了一套连环画。

偶然从《河北日报》上读到一则一个老汉在事实面前转变了重男轻女的思想的故事。仿照着连环画的格式，一张张画起来。怎么画的？我不是有一本粘贴的剪报、米谷画的《小二黑结婚》吗？瞅一眼“二诸葛”，画一笔我那老汉。强打鸭子上架是也。

朱柏庐有言：“毋临渴而掘井。”可世上有几人能于未渴之前虑及已渴之后？渴而掘井总比渴而不掘差胜，且为时亦未必晚，不亦穷则思变？

在临清大众教育馆，有本职工作（搞美术宣传），也有固定的宣传阵地（群众阅览室）。我画画儿的能耐充其量不过是“依样画葫芦”；而宣传工作所需，也无非是临摹放大现成的漫画、宣传画。矮人骑矬马，正般配。不淹不旱的年头儿，怎会想到那“治家格言”。

虽然从太原“半路上杀出个程咬金”，使我有点像庄子说的那个衔着腐鼠的鸱。可又只是虚晃了一下板斧，却没露出人影儿。莫非那“程咬金”“非梧桐不止”？如此正好，无扰于我，天下太平。又怎会想到那“治家格言”。

本意是调邯郸“更上一层楼”，没想到这步棋走砸了。丢了阅览室的宣传工作，文工团里又无布景可画。鸡飞蛋打，进退失据。更堵心的是那根拉幕的绳头儿已塞到了我手里。“美术工作者”是啥成色？拉幕是啥成色？笔杆儿换成绳头儿，能心甘情愿？

“热爱美术工作”，不知听我们这行当里人说过多少遍了。我自己也不知说过多少遍了。对别人不好妄断。只说自己。有句经典名言：世上没有无缘无故的爱。对美术“爱”而且“热”是何缘何故？还真有点儿怕这么较真儿地问哩。

这一回可真的热爱起来了，热爱得玩儿命了。一个梳头匣子大小的箱子，权充桌子；揽在怀里，弯腰箕踞。本对创作一窍不通，定要无米为炊。锣鼓声、琴笛声、嗓闹声聒得脑袋欲炸。内受其困；外受其扰。坐下起来；起来坐下。放下笔，又拿起笔。一忽儿自暴自弃：算了，别受这罪了！一忽儿自己又骂自己：属乌龟的，一碰就缩脖子，活该拉幕去！一忽儿又“见弹而求鸮炙”：万一在报上登出来，可就鲤鱼跳龙门了。身份不同了。就这样，一忽儿嗒然若丧；一忽儿兴奋若狂。画还没画完，已成了半个疯子。

不知是应验了“锲而不舍，金石可镂”那句话；还是上辈子烧了几炷高香？怎能说“毋临渴而掘井”？强打的鸭子真的上了架了。那画儿登出来了。我捧着报纸，看了又看，莫非是梦？飘飘然，不饮而醉。走到街上总觉得背后有人悄声耳语：这就是画那连环画的。喜上加喜，接踵而至的是花花绿绿的钱票子（稿费）。嘿！成了小财主了。还有哩，下一步是，等着领导重视了。啊哈，搞美术为人民服务真好！好得没法说！

这连环画，却又成也萧何、败也萧何。欲知究竟，且听下回分解。

# 忘 年 交

游嶂石岩，见冻凌背的瀑布后面有一小庙。仅可容膝。中有一石偶，不知是何尊神。墙上有壁画，依稀可辨：云雾中一小鬼推车，一仙人坐车。本是腾云驾雾凭虚御风，何需以车？继而一想，恍然大悟：仙人摆阔也。

由这坐车的仙人，想起坐在车屁股上的另一位仙人。

五十年前，从书上读到一则有关河北束鹿小李庄五龙圣母庙里的壁画的描述：龙母娘娘的出巡行列中，有一位管测降雨量的小差使的老年随员。没有施雨诸神的骑马资格，也不愿杂列于年轻龙卒之间步行。略受优待，在龙母的大车屁股后面占了半席地盘。又因没有东张西望的兴致，抱起头打瞌睡。

这老年随员“坐”得颇堪玩味。

坐车屁股，大不体面。可这是驷马高车的屁股，不亦于不体面中亦有体面？不亦正因有了这不体面才有了那体面？这老年随员“坐”出了一个并非大谬的人世之理：体面与不体面本是一分为二或曰合二而一的。

那老年随员“没有东张西望的兴致，抱起头打瞌睡”，依我揣猜，未必不是装装样儿，怎知他不是故意做出受宠不惊之状，以夸耀于步行的年轻龙卒？

他的心思不仅昭然若揭，还像一面反光镜，照出了龙母娘娘。原来尊荣显赫的龙母竟也有怜老之心，神也有人情味。当然，要等级分明，绝不能乱了上下尊卑之序。

虽得知于书本，缘悭一面，他却成了我的忘年交。像似经常向我絮叨：就因为我坐在车屁股上，你才看出了这些人情世态。画画儿讲究个传神。怎么个传法？传神离不开细节。多思谋思谋我这个细节，能帮你悟出点儿画画的道道儿，就看你能不能触类旁通举一反三了。

那本书就是王朝闻的《新艺术创作论》。是他在谈到想象、幻想、灵感、创作冲动无一不与直接、间接的生活经验有关时提到那幅壁画的。

去年，王老前辈九秩大庆。我画了一幅漫画祝寿。写了如下的话：年轻时虽喜绘画，苦不得门径。一日，偶于书店购得《新艺术创作论》。如盲者忽焉见日，聋者遽然闻声。如饥如渴，反复诵读，将厚厚一册背得烂熟。

# “此亦飞之至也”

前边提过，成也萧何，败也萧何。

一套连环画还真的“鲤鱼跳了龙门”，一变拉幕的而为美术编辑。把我调到了新成立的农民报社。这不是“成也萧何”？

“败也萧何”，恰好是败在“成”上。今非昔比，不再矮人三分。心花怒放，腰板挺直，怎么出气怎么顺溜了。

临清大众教育馆的洪馆长，不知何故不愿在临清工作了。要去北京报考中央美术学院。过邯郸时，邀我同去。我摇了摇头。他说：“你刚参加工作时不是说过还想上学？这不是机会来了。”我说：“那时是想，前几个月还想哩，现下不想了。”他也摇了摇头，似乎是说一忽儿热一忽儿冷这家伙是怎么了？我不告诉他。此时我正为那连环画洋洋自得哩。好不容易挣来个“美术编辑”，岂能轻易丢掉。画画儿凑合着也能无师自通，当学生干什么？当干部哩！再说故土难离。离家已经有三百里地远了，要坐一整天汽车哩。再再说，也该找个对象成家过日子哩。不让老人操心，能在外边娶个媳妇才叫本事才叫风光哩。

后来每想及此，噬脐莫及。那时怎地竟那么易于满足？那么小器易盈？就那一念之差，又走错了一步。那连环画算是把我坑苦了，弄得我年年填表都得填个“小学毕业”。

可那时既无远虑也无近忧，如庄子说的“翱翔蓬蒿之间，此亦飞之至也”。

# 画余絮语

# 闲话家珍

我终于凑成了两橱书。看来，我这个初中一年级生似乎也有点儿“知识分子派”了。闲暇时总要凑到书橱跟前，动动这本，摸摸那本，如数家珍。

说是家珍，有点儿往脸上贴金。“家”字倒不含糊，“珍”字则须作别样解释：珍者，非谓贵重之珍本书，乃珍存珍藏意也。说句寒酸话，我这橱中非但没有珍本，且卷数不全少头无尾者比比皆是，因为其中很有一些像电影《望乡》中阿崎婆家里的猫，是捡来的。然而，珍爱与贵重之间并非都是画等号的，“敝帚”不是也可以“自珍”？

说是捡来的，未免说得好听了，世上哪有白捡之物？其中还有一个“赚”字。我书橱里有一本《元白诗选》，就充满了连“捡”带“赚”的戏剧性，可是说来话长了。

文化大革命时期，有些收破烂的将“封、资、修”的书按“废纸”价钱一捆捆地收来，一转身，又将一捆捆的“废纸”堆到街头巷口，任人挑拣。打着幌子名曰卖废纸，实则是卖书。而买家打着幌子名曰买废纸，实则是买书。正应了俗话说的，“挂羊头”买卖“狗肉”也。

我经常在这“羊头、狗肉”摊旁转来转去。

这号书贾（姑且算作书贾吧）有两类。一类是仍不脱买破烂的本色，以轻重厚薄论价。这好办，专挑书薄而又对口味的，只花几分钱就到手了。另一类可就难缠了，他们虽是文盲，可眼盲心不盲，不懂书的好坏，可会相面，会察言观色。比如你往那儿一站，他先端详你了。有一次我从书堆里翻出一本洪昇的《稗畦集》，问这本“废纸”要多少钱？他说五角，我丢下书走了。可又舍不得走，绕了一圈又回到原处，这一下可被他看出了心思，再一问，六角。我说刚才不是五角？他说没有说五角。讨价还价，只好赌气花了五角五分钱将它买了回来。

我挨了赚，也学聪明了：蹲在书堆前，扒来扒去，表现着最大程度的冷然漠然。其实早瞄准了《元白诗选》，却将无关的书拿起放下，问价还价。这是虚晃一枪，声东击西。到了火候，单刀直入，不屑一顾似的捡起目的物，并自言自语：“这本纸薄，好卷烟，多少钱？”“一角。”“五分。”“拿走吧。”就这样差不多是白捡来了元微之、白居易。

这招数也不全灵。有一次我正在声东击西进行迂回，猎取目标是《樊川诗集注》，不想半道上杀出了个程咬金，一位老者抄了我的后路，伸手捡起这本诗集。“多少钱？”“八角。”“买了。”我白费了心计，眼看着目的物被人抢走，有苦难言。

我的家珍中除了连捡带赚来的，还有被我救了出来的。说是“救”，也未免好听了，其实还杂有个“窃”字。这是仿效孔乙己“窃书不能算偷”的说法的。

仍是在文化大革命中（与文化大革命算是纠缠不清了）。我偶然得了一个消息，说是造纸厂的原料堆里有的是书，我托了个后门，打通关节，提上菜篮子，混了进去，再混了出来，这样像唱《盘关》一样混了几次，我书橱里的“队伍”又壮大了好些。

“窃”字虽不光彩，却也颇堪自豪。比如那位发出“彼（拿破仑）

以剑锋创其始，我以笔锋竟其业”的壮语的巴尔扎克，就是被我从这种绝境中如此这般地救出来的。它虽遍体鳞伤，至今仍“得其所哉”于我的书橱之中。

为我书橱增添光彩的，是诸作家、诗人好友赠赐给我的大作，它凝聚着的不仅是智慧，还有友情。这倒与“珍”字沾边。

还有一类家珍，我称之谓“闻风而至”的。这是从天上掉下来的馅饼，但非惟独于我，凡国家干部职工都有份的。这就是因学习需要由单位发给的书。比如，批评《红楼梦》研究中的资产阶级立场、观点、方法了，发给了《红楼梦》。批孔了，发给了四书。批宋江了，发给了《水浒传》，不只七十一回本，还有百二十回本，有文有图，煞是好看，且像陪送嫁妆，评论资料也纷至沓来，我则乐得“却之不恭”。

提到在书店里买书，似乎没有什么可说嘴的了。然而，人一有了癖，没事也会有事。比如养花癖、爱鸟癖、洁癖、书癖，一得了这个癖，就爱之失当，神神经经，颠颠倒倒起来。就因了这个“癖”，使我几乎惹出了麻烦。

人民文学出版社新出版了《契诃夫小说集》，分上下两卷，精装且有插图。我买回来，朝夕观赏，爱不释手。孰料爱之深则责之严，忽然发现了书脊上有一斑痕，这一下可腻烦了。愈腻烦愈想瞅它，愈瞅它愈觉着扎眼。不行，得想法去掉这块心病。我试着用棉花蘸上水轻轻去擦，斑痕倒是没有了，可又成了更扎眼的白色，而且凸凹不平了。这更腻烦了，没了法，只好再另去买一本下卷。还好，书店里还剩有一本。书脊上也无斑痕，心满意得地买了回来。又岂料没了书脊上的毛病却又发现了别的毛病，皱褶甚多，更更腻烦了。这个契诃夫将我折腾得神魂颠倒。不行，还得再买。我又乘车远征到市郊书店。幸好还有三数本。我站在柜台前一面说着好话一面遭受着售书员的白眼，恨不得将眼珠子变成X光机，洞察一切。出了一身汗终于选出了差强人意的一本。老天不负苦心人！

像一夫多妻，一本上卷，三本下卷，那怎么行！总得把多余的打发了。可是两本下卷谁去买它？只能到收购旧书的书店去贱价处理。当我将书放到柜台上之后，书店人员看了看那两本崭新的下卷，又看开了我。问我是哪个单位的？为什么是两本相同的下卷？我如此如彼地说了，他虽如此如彼地听了，却皮笑肉不笑得令人发毛。说："书先留下，回去拿工作证去。"我这才恍然明白了他的皮笑肉不笑的背后是什么。老天爷！这一回我可真的跟"偷"字沾了边了。当然，事情的结局没有弄出麻烦，按百分之六十的价款卖掉了那两本下卷。不过，恐怕至今那位书店人员仍不会相信我的如此这般的解释的，我敢打赌。

或问，在所谓的"家珍"中有抢来的吗？我说强取豪夺乃犯法事，君子不为。然少年之时，不谙事理，确也胡乱抢过。但此时想来，事虽可鄙可惭，亦复可感可哀。

一九四五年，解放聊城战争中，我们初中学生被围在城里，从枪一打响，可就没完没了了，连打加围将近一年。居民陆续逃离出去，十室几乎九空。浑水摸鱼的和大兵们四处乱窜，大肆搜捡财物。我们这些十三四岁的学生，耳濡目染，渐渐地也眼红起来，也跃跃欲试铤而走险了。于是不约而同直奔"友益堂"。这是一家大书局。面对着琳琅满目的"无主之物"，像饿汉见了满桌酒肉，我们心跳，我们浑身发烧得像发疟子，发一声喊，拥了上去。又于是在我们的桌上桌下、床头床脚堆满了崭新的《古文观止》、四书以及升学指南……吃着红薯干喝着白开水志满意得地守护着这些精神食粮。

我随着又一批难民要出城了，瞅着一捆捆的新书，挂心牵肠，好不难受。更有一位同学，死说活劝也不出城，很有点儿与书共存亡的劲头。直到聊城解放了，家里人用小车把他拉了回来。我跑去看他，他奄奄一息地躺在炕上，我悄悄问：“书呢？”他倏地流出了眼泪。大人们说：“为了那行子书，几乎给饿死，这不傻了？”

在《光明日报》上曾读到陈迩冬先生的文章。在谈到曹操破邺、曹丕纳甄氏、曹植时不过十二三岁，纵使早熟，也不会从此就一直私恋着嫂嫂时，写道：“偶忆四十余年前与亡友孟超兄闲谈，孟超编造说‘曹植当时不曾注意女人，他一头扎进袁氏藏书里去了’。此语极妙，可补《演义》之阙。”

这“一头扎进袁氏藏书里去了”不只极妙，即以我在聊城的亲身体会，亦足证这“编造”可信至极。

我的“家珍”，惹出了这么多闲话。

# 豆棚絮语

## 一

雨、雾、烟、霭、烛、月等朦胧暗弱之光。迷离飘忽，使物体大变其样，大异其趣。我虽明知为其捉弄，亦觉甘之如饴。因为这正与观赏魔术从被捉弄中求得愉悦一样，是为了求得美的享受。

我喜欢夜晚独自徘徊在郊野的小路上。这小路四周为环村遮挡，视野不出半里之遥，可谓天地狭小的了。可是到了夜晚，在迷茫夜幕笼罩下却突然改观，它的有限空间扩展成为无限空间，村子退缩得那样遥远，小路竟那样漫长，一行枝叶扶疏的衰柳一变而为连绵起伏的丘陵。星垂平野，空阔无际，使人心旷神怡。一种宁静淡远的美。“秉烛夜游，良有以也”的古人是否也和我有着类似的感受?

五年前在五台山，一个阳光刺目的中午，我凑近一座殿堂，往锁着的门缝里窥视。开始什么都看不见，只觉霉气扑鼻。继而暗度渐渐减退，隐约地显现出了一尊端庄绰约的神像。我简直被它的美所吸引，瞩目良久，真有点儿“怅盘桓而不能去”了。

五年后我又去了五台山，急不可待地奔向这一殿堂。这一次殿堂已门窗洞开，豁朗敞亮了，神像也安然无恙。但我却惊讶而失望。因为它竟是如此平庸、呆板。我想人有“人老珠黄”之说，莫非仅仅五年岁月竟也神老珠黄了？在敲击有声的实实在在的铜像面前，我暗笑我的荒唐的想法，并承认是受了自然界魔术师——朦胧暗弱的光的捉弄。

这朦胧暗弱的光欺骗我达五年之久，但也恰恰因为如此，才使我沉浸在长达五年之久的对这神像的美的缅怀里。“足往神留，遗情想象”，我也尝到了一点点建安才子的“思绵绵而增慕”的滋味。我后悔第二次去五台山，我愿终生被这朦胧之光蒙蔽下去。

又有一次夜间，我偶然经过大悲阁下。这是保定的古建筑，它已因年深日久而颓败不堪了。就是一座这样黯然失色的大悲阁，在月光朦胧的笼罩里，却以我从来没有看到过的姿态，傲然耸立于我之前。庄严、雄伟，势可触天。模糊的不可辨认的梁柱回廊，黝暗神秘，不可捉摸。它像是有了生命，将要破空飞去。我虽有点儿“肃然而恐，凛乎其不可留也”之感，却频频回顾，一再瞻仰这在白昼间为大悲阁所不易显现出的古建筑的美。

朦胧暗弱之光，其魅力如是。古人亦深得此中三昧。

杜牧的“多少楼台烟雨中”，其意境浩茫，不是得之于蒙蒙的“烟雨”？

“山色空濛雨亦奇”的奇特景色，不是得之于“空濛”？

这化腐朽为神奇的朦胧暗弱之光，引起了多少人的叹赏与遐想，这是为什么？

是否因为被其模糊了的物体在一定条件下更能突出其特质？否则为什么“淡淡著烟浓著月”的霏微的烟光会给“南枝才放”的“两三花”增添出如许妩媚？

是否因为被模糊了的事物，较其清晰时显示出的内容更宽泛？否则为什么月光下的“樯影里”能勾起戴复古“诗思浮沉”？“烟波江上”

的暮色能给崔颢增添思乡愁怀?

是否因为物体的形象模糊了，减少了对视觉的干扰，有如人的某一器官被堵塞后另一器官将会发达一样，因而感触更敏锐了?否则为什么黄昏的月色能诱发出林逋的梅花“暗香浮动”?

是否由于视觉与情绪的交互作用，想象与美感的交互作用，迷蒙之光所造成的缥缈广远之感更易使人产生错觉，从而幻化出更美的境界?否则为什么杜甫会写出壮阔而又带有错觉的“月涌大江流”的诗句?……

这些对我说来是“剪不断，理还乱”的现象与道理，还是留待心理学家和美学家去探讨，我还是在朦胧光色的捉弄中追寻那虚幻的美感吧。

## 二

我喜欢发自管弦的缭绕回荡的旋律，但我也喜欢天籁之音。

“初淅沥以潇飒，忽奔腾而砰湃，如波涛夜惊，风雨骤至。其触于物也，鏦鏦铮铮，金铁皆鸣。又如赴敌之兵，衔枚疾走，不闻号令，但闻人马之行声。”这“声在树间”的天籁之音，这雄壮的交响乐是何等气魄!

我喜欢匠心经营的交织的线条与跳动的色块，但我也喜欢风雨剥蚀的断碑残碣与斑驳迷离的屋漏迹痕。

清代的一位诗人对着敲窗的冷雨看得入迷了:“雨师一夕兴淋漓，笔尖乱点西窗纸，初犹落落蝌蚪分，继则盈盈垂露似，须臾漫漶一片湿，直似秦碑没字体。”这“雨师”的笔尖乱点出的蝌蚪字与秦碑多么饶有意趣，这自然界的艺术家的手笔！

所谓天趣，此其然欤？

人的劳动与智慧创造的美，更概括更集中更能体现出人的意志、兴趣与愿望；天然的美则于漫散中蕴含着和谐、蕴含着顺理成章的偶成，更易启人心扉，敞向自然，遗忘在物我合一的境界里。在天然美里，丝毫感觉不到所谓“法度”，它的美是行云流水、无为为之。古人云“无法之法，乃为至法”。真正的“至法”孕育于天然之中。这可能就是一块嶙峋的顽石能使我玩赏不已，一湾潺潺的溪流能发我遐想的缘故吧！

## 三

公园里的频频向人开屏的孔雀是美的，但我不喜欢，因为它太急于向人显示了。

《聊斋志异》的《司文郎》中，一漂泊游魂讲过一句高明话：“然命笔时，无求必得之念，而尚有冀幸得之心，即此，已落下乘。”孔雀，下乘之美。

同一书中，说出“个儿郎目灼灼似贼”的痴话的婴宁很美。她的美不是由于书中“容华绝代”的描述，而是在天真娇憨中透露出的“丝毫没有留心过自己的美”的美。婴宁的美，上乘之美。

有心为之与无心为之竟能如此影响到美的本身。

大概是人同此心吧，看来并非我一人如此，最近翻阅袁枚《随园诗话》，有一段话可引为同调：

> 林艾轩云：“苏诗如丈夫见客，大踏步便出去。黄诗如女子见人，先有许多妆裹作相。此苏、黄两公之优劣也。”

# 画徒品戏

我是一个画徒，又是一个戏迷。对两者均有所爱，也有所感，当然是七零八碎。

中国戏、中国画，虽不同名，却是同姓，似是姐妹。

《红楼梦》里有一联语：“假作真时真亦假，无为有处有还无。”这虽系释家、道家语，但却也可借作画家语、戏家语。真、假、有、无四字（或谓真、假、虚、实），中国戏里有，中国画里也有。

戏曲舞台上除去一张桌子两把椅子之外，可说是一无所有，又可说是无所不有。《打渔杀家》里的船桨是真的，船却是假定的，当然，河水则更是无的。可是当身姿摇晃船桨划动时，船有了，水也有了。在中国画中，一个撑伞者的倾斜姿态，却给空白无物的纸上增添出了风声雨丝。这种无中生有的现象，两者多么近似。

而《武家坡》则又以假代真，窑门用椅子权充，是假物，可是它的确像窑门一样阻挡住了薛平贵，又像真的。这种又假又真的窑门，使观众既能看到窑外的薛平贵的剖白之态；同时又能看到窑里的王宝钏的盘诘之状。因此，又极酷似中国画的散点透视。散点透视改变了视觉在观察时的被动状况。有利于绘画表现。《武家坡》一戏同时展现出窑里窑外的情景，正是一幅活动着的散点透视图。

从戏曲与生活的关系讲，是假戏真做；从戏曲的表现手段讲，是真戏假做。真假、有无，相反相成，以假求真，无中生有。戏曲中的境，是无中生有的境，是来自虚拟，因之，可招之即来挥之即去，又因它是和想象伴随一起，它较之实境更宽广无限。戏曲如此，绘画如此。任伯年的《思乡图》，从战士眼神中显示出的是遥远的无尽头的天涯之路。

戏曲的环境虚拟法，也是符合了人们在观察事物时的视觉特点的。人在观察时总要把视线集中在关注之处，因而此处清晰如烛照，其余处则模糊或不为觉察。就人和环境的关系讲，固然人不能脱离环境，且环境对人有重要影响，但事件的进程，终究取决于人。戏曲是表现人生，当然应以人为着重点。为了不使次要的干扰了对主要的注意，于是具体的环境之“象”，退出视觉进入到虚拟之中。

真、假、虚、实在戏曲表演中更是随处皆是。我赞佩川剧《梵王宫》的表演。假，假得彻底；真，真得着实。少女耶律含嫣与青年华荣一见钟情，色授魂与，两股并非实有的“视线”拧成了一条真的实在的线，以情理度之，合于情理之真。可是她的嫂嫂却把这“视线”弹拨有声，这过分的真，又使这线回复为假，因为就事理度之，这不合乎事理之真。而正是这荒谬的不合事理的弹拨声，又使人感到线的坚韧，扯而不断，意会到爱慕的相吸力之真。在这从假到真，从真到假，又从假到真的演化过程中，两个热烈地相爱者的形象，以不可阻挡的力量打入观者心目之中。

大概是《吴友如画宝》中的一幅画，画着一个死者在流泪。死人流泪，不合事理，是荒谬的，是假的。可是这“假”却诱发人们去关注隐在“假”的背后的流泪的原因。原因是受感动而流泪，这又合乎情理之真。而不可能流泪的死者终于流出了泪，可见感动之深。这种真真假假与《梵王宫》多么类似。戏、画异曲同工，各臻其妙。

戏曲表演动作较之生活中动作，有繁处，也有简处。

繁处如指示的动作，是手部先往相反方向绕一个弯，然后再回过来颤抖着伸向所指之处。生活中此类动作绝不如此麻烦。但戏曲中的动作却给人以强烈印象，这很像中国画里对关键处的着意刻画。

简处如绕场一周，即为若干道里。鞭子一扬，即是上马。绣花缝衣则更干脆，连针线都不用。这类动作有似“蜻蜓点水”，“意思”一下即可，这是“虚”，这很像中国画中笔墨的省略；它不胶着于具体动作的“形似”，又有如中国画的“得意忘象”。《草船借箭》一戏，从始至终是在惊涛骇浪的江中唱的，可是诸葛亮和鲁肃仅只搭了搭扶手表示上船就完了，不再斤斤于乘船的具体状况。这种为了突出地展示人物心理、性格及创作者之“意”而“忘”去无关宏旨的具体之“象”，戏和画完全有着共同语言。

戏曲中的“亮相”，甚至可以直接入画。这种姿势很美，静中有动，有延伸之感，像旋律的暂时停顿与相继的开始，它承前而又启后。而这恰恰为画中人物姿态所需要，画者怎样去抓取欲动未动的姿态的关要处，从“亮相”中可以得到启发。

戏曲对色彩的讲究与绘画同。数年前，李可染先生在闲谈中提到朱光祖（京戏《连环套》中人物），浑身上下一抹漆黑，只黑色马尾透风巾下沿额头间横系一紫色绸带，黑、紫相间，他认为色彩极为考究。

我对曹操的色彩很感兴趣，帽子胡子是黑色，脸是白色，袍是红色。黑、白、红三色凑在一起有一种响亮的美感。且能对曹操这一“奸雄”（指戏曲中的）起到突出人物性格的强烈作用。整个身体的红色衬托着脸的白色，正如“万绿丛中一点红”的道理一样，白的面孔上的奸纹图案与表情更为夺目。

《打金砖》刘秀祭宗庙一场，本来是一群着金披紫尊荣显赫的人物，仅仅在帽顶加了一条黑纱，有如原子爆炸一样，满台立即弥漫了森森阴气。

京戏唱段有“味”，有感染力。如果把唱段中的唱词和唱腔分开来看，则可以看到唱腔的内容容量要比唱词的内容容量远为宽泛深邈。譬如《让徐州》“原板”一段，就其字句所能展示的内容无非是“犬子年幼，老朽年迈，难当重任，望使君慨然应允”，一句话，就是让位。可是经言菊朋唱出来就不这么简单了，吞吞吐吐，逶逶迤迤，言之欲止，止而又言，一副言不由衷之状，比唱词中所显示出的情绪复杂得多。其实又何仅只复杂，唱词字句所表示出的是揖让的甘心情愿；而唱腔所流露出的则是被迫的无可奈何。

如果再把唱词和唱腔用形象作一比喻：唱词中的“字”是相等的“点”状；唱腔中的“字”则是错综交织的长短不等的“线”状。

戏曲中的这种唱腔和唱词的矛盾而又统一的状况，极近似中国画中“线”和“形”的关系。

中国画既要依靠线来描摹事物形体；又要依靠线来展示韵律、节奏。而形体和韵律的各自规律互不相同。往往是在绘画创作中，对事物形体的如实描摹已不能充分地展示出创作意图，而需要求助于更重要的有联系的节奏。因此，线就须要摆脱形的规律的束缚，有意地破坏事物形体的常态，使之以适应韵律节奏。

戏曲唱段也是这样。我小时学唱京戏，老师刘世勋说，戏要唱得够味，必须字正腔圆。他教我行腔吐字用拼音的方法，譬如“为国家”

三个字，唱出来是“wèi（为）guó（国）jiā（家）”。这样唱出的字如书写一般，有顿有行，行中有顿，有着行进中的节奏感。可是这么唱却不如唱词字句本身来得清晰易辨。这状况说明唱腔为了韵律、节奏已对唱词字音作了修改。唱腔变“字”之常音，绘画变“形”之常态，行腔行笔，似同一辙。

吴道子观裴旻舞剑，借其壮气用助挥毫，这是史传佳话。据说现代京剧大师盖叫天表演的《武松打店》中的某些姿势，则是受启示于中国画墨龙的神气。一是从舞中领悟出了画的道理，一是从画中领悟出了舞的道理。古今相映，发人深思。人们往往把这种现象解释为善

学善悟、触类旁通。其实还应再补充一句：两“类”之间，如果根本没有蛛丝马迹的牵连，即使怎样去“触”，也是难得“通”的。

中国画、中国戏，两者在艺术创造的整个过程中都借助于很大的想象成分。其艺术形象不是来源于对某一具体对象的模仿，而是利用生活经验中各种印象交互糅杂构成。因此，在同属“写意”的中国画、中国戏的艺术形象中往往掺合着相同的生活经验的痕迹。这种“痕迹”正是为“触类旁通”打开了方便之门。也是从这意义上说，戏中有画，画中有戏。

# 《滕王阁序》跋语

《滕王阁序》正文后面，有几行小字甚有意思，抄录如下：“阎伯屿为洪州牧，重修（滕王阁）。九月九口，宴宾僚于阁。欲夸其婿吴子章才，令宿构序。时王勃省父，次马当，去南昌七百里。梦水神告曰，助风一帆。达旦，遂抵南昌与宴。阎请众宾序，至勃，不辞。阎恚甚，密令吏，得句即报。至落霞二句，叹曰，此天才也。”

尽人皆知，事业的成就，取决于天赋、勤奋。这段小文所以甚有意思，是它在叙述《滕王阁序》成篇的过程中，清楚地表明了在天赋、勤奋和成就之间尚有着一段间距。唯有靠了各式各样的“凑巧”的因素填补了这一间距，天赋、勤奋和成就才能沟通，由此及彼。

试看这段小文中有几个“凑巧”：

阎伯屿“宴宾僚于阁”是“欲夸其婿吴子章才”，凑巧一也。“时王勃省父”，凑巧二也。“助风一帆，达旦，遂抵南昌与宴”，凑巧三也。“阎请众宾序”，凑巧四也。

这四个“凑巧”如缺其一，纵使王勃才占八斗，学富五车，满腹“珍词绣句”，恐也只能化为“槛外长江空自流”去，作为代表他的文学成就的《滕王阁序》也就不复出现在中国文学殿堂里了。

庆幸的是，这些“凑巧”恰好都凑在了一起，促成了《滕王阁序》

的成篇。如果说天赋、勤奋尚属“人事”，这些“凑巧”之巧集一起，则绝非人力所可能安排铺设。古人谓此为“天意”。说“天意”未免近乎玄，不玄的说法是“机遇”。

小文的最后还有四字。就是“至勃,不辞”。就是说当那些“凑巧”联袂而至了，应珍惜机遇。要“敢竭鄙诚”以迎，极尽“人事”。

天赋，仅是未雕之璞。有天赋而不勤奋，难免“仲永之伤”。有天赋且奋勉而无机遇，则英雄无以用武，有机遇而不善于利用，则坐失良机，功亏一篑。

《滕王阁序》跋语，形象地状述了机遇，与如何对待机遇。

# 闲话形、神

何谓之“形”？何谓之“神”？

“形”，无非是可视可触的具体事物的外体。

“神”，以人而言，固然是指喜、怒、哀、乐诸般表情，但像王戎之赞誉王衍的“神姿高彻，如瑶林琼树，自然是风尘外物”，这凭感觉才能体味得出的风度、气质，亦属于“神”之范畴。

这就是说，“神”包括两个方面，一是形之于色的诸般表情，一是无形质可见，仅靠体味才能“感应”得出的风度、气质。

“神”，不仅人有；人谓董源善画，深得山之“神气”，山亦有之。再看古诗词中：“纤云弄巧，飞星传恨。”（秦观《鹊桥仙》）“一任晚山相对愁。”（程颢《题淮南寺》）“荷花娇欲语。”（魏夫人《菩萨蛮》）“绣帘开，一点明月窥人。”（苏轼《洞仙歌》）星、山、花、月不但能恨、能愁，且还欲语，且能窥人。

可是这传恨的星、对愁的山、欲语的花、窥人的月，其“形”是否有别于往常一般情况下的星、山、花、月？如不同，又应该是什么样子？如相同，那恨、愁、欲语、窥人之神态将从何显现？

这牵涉到了神、形关系。对这关系的看法，有种“神寓于形”之说。但是神寓于形是寓到什么限度？是神、形一致地相寓？抑或一定限度的相寓？甚或相反相成的相寓？

《红楼梦》中贾宝玉第一次见到林黛玉时第一句话是："这个妹妹我曾见过的。"（与此相似的例子，亦见于汤显祖《牡丹事》中杜丽娘与柳梦梅一再叠唱的"是哪处曾相见，相看俨然"）这贾宝玉、林黛玉似曾相识的现象怎样解释？

昭明太子萧统曾说过一句别出心裁的话，他把目视说成"目想"，这很符合我们现在的看法。人看东西固然要靠眼睛，但物象并非仅仅反射到眼中就为止了，还要由眼睛传送给大脑，把接受得来的物象衡量一番，然后再返回视觉，所以这"看"的过程同时也掺杂了"想"的过程。

什么样的经历、教养决定着什么样的想法，决定着对周围事物的态度。或亲而近之，或拒而远之，或熟视无睹，或一见倾心。林黛玉的神的风采之美的一面，恰恰符合了贾宝玉的审美要求，这一拍即合的状况，当然会有似曾相识之感了。贾宝玉说的"这个妹妹我曾见过的"，其实是见到了或者更准确些说是"感应"到了"这个妹妹"的无形质可见的风度、气质。

但林黛玉的这种风度、气质却又显然未为更多的人所窥及。试看贾府上下，从贾母至丫头可谓济济一堂了，也只有贾宝玉说出这样的话来。非但如此，贾母还要说贾宝玉是"又胡说了"。由此看来，属于"神"的风采、气质之类则取决于观者的"感应"条件。遇其有者则显；遇其无者则隐。亦即如顾恺之所说，在于"悟对之通神"。

既然观看事物离不开"想"，"想"又影响着视觉，作为被看到或被"感应"到的客观事物的"神"，必然会杂有"想"的主观成分。这样，"神"就成为主、客观相熔铸的混合体了。星与山的恨、愁之"神"，是与有着恨和愁的人的“想”分不开的，是“山川与予神遇而迹化也”的结果。林黛玉的风度、气质的精神之美，如果不是“同气相求”的贾宝玉的“心游目想，忽有妙会”，纵使“彼色来授”也不会“我魂与接”的。

看来“神”之寓于“形”是有一定限度的，这就是说，神、形有其统一的一面，也有其差异的一面。其统一的一面且不必说，其差异性表现在何处?

且看岳飞《满江红》，其首句为“怒发冲冠”。文天祥《酹江月》中也有“千古冲冠发”之句。就事论事来说，愤怒或狂怒之情绪生活中常有之，但适应此情绪的能冲冠之发却无人见之。这有与无则表明了神、形之间的差异。至于诗词中语，无非夸饰以补“形”之不足罢了。

《听天阁画谈随笔》有一段叙述：“长康画裴楷像，当未下笔时，对迁、想、得三字功夫，原已做得周至。然画成后，觉精神特点，有所未足；是缘裴楷美容仪，有识具，若仅表现其容仪之美，而不能达其学识和才干之胜，则非妙也。故须重加考虑，得在颊上添画三毛，始获两者俱胜之妙果。此妙果，既非得于形象上，又非得于技法中，而得之于画家心灵深处之创获。是妙也，为东方绘画之最高境界。”

从这叙述中可见：

一、裴楷之“美容仪”可于其形体上得之，而“有识具”则非得自其形体。也就是说，裴楷之“形”仅能寓其“美容仪”，而不能寓其“有识具”。这是因为形体的生理方面的局限。而由志趣、修养、阅历等因素所构成的风度、气质却远为微妙复杂得多，故两者往往不相适应，“形”住往传达不出“神”所包含着的全部。

二、始获两者（美容仪、有识具）俱胜之妙果，是由于“得之于画家心灵深处之创获”。这“创获”应与无形质可见，而相感应的“感应”

二字为同义语。顾恺之不满足于其描绘对象的可视之形，因而在其颊上添画出从"心灵深处之创获"得来的三毛，所以如此者，则是因为"形"之不足的缘故。

这种"形"之不足，也影响及人们对其关注的状况，这在日常生活现象中常常有之。譬如，当人们回忆某一熟人时，往往首先浮现到记忆中的是其特有的一颦一笑、一言一动（神），而非肤发服饰（形）。这现象固然是由于人们的脑细胞的过滤作用所致，但是为什么要偏偏过滤掉"形"的细微末节？这是因为人和人相接触最根本的是心灵的沟通，是感情的沟通。与心灵、感情最密切相关的是"神"，故"神"更为人所关注，在这方面，"形"与"神"相比是相形见绌的。

"形神兼备"，通过写形手段而达其写神目的，这在造型艺术诸如绘画、雕塑等是如此，故曰：没有造型的可视形体，其"神"何由而生？没有肌肉生理变化，喜、怒、哀、乐神态将依附于何处？

但是，还有另外一种情形，与绘画、雕塑为姊妹艺术的文学、诗歌虽无具体之形可视，为何描写之人物也栩栩如生？还有更为抽象的音乐，其表达的有关人类的情绪（神）之清晰真切，"绕梁"至于"三日"。这正说明，由于神、形之间的差异性，为文学、诗歌等语言艺术提供了与绘画、雕塑不同的表达方式——着重写"神"，并以此唤起读者联想到"形"。故"巧笑倩兮，美目盼兮"，传神阿堵，使人如见其笑貌。"羞涩佯牵伴"，仅一"佯"字，女儿情态身姿尽出。"夫神在形似之外，而形在神气之中"，的确言之得理。文学、诗歌在表现上之所以不同于绘画、雕塑，固然是由于艺术形式的特殊性，但这特殊性不正是充分表明了是适应着神、形的差异性？

由于神、形之间的差异，还造成了文学作品的另一现象，即书中的同一人物在众多的读者心目中的虽“大同”而却又“小异”的千差万别的情形。这固然是由于作品规定了其所描写的人物以一定的联想范围，从而使读者得出一共同认识；又由于读者生活经历之不同而影响及联想之不同，出现彼此之间的差别。对这种现象稍微细想一下就会看出：书中人物在读者心目中所一致的是“神”的方面，而彼此有别的则是“形”的方面。仍试以林黛玉为例，不同时代、不同读者心目中的林黛玉的服饰、面貌、体态（形）会是有着差别的，甚或说有着较大的差别。但其叛逆性格、多愁善感、孤傲高洁等与“神”有关者则是一致的。这就是说，某一特征的“神”，却能分别寓于众多的彼此有别的“形”之内。神、形之间的差异，不是也可以从这种文学现象中窥出端倪。

白石老人的名言“作画妙在似与不似之间”。这句话中也是包含了神、形之差异的因素的。

是否可以这么说：神之于形，有点和“弦外之音”相近似。

# “我”兮归来

《张作霖演义》中有一趣闻，颇令人解颐，简述如下：

张作霖新修帅府，要在庭院中堆叠假山，承办人员马上派人到江南苏州请此行名家画了几幅图样，多是仿苏州名园布置。但张作霖都不满意，亲自动手设计：假山迎着正门叠起，由西而东而北。山底全是大石，洋灰灌浆，牢靠坚固。齐身高处，朝外露些高低不等的窟窿，上头插些石笋，大概是群峰竞秀之意。张作霖特邀名士前来欣赏他的大作，众人信口奉承：“大帅独具匠心，可谓别具一格。”其中有一人连称：“好，好！”张作霖反问：“你说说，好在哪里？”那人无以为对。张作霖哈哈大笑说：“让我给列位文墨人儿讲点学问吧！好就好在这堆石头并不是你们喜欢的那路闲摆设儿。一旦有事，我就能凭着它抵挡一阵。”他指着那些窟窿说：“看明白没？凭这排枪眼，我就能打它东、南、西三面儿。”

艺术功利说，竟被这位“胡子”（土匪）大帅发扬光大到如此登峰造极地步，堪称“前不见古人，后不见来者”了。但也使人在笑过之后不得不感到这位“胡子”大帅的确有那么一股不管不顾的蛮劲，毫无框框地破门而入到艺术中来。恐怕谁也不会否认这假山“杰作”带有浓重的大兵味儿、带有“胡子”的“我”。这是个不完全是“笑话”

的笑话。

说到“我”，多年来的不成文法的印象，似乎是“我”字与“私”字穿着连裆裤。一提到“我”，总有些不大光彩。因为我者私也。记得十几年前偶然翻书，看到袁子才的一句话：“作诗，不可以无我。”把我吓了一跳。当然，现在我是不那么神经过敏了。

其实，谁能没有个“我”？谁能没有一副自己的面孔？谁能没有与别人不尽相同的想法？总之，用辩证法说法，谁能没有个“个别”？

但是，经常摇笔杆的我的“我”在画纸前却往往躲躲闪闪。不如“胡子”大帅干脆得多、勇气得多。说到这儿，又使我想起了一幅孩子的画。那时还在学习班受训，学习班里唯一可供消遣的是一破球台、一破乒乓球。每到休息时它就成了“逐鹿”对象。你争我夺，弄得谁也打不痛快，不欢而散。有一天，我无意中发现了一幅孩子的画：是两个人在打球，有趣的是，一旁还画了一大箱乒乓球，十多把球拍，连不必备用的球网也画了。这倒真有点儿“画饼充饥”的意味，可是谁又能否认在这画幅中杂糅着的强烈的“我”的愿望。这孩子的“我”在画幅中占有着充分的位置。

《随园诗话》里载有一肖像画例子：

> （彭）湘南画小像：一叟坐室中，旁有偷儿，持斧穴洞而窥，号“窃比于我老彭图”，见者大笑。

叙述虽为简略，但却可以想象得出，有趣的不仅是“一叟”的“形似”；而是更酷肖的诙谐性格的“神似”。观者所以大笑的不也正是画家性格中的这种诙谐？画家的“我”在画幅中也像那孩子一样占据着充分的位置。

更有意思的则见于俞樾《春在堂随笔》：

> 顾晋叔承，乃子山观察之子，行年四十有九。绘自讼图，图中坐者立者各一人，若官与吏然；跪者一人，若对簿然。三人实即一人，皆自肖其像也。

这是肖像画，也是哲理画，用现代话说是自我批判图。把自己一分为三，像是开自己的玩笑，又像是现身说法。这为人所未料及的构思，

形象化了的“自省”，艺术个性语言，画家自身的这一切在画幅中同样占据着充分的位置。

但是我的“我”在画幅中往往占据不了位置。有一个笑话：“一个公差押送一个和尚，和尚用酒灌醉了公差，并把他的头发剃光，然后跑掉了。公差醒来，不见了和尚，又一摸自己的光头。疑惑道：‘和尚还在，可是我呢？’”我常常一面拿着画笔一面在问自己：“可是我呢？”

然而，什么又是艺术上的“我”呢？契诃夫说过一句精彩的话：“有大狗，也有小狗，可是小狗不应因为有大狗的存在而惊慌不安，所有的狗都应该叫，就按上帝给它的嗓子叫好了。”说得多么豪壮。但细想来，做到也颇不容易，首先小狗要有点儿自知之明，善于发现与别的大狗和小狗不同的自己的“嗓子”，发现自己之所长与自己之所短；其次，如果别的狗咬一口怎么办，做到不“惊慌不安”是需要点勇气的。勇气来于自信。也就是说要有点“胆”和“识”，如此才能逐渐叫出自己的声音来。我想，艺术中的“我”的奥秘全在这儿。

当然，“我”有高、下之分，但这是另外的问题了。

# “草色遥看近却无”

临窗伏案，抽烟喝茶。顺便翻出唐诗浏览，翻到韩愈的呈张籍诗。大概出于一支烟一杯茶的闲适心情，这“草色遥看近却无”，愈品愈觉有味：迷蒙春雨，远处一抹新绿，似现似隐，若往若还，可一走近，又倏而无影无踪。这“草色”真可谓趣极、魅极而又诡谲至极。“远引若至，临之已非”，司空图所谓之妙也。

韩愈不仅让人赏此迷离恍惚的诗境、画境，且告之以赏之之法：遥看。

到底要多么“遥”？太远则目力不逮；太近则无，都看不见。惟不远不近恰到好处，方现“草色”。韩愈之所以欣赏到那雨中草色，全仗了恰到好处的距离，是这间距成就了韩愈的这首诗。

由此我想起了齐白石，他有一句名言：“作画妙在似与不似之间。”他这话中也牵涉到了距离。韩愈用的是“遥”字，他用的是“间”字，说法异，其义则同。

也有不同处。韩愈的“草色”终究有个“色”字，只要不老眼昏花，前走走，后退退，像照相一样，总会最终对准焦距，那“草色”也就“遥看”得到。而齐白石的“间”字，就不那么简单了。“似”固然有形可依，而“不似”则看不见，摸不着，虚无缥缈。这两者之间的距离的把握则难乎哉！而把握不当，偏近于“似”则“媚俗”；偏近于“不似”则“欺世”。有如身处激战中的士兵，进则死敌，退则死法。

朱光潜论诗，曾讲过如下的话：“诗与人生世相的关系，妙处在于不即不离。惟其‘不离’，所以有实感，惟其‘不即’，所以新鲜有趣。”这“不即不离”岂不也是“间距”？韩愈之诗，证实了“间距”至关乎美的欣赏，齐白石、朱光潜之论，证实了“间距”至关乎美的创造。

再往大处想，“间距”又何止仅关乎艺事，当也关乎人事。就以最普遍的人际关系讲，弘一法师临终前有一偈语：“君子之交，其淡如水。”对这种人际关系中恰如其分的间距，他用了一个“淡”字。

也经常听到与其相对的一句话：“亲密无间。”这句话竟将“间”

字驱除出境了。就愿望讲，这话无可厚非，就事理讲，似有不通。既然“无间”，哪来彼、此？既无彼、此，“亲密”缘何而生？纵使真的有过这种状况，接着的也就会是下句话：“亲极则疏。”所以顾亭林才感慨于人情之“弥亲弥泛”。

王士禛的《池北偶谈》里有话一则：“水，君子也。其性凉，其质白，其味冲，其为用也，可以浣不洁者而使洁。即沸汤中投以油，亦自分别而不相混。”“君子”，各个时代均有其各自不同的准则，且不管它。只就水之为质、水之为用，以状人以及人际关系，可与弘一法师的“其淡如水”相互发明。

再回头往小处想，即以生活中不可短缺的自行车，其车轮的飞速转动，不也系之于滚珠与车轴两者的不松不紧恰如其分的间隙？！

无论诗人，或是哲人，无论艺事，或是人事，甚至物事，都与“间距”二字不可离分。而如何去认识并恰到好处地把握这“间距”，则大有说道，大有学问，绝不像“遥看”“草色”那么容易。

# 就“两溜青篱”谈园林之趣

## 贾政的道理

在“大观园试才题对额”一回中，贾政、门客以及贾宝玉一行来到这么一个去处，只见“里面数楹茅屋，外面却是桑榆槿柘，各色树稚新条，随其曲折，编就两溜青篱……贾政笑道：‘倒是此处有些道理。虽系人力穿凿，却入目动心，未免勾引起我归农之意。’”

这“随其”“树稚新条”的“曲折”而“编就”的“两溜青篱”，居然“勾引起”这位老官僚“归农之意”，虽说仅仅是“勾引起”而非真的“归农”，然“入目动心”底非虚话，但贾政的话只说了半截，这贾政所谓的“有些道理”的道理何在？

## “凉亭”也“有些道理”

在夏天的北方农村，往往可以看到一种所谓的“凉亭”。或在村边，或在林旁，就着树干绑扎横木，铺设门板、芦席而成。仰卧于上，凉风徐来，快意之至。其用途则为看庄稼或看瓜园。

就天然、人工融为一体来讲，这“凉亭”与使贾政“入目动心”的“两溜青篱”堪称伯仲，假如让贾政评论，当也会说“有些道理”的。但也有同中之异，就是农村“凉亭”并非有意“穿凿”，实为省事省物因地制宜。而大观园中的“两溜青篱”倒颇有点儿“东施效颦”之嫌。

或许是农村的“凉亭”过于简陋之故吧，因而却能简要地揭示出贾政说的那个道理。

几株密叶如盖各具姿态的树——天然物。绑扎的横木、门板、芦席——人工物。融合为一个“凉亭”整体。在这里天然物和人工物浓缩集中了，使两者达到了似此又彼、似彼又此、彼中有此、此中有彼的地步。对此状况不妨称之谓“不即不离”。“不即不离”诱使欣赏者处于两者“夹缝”之间，受着两类事物的交错感染。譬如，身居其间闭目静息，感触到的是芦席生凉、躺卧舒适，无异居室床榻；而四周之所视所听，则晴空碧野、闲云往还、枝叶掩映、鸟噪蝉鸣，又恍如凭虚御风。这种置身于两类空间的特殊感受，静感、动感、听觉、视觉反复交错，使之恍惚迷离，从而激起意识上急速流动，亦即审美活动中的愉悦享受。

“不即不离”，既是相辅相成，又是相斥相背。“不即”，则为以免混淆而失去一方；“不离”，则易突出各自特色。“不即不离”即不远不近恰到好处之谓。

这种“天然”和“人工”的“不即不离”，也体现在贾政为之“入目动心”的“两溜青篱”间。其实，也是体现在所有园林中的亭榭楼阁、敞轩曲廊、乱石假山、老树枯藤、闲花野草、曲流溪涧等天然物和人工物这两大类的关系上。

## 再细看看“两溜青篱”

“两溜青篱”之所以能使贾政“入目动心”之所在就是“野趣”，

亦即所谓“天然之趣”。

但是，真正的荒野，野则野矣，却很难与“趣”字相结合。“野”之所以能生出“趣”来，还应添加另外因素。“树稚新条”是天然的，是野的。仅此，恐难以使贾政“入目动心”。因为没有对立物与之相比的事物，有如雾中之花，不能给人以清晰强烈印象。

“两溜青篱”是与“树稚新条”相对的人工物，值得研究一下的是它的编织法，它“随其”“树稚新条”的“曲折”而“编就”，这就是前面所说的“不即不离”中的“不离”;但它又保持着篱笆的人为形态。以区别于“树稚新条”,这就是所谓的“不即”。这“两溜青篱”和“树稚新条”的“不即不离”状况，像轻风吹散了“雾中之花”的雾一样，清晰地突现出了“野”的面貌，伴随着这种突现，“趣”字油然而生了。这是使贾政“入目动心”者一。

其次，这“两溜青篱”“随其”“树稚新条”的“曲折”而“编就”，也就是说是随其“野”的天然之势而编就，“人工”在这里顺从着“天然”。这从意识上讲，恰恰符合了《庄子》一书中所说“且夫待钩绳规矩而正者，是削其性者也”的要顺应天地万物的“常然”之态的“无为”思想。在这“野趣”中蕴含着“野”的“理”。

“天地任自然”的“无为”思想以及由其所导致的对待人世的清净无为，消极遁世，不可能不影响及士大夫阶层一员的贾政，其失意之处，难免不无“无为”之念。而“两溜青篱”的“野趣”所蕴含着的“理”，由“理”及“情”，连锁反应，“勾引起”了贾政的“归农”（隐退）的欲念。这是使贾政“入目动心”者二。

再其次，这“随其”“树稚新条”而“编就”的“两溜青篱”，从审美角度看，不仅有“涉笔成趣”之趣，且有生动、变化、朴实之美。

在中国绘画用笔中，如逸笔草草、意到而笔不到、轻描淡写诸类，从这些似乎是纯属于绘画的画法里也可以摘剥出老、庄思想影响的痕迹。如“任自然”则导向画法上的不尚修饰，“无为”则导向意到而笔不到，归真返璞则导向朴拙……“两溜青篱”实则近似中国绘画中的逸笔草草。这是使贾政“入目动心”者三。

综观上述，这“两溜青篱”既有野之“趣”，也有野之“理”、野之“情”，兼及野之“法”。而此四者，皆围绕着一个中心：深受老、庄思想影响的审美观。

当然，除却“两溜青篱”之外，在园林中更大量存在着与“天然”相对立的人的创造，诸如精雕细镂的栏杆、山节藻棁的亭轩等，充分地展现着人的“有为”。但是这“有为”却是有规定性的，像绘画中的局部色块之于整体色调一样，是对“天然”的被动中的主动，它不是对自然的破坏，而是为了和“天然”相融化，是虽雕琢而不露斧凿痕迹，一切人工都是服从于园林的主调——“野趣”，或谓之“天然之趣”。

## 大块假我以文章

作为游憩之所的公园的特色，一般说来是均衡、齐整。即如花草的种植也被规范为图案，树丛则划为行列且被剪平了头。在这里无处不是人对自然的加工、改造，所有自然物都被敷上人工色彩。在这显然是受了西方庭园布置的影响的环境里，一句话，所显示出的是“人”。

园林则正相反，虽也由“人力穿凿”，但这“穿凿”是以崇尚自然为前提，使各呈其状、各适其性。一句话，在这里所显示出的是“天然”。

从“天然”在园林中所占据的特殊地位，也可以窥测出“天然”

在东方人民心目中所占据的特殊地位。

李白有一句赞美大自然的话:“大块假我以文章。”的确是大自然中无处不是文章。就古代诗歌来看，抒情也好，述志也好，或比、或兴，恐怕很少与天然景物没有关系。这现象说明了自然界最能和人的性情相融化，最能寄托人的情怀，最能和人的情绪相呼应。所以“山川”能“与予神遇而迹化”;所以“我见青山多妩媚，料青山，见我应如是”;所以“古人秉烛夜游”。

作为人类生存环境的自然界，同时也是人类的最主要的审美对象。

再者，自然界只有风雨晦明，春夏秋冬，而无人世之矛盾冲突，俯仰百变。且江上山间，清风明月，“耳得之而为声，目遇之而成色，取之无禁，用之不竭”。故魏晋以还，隐逸高士浪迹山林，以此为超脱世外的理想境地。陶渊明解印绶而“登东皋、临清流”，即如虽未解印绶仍身为太守之欧阳修者，也其意不在酒，“在乎山水之间”。

不仅此也，“造物者之无尽藏”的自然万物，以其自身运转之规律，也深刻地启示着影响着人类的意识。崇尚自然的极端，老子提出“万物作焉而不辞”，使天地万物任其自然;庄子则提出“天道运而无所积，故万物成;帝道运而无所积，故天下归”，“明于天”才能“通于圣”，要人世之道去师法“天道”(自然界规律)。

或情、或理，自然界对人之影响无所不及。必然地也会深刻地影响着人们的审美观念，影响到作为审美对象的园林。

## 人造“薮泽、闲旷”——园林

庄子说:“就薮泽，处闲旷，钓鱼闲处，无为而已矣。”逍遥世外，恬淡平和，的确会带来精神上的宁静；情驰神纵，超逸优游，也是一种精神上的享受。然而，真的去遁迹山林“无为而已矣”一番，优游固然是优游了，精神方面固然也得到了享受，可肚子却受了委屈，要“晚食以当肉，安步以当车”，甚或像陶渊明“箪瓢屡空”去乞食的。

大概是后来士大夫们学聪明了，也有了钱，因此也没有了陶渊明饿着肚子还能“悠然见南山”的那股劲了。可是却又既向往于“就薮泽，处闲旷”的超然之乐；又留恋着有肉有车的人世之享。于是别辟蹊径，琢磨出一个鱼、熊掌两者得兼的隐不在山、逸不在水而又处山水之间的境地。园林，应运而生了。

园林，不容置疑，是士大夫隐逸思想支配下所创造的具有高度艺术性的可供游憩偃卧之地。是立体的中国山水画，也具有着中国画中的意、理、法、趣。但不无讽刺意味的是：士大夫终究不能下决心彻底超脱，跑到农村坐到“凉亭”上去，而只能“效颦”一下，在“两溜青篱”旁边徘徊徘徊。

# 嶂石岩记游

秋九月，与老伴偕同志敏、詹同夫妇游嶂石岩。嶂石岩在赞皇县境，属太行山脉。住宿之饭店，颇有野趣，躺在床上，仰望窗外，山崖丛树如屏，绿气扑人。

甫至，心如野马，再也拢不住，呼此唤彼，立奔槐泉寺。槐泉寺适正兴修，围有木栅，禁止游人观览。人似乎有天生毛病，愈不让看愈是想看，吾辈踏着烂泥从墙角夹缝中鱼贯而入。院中砖摞瓦堆、砂子石灰，狼藉遍地。“足蹜蹜如有循”，一蹦一跳，穿行其间。至大殿，顶上在乒乓布瓦，顶下在团泥塑像，同步并进，莫非“一万年太久，只争朝夕”乎？

出槐泉寺，经鱼石折而南行，距天然回音壁尚有一箭之遥，即闻人声呜哇，真“先声夺人”也。至其处，危崖如壁，拱抱呈半圆状，下临空谷。我也效颦，仰天长啸，回音缕缕。一行人中唯我声最恢宏，叱咤风云，不免窃有得意之色。

绕过回音壁，到槐泉。水自石隙中涌出汇而为池。有碑，镌其名，画家秦征所书。碑旁竖一木牌，上写“一杯两角”，有茶缸数只。收费人为一山村妇女，因时近晚，声称“即将下班，不再收钱”。我舀一杯，如饮醍醐，神清气爽。俟大伙依次喝毕，我复加喝一杯，并说：“此系白喝，不喝白不喝。”相互大笑。

沿山石小路而下，行不数武，见路旁杂草间，或隐或现亦流有泉水，虽水出同源，只因少一“一杯两角”木牌，再不复有“白喝”之兴致。

次日游冻凌背。沿逶迤小路而上。詹同忙于速写，志敏忙于摄影。我与老伴无事，趱行在前。见路旁立一石，形如半壁墙，呈橘黄色，有四字:天下奇观。四外寻视，实无“奇”可“观”。我想，如改为“渐入佳境”，岂不吊人胃口。

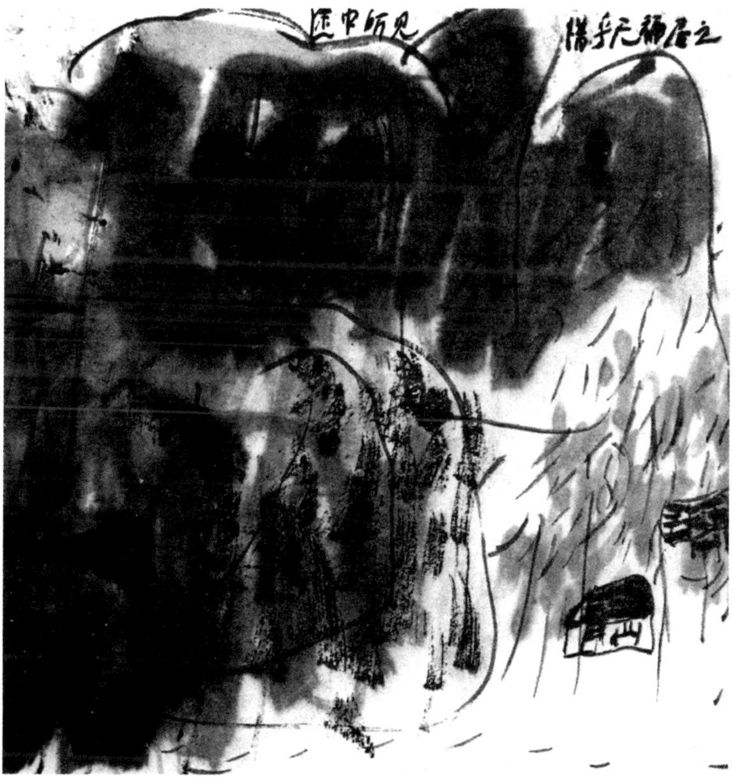

正歇息间，对面山崖有老汉呼喊，隐约难辨，我甚纳闷，未敢越小路雷池一步，秋毫无犯，何以如此大呼小叫？老汉边嚷边趔趔趄趄走下山崖，至近前方得明白，原来此处有蜂蜇人，可去他小屋中歇息。我怦然心动，真雷锋精神。可惜了的，他又补加一句："屋里有苹果、梨，比村里便宜，五角。"

继续遨行，峰回路转，景色突然为之一变。此为"重门锁翠"。右面叠嶂起伏，左面危崖悬立。穿行其下，山风呼呼。巨石俯仰挤倚，如醉如倒，气势压人，为之惴栗。

愈走愈陡，不知觉间已身临半空，回视那"气势压人"之崖，已匍匐脚下作臣伏状，我叹这山石也如人似，何前倨而后恭？

至冻凌背，瀑布凌空而下，如雨如雾。下有一庙，仅可容膝。中有石偶，不知何方尊神？有壁画，甚有趣，小鬼驾车，仙人坐车，而又腾云驾雾。既腾云，当是凭虚御风，何需以车？似多此一举。继而一想，大悟，仙人摆阔也。

又次日，至村南口，仰目西望，乃一大景观，棱层崇峦，势可触天，硬弩欲张，铁戟列阵，壮而雄，尽在于是。为之摄魂夺魄，目不暇移。情驰神纵，物我两忘。心雄华、泰，气为之豪，"山川与予神遇而迹化"。

背后忽然一声："你在看啥？"是一老大娘。我说："看山，这山真好！"老大娘说："我住了六十多年，天天看，有啥好？不就是石头。"这话煞风景，却也一语破的。

其南约二里，有一亭，坐亭中稍憩即拾级而上，回环曲折，穿行杂树间，至空旷处，极目四望，舒然畅然。遥看小亭，适有青年男女亦憩其中，且愈靠愈近，似欲接吻。老詹拿起相机对之瞄去，那男女倏即分开，詹夫人笑骂："你真坏！"

至小天梯，攀索缘磴而上，不及半，气喘如牛，自认脚力不济，废然而返。

晚，应刘经理嘱，写“丹崖积翠”四字，彼拟刻石置于饭店之旁。意在引人来此拍照留影而为饭店招揽顾客。我欣然为之。盖谓“招揽”，繁华闹市通都大邑之饭店餐厅，何处不是粉白黛绿明眸皓齿？而刘经理出此一招，能不谓风雅乎！

# 平畴蛙鼓

## ——记农民漫画家陈跛子、李青艾

“陈跛子”，一看这名字就“本色”，不遮不掩，跛子就是跛子。其实遮也遮不住，不如干脆亮出来。这是跛子的聪明处、爽直处。看来这似乎是容易事，恐也未必。别说人，就说神仙——八仙中的那位瘸子，就不谙“欲盖弥彰”之理，偏偏绕个弯子叫“铁拐李”，难道“铁拐”就能遮住那瘸腿？绕弯子反把自个儿绕进去了，白落个躲躲闪闪。

五十年代跛子就开始发表漫画。功夫不负苦心人，有一幅《大丰收》，招引得漫画界中人的目光一齐投向了他。本是被人们画得烂熟了的题材，他竟独出新招，别开生面，出人之所料，言人所未言。《大丰收》，收得的是刮目相待。

说起我和跛子的会面，现在想来还觉得神经兮兮煞是好笑，缘由是一封信。他在信中说他有三着迷：一是看某某的漫画，二是吃烧蝈蝈，三是逛赵家胡同。一、二，一看就懂，可这赵家胡同，藏头露尾，是怎回事？写信问他，他回信说：赵家胡同是他村中的一个胡同，胡同里有个寡妇。好家伙！出语惊人，这跛子还有邪的哩！在一个从未曾谋过面的人前“童言无忌”，真有他的！“人无癖不可与交，以其无深情也；人无疵不可与交，以其无真气也。”是张岱说的话。癖、疵与“迷”本也难以分得清楚，“迷”也可见人性情之真。可跛子这“性情之真”与赵家胡同的寡妇搅和在了一起是怎么回事儿？虽不明究竟是怎么回事儿，却也影影绰绰感觉到了是怎么回事儿。土语说："泥佛见土佛。"诗曰："心有灵犀一点通。"这一通，却通向我内心深处的什么地方去了。就是这么一封信，逗得我像火燎毛的猴儿，急着想见跛子，盖"搔他人之肤，以解自己之痒也"。

三年之后，正是"瓜菜代"的年月，肚子半饥半饱，趁往邯郸工作之便，绕道去了马头镇。镇上一家公共食堂，一家修自行车铺，几户人家，冷冷落落，萧萧条条，借用白翁的诗："黄尘散漫风萧索。"

一打听，还有十五六里地要走，还好，是顺风，一路上被北风推推搡搡地到了大郭斗。

可能是我这不速之客太使跛子出乎意料了，话都穿不成串了，一个劲地"呀？呀！呀？呀！"

"你来啦，呀？呀！"

"吸烟，吸烟，呀？呀！"

他一拐一拐地提着暖瓶走出好远，仍在独自地"呀？呀！"

我知道，"寡妇"呀，"男女"呀，最逗人的劲儿了，可是不能不打住写点别的。"文贵曲"嘛，"长虫吸扁担——直来直去"有啥意思？再说也碍难出口，干嘛这么猴急地问？再不济也是个小报的编辑记者哩，还要讲点身份哩！何况还有别的吸引我的事儿。看他那炕吧，靠墙的那头儿，一大堆土竟把被窝埋了小半截，我问这是咋的了？他瞅了瞅，"咦！奶奶的，是老鼠刨的。"他抄了个簸箕迈上炕，扫了一簸箕，又扫了一簸箕。

"青艾回了娘家，老鼠成精了。"

"你和青艾结婚了？"

他一下子来了精气神："结了，结了，这大闺女硬是看上了我这瘸子。"

与那老鼠洞遥遥相对的另一墙角，摆着一张小桌，桌上一摞散乱的《漫画》杂志和一本华君武、池北偶的诗画合集，还有笔砚，这就是这位"英雄"的"用武之地"了。

我说："你这三间砖房在农村里真少见哩，是土改时分的吧？"

他说："不是分的，是老辈儿里盖的。"

我纳闷了："盖这么好的砖房，还是贫农？"

他说："盖上这房后，就打官司，打穷了，这不，到我这辈儿要起饭来了。"

我深为之感慨："'祸兮福所倚，福兮祸所伏'，你老辈人要不遭打官司的祸，你怎能享上当贫协主席的福！"

他说："就是，就是。"

"你这腿怎么瘸的？"

"我娘说，本是扭了一下，花上一盒烟钱就能治好，可没那盒烟钱啊！别说这个了。奶奶的，什么是幸福？有个好老婆子，再加上画漫画，这就是幸福。"

我说："两全其美，你全占了。"

他说："就是，就是。"

我觉着到了节骨眼儿了，单刀直入，说："你娶了个好媳妇，还去逛赵家胡同？"

"嘿，嘿，你还记着这事哩？"

我说："像这逗劲的事儿岂能忘得了，你忘得了？说说到底是怎么回事儿？"

“早先上小学的时候，有个女同学，俺们排着队唱歌，她站在队前打拍子，不知怎地，一见了她心里就扑腾。”

“你扑腾个啥呀？”

“说不上，就是扑腾。”

“别扑腾了，接着往下说。”

“她后来结了婚，生了个小儿，她男人死了，跟她婆婆过，就住在东边的赵家胡同里。吃完晚饭闲遛的时候，出了俺这胡同口，总想瞅瞅那个赵家胡同口。”他兴奋地翘起脑袋（光顾说话了，是什么时候躺在被窝里的也忘记交代了）说：“你信不，如果这‘眼’有摩擦力的话，奶奶的，早把那赵家胡同的墙角磨出一大溜儿了！”

跛子口讷，仅是其表，实是大巧若拙，只一个“扑腾”，一个“把墙角磨去一大溜”，使我恨不得立刻到了第二天早晨。

我说：“明天，就去赵家胡同。”

他说：“现下冬闲呢，全村男女社员都在四外打井哩！”

“那就上地里去。”

“我可从来没跟她说过话哩。”

“哈哈，闹了半天，人家还不认得你哩。”

既然如此，我想出了一招儿，说：“我充当记者，你是陪伴记者的，看见以后，你只咳嗽一声就可以了，行不？”

于是村北，继而村西，复继而村南，最后村东。应了句俗话，“踏破铁鞋无觅处”。空赚了一身尘土，饿瘪了肚皮。

一计不成，又生二计。

我说：“明天去赵家胡同。”

跛子说：“我不敢。”

我说:“有啥不敢的?你在前边走,我和你拉开距离,表示咱俩没关系,到那家门口,你只咳嗽一声就走你的;我呢,我装作县里干部或别的什么,进了她家,随机应变。瞧上一眼不就得了。”

依计而行,从胡同南口进,从北口出。

我看着前面的一拐一拐的跛子的背影,不知是感觉还是想象。似乎他那心已开始“扑腾扑腾”了。我忽地觉得后边有喊喊喳喳声,回头一看,胡同口黑压压挤满了妇女、小孩儿,一齐盯着我。终是做贼心虚,我也“扑腾扑腾”了。

再说跛子,冲着一家门口,咳了一声,一溜小跑,蹿出了胡同。我也没敢进那门口,紧跟着出了胡同。

跛子冲我笑了笑。

我冲跛子笑了笑。

是败兴的笑。

机关算尽,挖空心思,连个人影也没瞧见,弄得个愈搔愈痒。

见到青艾,比见到跛子还早。是在热火朝天“放卫星”的年头。大炼钢铁不去说它,亩产万斤不去说它。单说画画儿的事。简截地说,就两点:一是人人作诗人人画画儿,“六亿神州尽舜尧”;再是创作“三结合”,领导出思想出政策,群众出生活,画家出技术。

像我们这些在省里搞美术组织工作的画儿匠们,专门干的就是将三者结合到一起,无非是指手画脚,人云亦云。

我“云”到邯郸地区。全专区的美术作者济济一堂。大会开始,会议组织者在台上宣布了:今天文化局局长来参加咱们的会。不一会儿,前呼后拥走进来几个人,陆续坐在主席台上。我往那显要座位处一瞅,哈哈！这不是老孙吗？成了官儿了。他大概也瞅见了我，我冲他做了个鬼脸，他装作没看见，咳嗽一声，把脸板得更严肃了。对这老孙，倒有几句话要说，我在邯郸文工团的时候，他在邯郸中苏友好协会当干事。我们是不骂不说话，不骂不过瘾。常常把他摁在床上："说！说说你在苏联的事儿。"（他作为农民代表去过苏联。）

"你别糟践人了。"

"是糟践你吗，不是真的吗？你有一次上街去解手，不认识道了，蹲在地上哇哇地哭起来，过来了个苏联警察，'什么的干活？坏啦坏啦的！'你说：'俺不是坏啦坏啦的，俺是中国大名北里庄的。'你说，有这事儿没有？"

"你胡糟践人，你才'坏啦坏啦'哩！"

这位"中国大名北里庄的"有板有眼地讲了话。一散会，立马儿从台上下来凑到我跟前："老伙计，你咋地来啦？"我说："听你作报告来啦！"他说："得得得得！"我心想，还好，还是本色，没官派儿。继而一想，他和别人是否也没官派儿？

人老了絮叨，本是写李青艾，说走了嘴，说起了老孙。老孙哥早已作古，说几句玩笑话，也是怀念心情所使然。

台下美术作者中就有李青艾。中等个儿，丰丰腴腴，两条大辫子，一说话就脸红，不无魅力。其实未结婚的姑娘都有魅力，要不怎么贾宝玉说"女儿是水做的骨肉"呢！

当地画画儿的小伙子，冲着这"水做的"李青艾嘁嘁喳喳：

"她和瘸子好上了。"

"是吗，不是报社的美编小张一个劲儿地追她吗？"

"是啊，要说报社的小张，要长相有长相，要学历有学历，又是国家干部，她硬是看不上，偏偏看上个瘸子，还是个农民。”

“啧啧啧啧！”

“啧啧啧啧！”

我和跛子从赵家胡同败兴而归之后的第三天，青艾从娘家回来了。

寒暄过后，开起了玩笑，我说：“跛子，和青艾坦白坦白，前两天咱们干什么去了？”

青艾说：“不用说，没好事，赵家胡同呗。”

我说：“你一猜就着。”

她说：“连猜也不用猜。”

我问：“那个寡妇什么样儿？”

她说：“天仙一样，要不瘸子怎能迷成那个样？瘸子，你说是不？”

“嘿嘿嘿嘿！”

“剃头挑子一头热，瘸子，你说是不？”（听这声腔，曾几时，仍用贾宝玉的话，似不再是“水做的骨肉”了。）

“嘿嘿嘿嘿！”

我仍不死心，继续追问：“那个寡妇到底是啥样儿？”

青艾说：“不就是个一般人？瘸子，斗眼儿狗，看邪兴了呗！没有媳妇，看谁谁好呗！”我听着话里有了酸味，收住话头。（青艾读到这里时说：“这个‘酸’字不对，我从来就没吃过醋，我是个‘老古板’，老是‘寡妇、寡妇’，所以我才拉下脸来。”我说：“不闻金圣叹批《西厢记》乎：‘偏是决无疑猜之事，偏有决定疑猜之理。盖不快活即不疑猜，而不疑猜亦不快活。越快活越要疑猜，而越疑猜亦越见快活也。’没有那个‘酸’字，不疑猜亦不见快活的。”青艾说：“那就依你随意写吧。”）

我说：“1959 年在邯郸开会，好多人都背后议论你和跛子哩。”

跛子一听又来了精气神，激动得说话都结巴起来："你看……你看，她……她两条腿的不要，偏瞧上了我这根半腿的瘸子……你知道不，她是娇生惯养的独生女……她爹嫌我又穷又瘸，坚决不答应，她一赌气，夹……夹了个小包袱就走，她爹爱面子，才软下心来，算是才答应了这亲事。

"就说我这瘸腿吧，我在教小学的时候，我这瘸老师一拐一拐地在前边走，一群学生在背后一拐一拐地学。你说巧不巧，一个小女学生也是个瘸子，跟我一样的拐法。有一天在集市上，听见背后有人喊'老师'，回头一瞧，是那个瘸学生，我紧着走，想躲开她，我越走，她越撵，我边走边说：'妮儿，妮儿，快别撵我了。'"

青艾说："我和跛子结了婚，大郭斗村出了个童谣，小孩子满街喊叫。"

我问："是啥童谣？"

她说："'瘸甲戌（跛子的小名叫'甲戌'），上正西，李省庄有个大闺女，你不娶（她）她赖着你。'不光唱，还说三道四，说我有精神病啦，说我出了'毛病'啦，没人要啦，才嫁给瘸子啦。为啥这么胡嚼蛆？老韩，我告诉你，比如在一个单位里或是一个村里，总有个'不起眼儿'的，总有个'垫底的'，这是俺们的土话，你兴许不懂，这么说吧，就是最窝囊、最无能、最被人瞧不起的。在村里人眼里，跛子就是这号人，有了脏活累活，队长连瞅也不瞅地说：'瘸子去！'你想，嫁给这号人的人，怎能不是有'毛病'没人要的？按理说，跛子娶了媳妇，家里应该高兴吧，我敢打赌，他哥嫂先就不高兴。"

我问："为啥？"

"怕分家业呗，他哥嫂早就估摸好了，跛子甭想能娶上媳妇了。不娶媳妇怎能分家？家业不全是他们的了？！跛子就是个光棍儿扛活的呗。唉！连他娘都偏向着好胳膊好腿儿的大哥，当然听他哥嫂的，家里都这样，何况外头？”

我忽地想起了薛平贵、王宝钏。二十来岁，按说还是个孩子的李青艾，真了不起，甚至比王宝钏还了不起。因为薛平贵虽穷，还有个仪表堂堂，可跛子呢，单是比腿，就短了半截。青艾竟能独具慧眼，去芜存真，更兼之那四面八方蜂拥而来的根深蒂固的流俗之见，一句话，这是将一生来押宝，万一看走了眼咋办？这需要什么样的眼光，什么样的勇气与决心？写来容易，说来容易，说到动真格的，年轻的姑娘们有几个能做得到？

我正这么思忖，青艾说话了：“我是可怜这个瘸子，我不嫁给他，他不得打一辈子光棍？”青艾也弯弯绕起来了。我说：“天底下瘸子多着呢，你怎不嫁给别的瘸子？”

跛子说：“对，对！你就实话实说，这是‘感情’！对了，还有一本恋爱日记哩，全是画的。”边说边从炕席底下扒拉出一个小本本，指着一幅画对我说：“这不，大门口坐着的就是我，你问是咋回事？那时李青艾在县青年团帮忙搞宣传，那天我去找她，告诉了把大门的，那把大门的冲着里院大喊了一声：‘青艾，你大叔来找你哩。’奶奶的，他看我穿得破，又老相，把我当成‘大叔’了……”

这次大郭斗村之行，最后还需补上一笔。走时，他们拿出五斤小米，死说活说非要让我带上。我是满心想要，又不好意思，终于受之有愧，却之不恭。在那“瓜菜代”的年月里。这五斤小米是宝贝。

以后的几年里少了联系，都忙。我忙着编画报，他忙着他的幸福生活（跛子的“幸福”标准是：有个好老婆、画漫画），稀里糊涂地到了文化大革命。

文化大革命那年月，我是一只脚踩在“牛棚”外，一只脚踩在“牛棚”里。本是泥菩萨过河，自身难保。愁已复又愁人，牵挂着艺道师友，想想这个，想想那个，偶尔也想到跛子。惟独想到他，一丝妒羡之意油然而生。他是响当当的贫农，是“双保险”。他八成是不会去“革”别人；无疑地也不会被别人“革”。青艾虽生于富农家庭，可在红旗下长大，嫁给贫农，也算脱胎换骨半个贫农了。他们多好啊！“爱屋及乌”，因了他的好成分，连那根半腿似也光闪闪的了。

老天爷，真会捉弄人。总是别着劲儿来。我的推理，嘿，满拧！

跛子、青艾的消息，当听到第一个人述说时，我一惊一乍。第二个人述说时，我仍一惊一乍。第三个人述说时，我仍仍是一惊一乍。

打死我也不信，谁又能信？整年价种地，抽空儿画画漫画，与人无争甚至与己无争的老实贫农，竟然也被“文化大革”了“命”。死了活、活了死的青艾，还有那烧得通红了的烙铁……我还妒他们羡他们来哩！

一九八二年，我调到河北工艺美术学校当教书匠。有一天，有人敲门，开门一看，是跛子、青艾。

跛子张口就说：“俺们要饭来了。”

我一愣怔，“快，进屋里坐下说。”

这“要饭的”可好，从挎包里掏摸出一大包熟猪肚子，说：“俺们没别的，小意思。”

我说：“我再吃你们‘要饭’的，也太不够意思了。”

“哈哈哈哈！”

我没有打问以前听说的那些消息，尤其怕提起那烧红了的烙铁，只说：“大难不死，必有后福。现下怎么混哩？”

青艾说：“俺们向你汇报汇报。”

我说：“请道其详。”

“‘文革’后，跛子俺们离开了大郭斗村，在马头镇工艺美术社里画玻璃画、扎花圈，啥都干，算是集体单位固定工。县里看到文化馆没有搞美术宣传的，‘矬子里边拔将军’……”

跛子插话说：“拔上了我这瘸子。”

“这不俺们又成了文化馆的固定工。老韩，你可不知道哩，这工人哟，人家可瞧不起哩！就说吧，文化馆有规定，无论干部或是职工的自行车一律补助两块钱。可是只给跛子一辆车子的补助。我问咋只给一辆车子的补助呢？你猜人家怎么说？‘你要想再领那辆车子的补助，得往你闺女的单位开个证明，证明你闺女没骑过你的车子。’”

我笑得捂起肚子。

青艾说：“还有更好笑的呢，就连街上宣传栏里涂什么颜色的底色都得请示。他们又不懂，偏要这个‘权’。我问：‘这一次宣传橱窗里的底色要啥样儿的？’他将腿往桌子上一跷，仰着身子说：‘要金黄色。’”

我说：“你看这‘权’字，可过瘾哩。来，为‘金黄色’干杯！”

青艾说：“别光说逗乐的了，还有让俺们感动的呢。县里的阎广禄书记，俺们一辈子也不能忘了他啊！阎书记说：‘搞美术创作，只在马头镇转圈儿怎行？得开阔眼界，才能有所提高，咱县再穷，也拿出几个钱让他们游山玩水去。俺知道这‘游山玩水’并不是指的真的爬山去。这不，就凭着书记这句话，俺们这不出来了。”

跛子又亮出了那句话：“俺们出来‘要饭’来了，不是要干粮，是要精神食粮。”

我说:“我是个‘穷光蛋’,你们‘要饭’走错了门,我给你们指条道,往北去,那里多的是‘财主’哩。”据他们后来说,他们去了北京,见到了华君武、方成、王乐天、苗地、毕克官等。

喝着我的酒,吃着他们的猪肚子,絮絮叨叨,直到太阳偏西。

分手了,望着他俩风尘仆仆的逐渐远去的身影,不由地想:跛子不跛!

一九八三年,和詹同一起再去马头镇。时值深秋,汽车一进曲周县境,景色立即一变,铺天盖地一片火红(晾晒的辣椒)。我问詹同,比那江南景色如何?詹同连呼:“奇观!奇观!”

马头镇,依然故我,只是多了几家店铺。文化馆尤是寒酸,像个大马车店,鸡粪狗屎,随处皆是。跛子住着三间西屋。鹊巢鸠占,挤跑孩子,我们占了一间。

喝茶间,不断人来人往。

“这个是‘青蛙’漫画组的学员。”

“这也是‘青蛙’漫画组的学员。”

“这个学员家离马头二十多里地,听说你们来了,专程骑车子赶来的。”

“这个是小蝌蚪。”

我忽地想起了一句诗,“绿叶成阴子满枝。”当然已不再是杜牧的原意了。

是早就约定了的,第二天“青蛙”漫画组开座谈会。阅览室冲街的大门一关,成了临时会议室。七高八矮的桌子、凳子和挤满了的胖的瘦的高的矮的组员们，一个个憨厚朴实的农村小伙的面孔，又像是商量好了的，傻呵呵地一齐死死地盯着我们。

跛子是会议主席，发话了："詹老师、韩老师是从上海和省里来的，专冲着咱们'青蛙'漫画组来的，二位老师给我们讲讲。"我们说："俺们先别讲，大家先讲讲'青蛙'漫画组吧。"

跛子说："对，对，咱们'青蛙'漫画组也成立了几个月了，咱们的'青蛙'可别刚叫出一声就闭了气。大伙说说，咱们的'青蛙'怎么着才不闭了气？"

那些小伙子仍是一齐死死地盯着我们，像木头人一样，一吭不吭。忽地，"噗"的一声，不知谁放了个屁。

詹同和我都说了一通，像药铺里的甘草，什么病都治又什么病都治不了的如"青蛙必须有益于庄稼"之类的话。

"青蛙"漫画组组员，给我留下的印象是：憨厚的傻呵呵的一声不吭两眼直直盯着我们的像木头人一样的面孔。

十三年后的"青蛙"，宋代词人辛稼轩的一句最是恰切，"听取蛙声一片"。

漫画界前辈华君武的评语是：

"天下画漫画的人不少，农民作漫画的却不多，农民成立漫画小组的前所未闻，今中国河北邱县成立'青蛙'漫画组是盘古开天地以来的新事物，应大书特书，大贺特贺。"

一九九一年十月，全国文化系统先进工作者表彰会召开，跛子获得这一荣誉称号，一拐一拐地去了北京。

跛子的腿成了精了。

下边这一段委实不大好写。漫画，终属于“文”。这“文”都是脑细胞的活动，纵使将脑汁绞尽了再绞尽，最多不过把眉头皱上几皱。《国策》文章算是好的了，也无非“读书欲睡，引锥自刺其股，血流至足”，滴几滴血而已。

“文”和“武”比，吃亏就吃亏在这儿了。看那“武”的，披坚执锐，刀光剑影，叱咤风云，气吞山河。写来过瘾，读来过瘾，直使得壮士兴起，懦夫揎袖。

固然“夫纸者，阵也。笔者，刀矟也。墨者，鍪甲也。水砚者，城池也。心意者，将军也。本领者，副将也。结构者，谋略也。飏笔者，吉凶也。出入者，号令也。屈折者，杀戮也”(《题卫夫人〈笔阵图〉后》)。虽风樯阵马，强弩金戈，终是纸上钟馗，泥塑金刚。

也别尽是长人志气灭己威风。实事求是，就说绘画中的一支——漫画吧，与兄弟画种相比，固然既少鸿构巨制，也乏毫飞墨喷。然而尺有所短，寸有所长。漫画虽小小方寸，草草逸笔，却有独到处，硬是能撬开人嘴，使之喷饭捧腹；或是逗人怒发冲冠，火冒三丈。所以如此，是它能于世事矛盾中直取要害，一针见血入骨三分。且又正言若反，出之于谐。故“谈笑间”能使“强虏灰飞烟灭”，插科打诨亦如禹鼎铸象，魑魅魍魉毕呈。

这需要画者有明确的是非观念，强烈的爱憎态度，深厚的文化艺术修养，对生活透彻的理解，以及幽默才情。

说说容易，幽默智慧的火花一闪，不知费尽多少苦思冥想。食不甘味，寝不安枕。为了这逗人一笑，几不知捋断几缕须发，憋得欲哭也。

跛子没有详细说过他自己的呕心沥血情状，怎好率尔操觚。姑录出片言只语，以窥一斑：

“跛子半夜里睡着睡着，像诈了尸，猛地坐了起来，问他咋哩，说是想起了个好‘点子’。”这是青艾说的。

“有一天，半夜多了，实在卡了壳，再也画不下去了，脱巴脱巴钻了被窝，刚钻进去，又被青艾给踹了出来，‘不行！不画出来不能睡。’”这是跛子说的。想“点子”易吗？连媳妇都帮着使劲。

难怪被窝上积满了老鼠刨的土而熟视无睹。

难怪丢三落四像丢了魂，隔三差五地喝煮煳了的粥。

难怪村里的大人小孩叫他“漫画疯子”。

跛子对漫画的这股邪兴劲儿，如楚人之战钜鹿，猛气横发。这“劲儿”打哪儿来的？

跛子有一小文，有这么几句话：“这漫画是在一九五七年《漫画》杂志第九期上发表的。当大本的《漫画》和二十元稿费送到我手上时，一切的劳累、贫困、讽刺和孤独都算不得什么了，这是第一次尝到创作的甜头。”

甜头——二十元稿费，是实实在在的一大把票子。在那个时代，二十元钱，要在地里弯腰曲背流出多少汗水？能抵上多少工分？无异于天上掉下块元宝来。无利不起早，人之常理。“甜头”是那“劲头”之所由来乎？

可是跛子又说过：“一幅小漫画，怎值那么多钱？不把漫画画得再好点儿，心里愧哟，对不起那二十元钱！”这一“愧”，似乎不再全是个“利”字了。可要把漫画画得好上加好，必然地又靠近了那个“名”字。“名”，没有超凡入圣者，大都逃不出它的手掌心去。人要出名，跛子也未能免。

“名利”的确能激发出人的劲头。然而它又是孳生于“私”。是有所为而又无所不为，怎能与信念与虔诚连在一起？跛子讨饭出身，横遭白眼，瘸腿更使之雪上加霜，见人越发矮了半截。环境这玩意儿，像娼妇，它把人捧成爷爷，也把人踩成孙子。我不止一次地看到过，跛子为了逗人取乐，竟拿自个儿的瘸腿开玩笑，自我作践。人是环境之产物乎？很长时期里我对跛子作如是观。

忽然心血来潮，像是受了《红楼梦》里贾瑞反照“风月宝鉴”的启发，我把跛子反看起来：

“面子”要护，“生理缺陷”对人则嘲，对己则讳，是人情之常。反之，则是自轻自贱。

事物的两个极端，往往聚合在一个交叉点上，表现为同一形式。就跛子拿自己的瘸腿逗人取乐来看，固可谓为“自我作践”，超越常理看，又何尝不是如韩信之出于胯下的百不在乎？何尝不是另一种的“玩世不恭”？何尝不是高档的“不修边幅”？瘸腿算什么？嘲弄又算得了什么？心不在此，而志在彼。眼瞄向了远处，何必顾及脚下？我似乎摸着跛子的脉了：目不旁顾，竭尽全力挖掘自己的潜力，也就是说他的最重要的目标是最大限度地实现自己的人的价值。看看这个瘸子到底有多重的斤两？对，作为缺陷的瘸腿，反而起了积极作用，促使他、鞭策他以精神的追求来填平这一缺陷。

使他深感于这一缺陷的莫过于赵家胡同的使他可望而不可即的一隙春光。瘸子为何还要想入非非？可瘸子也是人，为什么没有权利想入非非？人到了一定岁数，纵使你不去想入非非，那“非非”也定要去想你！又何独责于跛子。

弗洛伊德的性本能的升华作用是洋道理，且不管它。但爱情可以激发出人的力量已是定论。可“剃头挑子一头热”的痴情又作何说？

比如“赵家胡同”这笔公案？

就是这锲而不舍和他对漫画的如醉如狂的痴迷，如青艾说的，像希罗基对准雪虎（杰克·伦敦小说中两只狗的名字）的脖子一样，咬住再也不撒嘴了。

四十个春秋，就以人论，从乳臭未干到须眉壮汉。在这漫长的日日夜夜，跛子之于漫画，如信徒之于上帝，心中只知有一个“此”，再也没有其他的“彼”。

就我熟悉的当地同辈画友，文化水平高于跛子者有之，环境条件优于跛子者有之，才思横溢远过于跛子者有之，科班出身者更有之。然而大江东去，一声拍岸惊涛者有之，微波涟漪者有之，靠“风”一吹皱了一皱者有之，终都“逝者如斯夫”；而跛子这股涓涓细流，不溢不涸，不急不慢，千里一注。

跛子固然有其不足处，如学养，如见闻。然而他有“诚”有“痴”。王安石说得好：“尽吾志也而不能至者，可以无悔矣。”跛子在最大限度地挖掘自己的潜力上，在积极进取实现人的价值上，“可以无悔矣”。

我真佩服青艾，看出了（或说感觉出了）真的跛子，竟早于我三十多年。

给跛子的名字增了光的，倒不全是他的漫画，而是他筚路蓝缕孜孜以求的农民漫画群体——“青蛙”漫画组。

华君武对“青蛙”漫画组的评价是“盘古开天地以来的新事物”。

抡锄把、面朝黄土背朝天的庄户人，自古以来曾有几人和文墨沾过边儿？固然，其中不乏剪纸高手、泥塑巧匠，然毕生舞文弄墨一招一式进行创作，如跛子创作出数百计漫画（其中甚多优秀之作）者，不可谓绝无，然而就我视野所及，全国解放后，中国美术家协会会员中之农民漫画家，惟跛子一人。

问题不在这里，而在于跛子这个“榜样”的影响，是“夫江始于岷山，其源可以滥觞”。嘿！一个茅坑里拉屎撒尿，谁也知道谁家的灶火门朝哪儿，根半腿的瘸子能行，咱们好胳膊好腿的为啥就不行？就冲着那二十元花花绿绿的一大把票子也得试它一试！

跛子“揭竿而起”，登高一呼，呼啦！吆喝起一大群庄稼小伙来。天下者，天下人之天下也。带着农民的汗味儿土味儿，农民的天真幽默，农民的美丑观念，农民的倔犟甚至农民的弱点，前呼后拥挤进了漫坛。能不谓之“盘古开天地以来的新事物”？跛子，文墨中之陈胜、吴广也。

“乌合之众”，张王李赵，散沙一盘，然“乌”又能“合之”为“众”，能无说道？以我局外人看，“青蛙”漫画组，当也不出那句老话：天时、地利、人和。

人和，即是一心。且听跛子说吧：

“我迷迷糊糊地正睡着哩，哐啷一声，我一睁眼，一个黑影从窗户爬了进来。我喊‘谁？’‘我。’嘿哟，没把我吓死！”

我问是怎么回事。跛子说：“是俺漫画组的学员。他说他做着梦忽地想出了个漫画‘点子’，再也睡不着了，半夜三更骑上车子跑来了，问我这个‘点子’好不好，我一听‘漫画’，也来了劲儿，不睡了！”两个画迷碰到一起能不一心？

就说这两口子，真是天造地设。息息相通，心心相印。她感冒了，他打喷嚏；他吃多了，她撑得慌。为“青蛙”漫画组，俩人拧成了麻花。漫画组组员侯峻山画了一幅风趣漫画，不仅把他俩画得令人忍俊不禁，对联尤妙。上联是“有理（跛子又名陈玉理）走遍天下”；下联是“无李（李青艾）寸步难行”。终因不在一起，不谙琐屑细事，只举一例，且让青艾自己说吧：

“老韩，靠跛子出面能成吗？说话结结巴巴，忽东忽西，要不怎么连个蜡烛头都要我去领哩。俺们不想找便宜，更不欺侮谁，俺总得求个公道吧！就说美术展览吧，谁不想让自己地区和自己的作品多上几幅？个个评委都那么公道？就没有偏心的？俺是担心哟。那次省美协选送参加全国第六届美展的评选会，俺‘青蛙’漫画组也接到了通知。嘿哟！俺家里正赶上出了事，俺大小儿老臭逃跑了。你问为啥跑的？唉！不满意我呗。嫌我心上有‘青蛙’漫画组没有他呗。他埋怨我说，他头痛我不管他，他要去上班我不给他找工作，就穿着个小背心，跑了。俺们怕他去寻死，‘青蛙’漫画组组员齐打伙儿地村前村后、棉花地里、井里到处找，到处看，没有。或许跑去他姥姥家了？去了一问，也没有，真急死了！可第二天就得往石家庄送画参加评选去，这是‘青蛙’漫画组组员的心血啊，展出展不出，关系着‘青蛙’漫画组的士气哩。按说我和跛子一起去多好，可大小儿跑了，活不见人，死不见尸，还得找啊！叫跛子去吧，嘴不赶劲。我说：‘你在家里找大小儿，我去！’跛子说：‘孩子如果寻短见死了咋办啊？’（似乎女人声腔）我说：‘那能咋办？该火化就火化，该埋就埋，别再追到省里去通知我了！’（俨然丈夫口气）我是忍着眼泪说的。（终是母亲心肠）”

好家伙，破釜沉舟，霸王气概，却也见出在其心中“青蛙”漫画组胜过孩子也。

如说在青艾心中“青蛙”漫画组胜过孩子，跛子则是“青蛙”漫画组胜过自己的瘸腿。对这瘸腿，别人可以尽情取笑，有时兴起，他还相帮别人一起来取笑，就像这腿不是他的似的。可有一次，就为了一句话，和一画友掰啦（绝交）！几年以后，跛子还悻悻地和我说：“你不是给我们写过一篇文章吗，标题是《听取蛙声一片》，嘿，他改了一个字，说是‘听取蛙声一遍’，听一遍就没听头了呗，这不是小瞧俺们大伙儿？”

我说：“跛子，我讲个逗哏的事儿，是我亲自听到的。文化大革命中不是时兴往影壁墙上画主席像吗？有一个小画友对另一个小画友说：某某画的主席像，不像。这另一小画友告诉了画主席像的某某，你猜那个某某听了之后怎么说？他说：‘明儿叫上两个人揍他一顿！’跛子，你也揍他一顿。”

这固然暴露出了跛子的狭隘，不也可从中看出他对“青蛙”漫画组爱之至深吗？“孩子是自个儿的好。”

那些组员，不只半夜跳窗户，且将画稿改了一遍又一遍，直至十数遍，数十遍。稿子投到邮筒，回来一想，还有可斟酌处，又跑去邮筒那儿站着发傻，恨不得变只老鼠，将那稿子叼出来。上有好之，下必甚焉，疯劲儿，青出于蓝。

我不断地看到发表在各报刊上的“青蛙”漫画组组员的漫画作品。我惊讶于那些傻呵呵像木头人一样直盯着我们的面孔，竟是满脑袋的幽默细胞与灵气。

青艾仍念念不忘：“俺们一辈子也忘不了俺县的阎广禄书记，抓经济建设也不忘抓精神文明，没有他的支持，一群‘青蛙’再折腾还能折腾到哪里去？”

我说：“这也与你们做出了成绩有关，要想得到领导重视，还要个‘争取’二字。”说到这儿，我想起来了，不妨趁机来个丑表功：“你还记得不？那次和詹同来邱县，跛子领着我们拜访了县长。就是那位头包毛巾穿对襟褂子，不说，谁也看不出是个‘县太爷’的郭县长。回来后，詹同说：‘咱们将郭县长介绍的邱县的生产建设情况画一组漫画如何？’我说：

‘恰投我意，标题就叫：邱县新貌。’你们说：‘俺们给你们磕头啦。’”

青艾说：“怎不记得，俺明白，你们这么一画，不就证明了俺‘青蛙’漫画组这棵梧桐树也能引来报喜喜鹊哩。不是登在《文汇月刊》上了吗，我们拿去给郭县长看了，郭县长也去邮局买了一本。”

我说：“我们是‘秀才人情纸半张’，画那漫画是‘项庄舞剑’，意在‘青蛙’哩。”

青艾说：“尤其这个地利——农村，我们一辈子都在‘深入’着哩。”忽地凄然起来：“赶上好时候了，没想到詹老师竟去了。”

一九九六年深秋，和方成老哥又顺道去了邱县马头。马头已不再是“黄尘散漫风萧索”。高楼林立，通衢四达，经济开放的大好形势，借用一句成语：日新月异。

沾了“青蛙”漫画组的光，不再和孩子争床铺，住进了邱县宾馆，说句土话：鸟枪换炮。

逗留二日，方成从东路返京，我们走西路和跛子、青艾去石家庄。他俩既送我们又是去看病，是青艾的胸部疤痕瘤增生，是文化大革命中被烧红的烙铁烙得留下的病根儿。

五百里地的路程，正好闲侃。

我问青艾：“我一直纳闷，这文化大革命竟怎地也将你和跛子的‘命’给‘革’了？”

青艾说：“现在是越看越清楚了，俺村里几大姓打从老辈儿里就不和，跛子老辈儿里不就是和别姓人家打官司打穷的吗。小说里不是也写过吗，说是什么封建家族斗争。细说，事多着哩！兴许你听了烦哩，简洁一句话，仿现下的流行说法，俺村里是文化大革命搭台，封建上台唱戏。

"他们把我抓起来，要我按照他们的说法招供，吊在房梁上打，还用烧红的烙铁烙。任你打，任你烙，我咬紧牙，一声不吭，吭一声，算我没骨头！老韩，那打手里有一人叫……甭提他的名了，反正不是个好东西。有一天量粪堆给粪评分，量到了俺家。他进厨房里喝水，我正做饭，他说话不三不四，还动手动脚。我恼了，说：'你放庄重点！'他灰溜溜地走了。这不，文化大革命了，算是犯在他手里了。老韩，我天生的就有一股子硬劲儿！"

我说："不记得是不是小林多喜二的小说了。说是一个青年，想当革命家，他知道革命家被捕了要受酷刑，于是用一根竹签猛地朝腿上刺了一下，立即痛得蹦了起来，他失望地想，看来是当不成革命家了。其实，这个青年没有弄清一个道理：生理感觉的敏与钝，取决于精神关注的程度。如果他此时正面对着敌人充满着极端仇恨，也就顾不得感觉生理的疼痛了，起码也会减弱这种感觉。可他无缘无故地扎那一竹签儿，不痛才怪呢。前些时《容斋随笔》不是走红了一阵子吗？那本书上引过《吕氏春秋》的说法：'民无常勇，亦无常怯。有气则实，实则勇；无气则虚，虚则怯。'有理有恨才有气，才有硬劲儿。"

青艾说："不信让跛子试试，一打就软蛋了。"

我说："你打他，他能软蛋；别人打他，未必软蛋。"

青艾说："那道理归那道理，反正我从小就有个硬劲儿。"

我说："好，好。你硬！你硬！"

汽车风驰电掣，有时超过了别的汽车，有时被别的汽车超过，风声呼呼。

跛子说话了："青艾给抓起来，俺们被扫地出门，住在碾棚里。我又当爹又当妈，没法儿活了，我想跳井，可俩孩子咋办呀？再说还有

‘漫画’呢，不能死，得活着！（好一个“再说还有‘漫画’呢，不能死，得活着！”这使我想起《茶馆》里提黄鸟笼子的松二爷的那句话：“我饿着，也不能叫鸟儿饿着！你看看，看看，多么体面！一看见它呀，我就舍不得死啦！”）我忽地揪起心来，我这没被抓起来的还想死哩，那给抓起来的青艾哩？不行，得想法儿告诉她：不能死。已是冬天了，青艾在‘专政队’里给小妮儿做了一件小棉袄,我一见小棉袄心生一计：让小妮儿穿上向‘专政队’的屋子里喊：娘，俺爹说娘活好。”

我说：“你这计，我不明白。”

青艾说：“我明白。‘活’有两个意思：一是做活的‘活’，再是死活的‘活’。活好，活（着）好，明白了吧！”

跛子说：“他们那么多眼就没盯住，我把漫画剪报藏在米缸里偷带了出来，我躲到棒子地里翻看翻看，心里多少也暖和点儿。”说到这里，跛子激动起来：“我给你背几句，是那时编的，你听着……”：

韩熙载在茅厕大摆宴会，
拉斐尔的“圣母”和囚犯一块儿睡，
《伊凡杀子》的地毯上增添了新的血迹，
毕加索的“鸽子”在大院里乱飞。

我看他金刚怒目唾沫乱飞的架势大笑起来：“你这是说的啥呀？”

他余怒未息：“一提起来就他奶奶的生气！俺们不是被扫地出门了吗，俺家成了‘专政队’的牢房。‘十二级台风’过去后，俺们回了家，墙上又是标语又是血，满地都是烂纸。我一瞧，都是我吃老咸菜省下卖鸡蛋的钱买的画册画片，都当了手纸、卷烟纸，× 他的娘！”

我问："文化馆东邻开饭铺的那个儿媳妇，就是那个穿着小背心逃跑的老臭的媳妇吗？"

青艾说："是老臭的媳妇。你还没见过老四哩，他最小，外号叫'四土匪'，是詹同老师起的名字哩。"

我问："怎么个匪法？"

青艾说："整天价爬高下低、惹事打架呗。嘿，有个小伙子，看上了文化馆门前这块好地方，搭棚子卖啤酒，正好把俺们'青蛙'漫画组的漫画宣传橱窗给挡上了多半拉，这哪能成！不叫搭，他非要搭。他仗恃着会两手拳脚，跑到文化馆办公室里找跛子吵嚷，耍起赖来。气得跛子的嘴一歪一斜，脸煞白。不知怎地恰好'四土匪'来了，二话不说，冲着那小伙子就是一拳，提起脖领把他给扔到了院子里。吃了晚饭，'四土匪'走后，有人赶紧来告诉我们说，那个小伙子带了两个人追赶'四土匪'去了。我一听也赶快追了去，拉住那两个人说：'他俩对个比试，你俩不能上手，你们要是上了手，我和你们没完！'等我们三个赶到西头场院里一看，你猜怎地？他俩蹲在柴草垛旁吸烟哩。哈哈，你知道不，那个小伙子的拳脚不敌俺'四土匪'的拳脚，没几下子就将他摁在了地上。他爬起来就掏烟。直说好的……"

我们笑了起来。前边的司机师傅，八成也笑哩。

"后来那小伙子乖乖地拆了棚子，又去找跛子说：'大叔，都是三里五乡的，说说你的小子，别再和我过不去了。'"

我说："老娘英雄儿好汉。看来'青蛙'漫画组有时也离不了'四土匪'哩。"

说着话赶路不显路，不知不觉进了石家庄市区，闲侃到此打住。

# 题唐云画蛙

一九七七年十月四日晚，酒余，唐云同志信笔画蛙，甫成，张臂欲撕，黄、龚急趋前劝止，惜未得免。余摭集碎片纳入衣袋，龚戏曰："可勿做手纸耶。"余归，粘贴完好如初，三蛙复张口鼓腹，跃然作鸣态矣。时在座者有米谷、苗子、郁风、之方诸同志。余记之复作歌曰：

区区池边客，
身罹车裂苦。
惟余一息存，
犹然作蛙鼓。

# 读《荷塘画卷》

思聪先生之《荷塘画卷》，“芙蓉塘外有轻雷”。雷者，风绰狷洁也、郁苍旷迥也、温深浑淳也、溶溶澹澹也。情也、诗也、意也、趣也。

展卷相对，含英咀华，泠泠然、爽爽然，“若有所思而无所思”。肺肠尘浮，为之一涤。

高远、隽永，谢榛谓“非养无以发其真，非悟无以入其妙”。真而善悟，诚中形外，画品人品，于荷可睹思聪。

复感慨而泫然焉：

濂溪，周姓也。思聪，周姓也。一荷而得周家古今二知己，幸哉！

昔人谓陆士衡：“人患才少，子患才多。”才多何患？思聪大才，中年作古。岂造物忌才，才之患耶？

# 两幅《不吃白不吃》

去年出版的华君武的两本漫画集上有两幅相同题目的漫画:《不吃白不吃》。是讽刺所谓借“赞助”之名、行白吃白捞之实的不正之风者流的。画面上是一群争吃猪奶的猪崽儿，嗷嗷待哺奔突挤攘之状，活现出一个个贪吃的嘴脸。另一幅题目虽相同，立意却小异:其中的三只小猪，改换成了一猫一鼠一狗。争吃者不只猪姓本族，连旁门别户也挤进来了。猫鼠狗混充假冒得不伦不类，更增强了对贪婪者的嘲讽。

诗,有“诗眼”。画,当也有“画眼”。所谓“眼”,即是点睛传神部位。前一幅画，就比喻之贴切，刻画之生动，已足令人忍俊不禁;而另一幅一猫一鼠一狗的“点睛”，更如敷了一笔重彩，入骨三分。

华君武的漫画，往往高人一筹。而这一筹，看来平淡无奇，似乎可以一蹴而就(譬如对这幅漫画细节上的稍微改动)。可这“一蹴”之差，实难企及。古语说:“为山九仞，功亏一篑。”一篑土石，本无足道，可是如要将其负至九仞之巅，则非易事了。漫画上的“一筹”，很有点近似这个“一篑”。华君武的高人一筹之处，正是在这个“一篑”的节骨眼上，这也是华君武之所以是漫画大师。

华君武年达七旬有五高龄，虽然他在画集序言中说:“好记性变成忘性大，敏锐变成迟钝，只此两事，漫画创作就渐渐失去了势头。”这或许是由衷之言。然而我更相信他的另一句话：“知难而进。”更确切地说，是老当益壮。对这幅漫画的精益求精就是明证。

# 梁岩的一幅肖像画

梁岩画了一个吹唢呐的老汉：闭着眼睛、鼓起腮帮，连皱纹因了面部肌肉的用力都绷紧了，一副专注之状。尤其有趣的是，从唢呐里不停地滴着口水，不免使人猜想，他到底吹了多久了？他还要再吹多久？

这个老汉，似曾相识。

是了，无论山区或是平原的哪个庄户人家，只要遇上了红、白事（喜事或丧事），在门口总要摆上一张桌子、几条杂凑的板凳，桌子上摆上几碟菜肴和纸烟，围坐着三五个老人或壮汉，手持唢呐、铜锣、小鼓，应和着院内的哭声或贺喜声，不停地吹吹打打，这是乡村音乐演奏家，老百姓叫做“吹鼓手”的。这老汉当是他们一伙中人。

“吹鼓手”，招之即来，挥之即去。一旦红、白事毕，背上褡裢、夹起唢呐又串向别处，于是也就被人忘到脑后，直到有的人家再有了红、白事，才又被人们想起来。

梁岩没有遗忘他们，而且描画了他们。

再看画的标题：“吹不尽人间哀乐。”如击燕筑，如叫巴猿，想人之所未想，言人之所未言。

“吹鼓手”，旧社会里的“贱业”行当，谁正眼看过他们？认真地想过他们？梁岩一语，如拨云见日：不正是他们不分彼此与普天下人同哀同乐？哪一对新婚夫妇不是由他们吹打着迎进了洞房？哪一个死者不是由他们吹打着送到了墓地？他们的吹奏声，可能走腔走调，可能声嘶力竭，可是又有什么乐曲比它更能和人生至哀至乐相依相关？更能比它响彻茫茫人间？梁岩从它的卑微里看出了恢宏、遒劲。正是由于梁岩看到了，所以这小小画幅才被他开拓出如此浩茫境界。

画中老汉引起的人们对他的“到底吹了多久？还要再吹多久？”的猜想，“吹不尽”三字的悲凉激越，发人喟叹。

这幅肖像，是画，也是诗。

# 要又旧又新

一幅水墨画（其他的画也如此）之所以能够耐人寻味，其实也就是由于两点，用土话说，就是要又旧又新。“旧”是传统笔墨技法，“新”是个人识见、审美意趣、独创性。

“旧”这个字眼，总是带着倒霉相，不大受人欢迎。可又怎能回避得开它。新总是脱胎于旧，旧里又总孕育着新。今天的新就是未来的旧；今天的旧就是以往的新。新与旧总是形影不离相互比较相互依存的。世上没有绝对全新的画，也没有绝对全旧的画，整个中国绘画史就是新而旧、旧而新如海浪之相逐而延续下来的。作为水墨画也脱不出这个规律，无非像在竞赛场上一样，接过前人的接力棒继续跑下去，并力争跑得更快些。这道理是老生常谈，我所以再饶舌一番，是有感于前两年有人主张不必再接前人的接力棒了，要独辟蹊径另起炉灶创造全新的画。这作为愿望讲无可厚非，但从实际上看，是不易行通也行不通的。因为纵然能将传统笔墨技法摒而弃之（从严格意义上讲也是摒弃不掉的），可是在传统笔墨的背后还有民族传统文化、审美心理等，在纵向上有着数千年的积淀，在横向上囊括宇内充塞八荒，又将如之何？问题不是回避摒弃，而是如何去正视。袁枚有句话说得好：“不从糟粕，安得精英？”我们有句俗话：“不入虎穴，焉得虎子。”如果把“旧”

比做“虎穴”，不入这穴，又从何处去得那虎子（新）。否则，无“陈”可“推”，也就无“新”可“出”了。

“又旧又新”的这个“新”字，则是唱压轴戏的。一幅画没了“新”字，也就没了灵魂。对这个问题，晁补之说得言简意赅。他说：“学书在法，而其妙在人。法可以人人而传，而妙必其胸中之所独得。”这个“法”字，就是传统，这“胸中之所独得”，就是个人之创造性。晁补之的话不仅指出又旧又新两者之不可或缺，且更强调“新”为首要，强调“其妙在人”。

晏殊有一为人们熟知的名句：“似曾相识燕归来。”这“似曾相识”，何尝不是又旧又新？像去年的燕子，似又不是去年的燕子，正是这不似之似，才引起诗人的时序代谢好景不常的慨叹。从晏殊这感怀的句子里，显示出了一个道理，即：又旧又新、又熟悉又生疏（熟悉使之亲切，生疏使之新奇）的双重感受，最易刺激人的感官，最能叩人心扉。李泽厚在《走我自己的路》一书中也曾谈到过“又旧又新”之至关乎审美心理。这段话是这样的：“心理学中有所谓‘差异原理’，不是太熟悉又不是太不熟悉的变异，能唤起知觉的新鲜刺激而感到愉快。上世纪哈巴特的形式主义美学也证实了与旧经验又联系又差异的新经验，最易产生审美愉快”。

# 同声一笑

京剧《打金砖》里的马武，为刘秀诛戮功臣而义愤填膺，持金砖找刘秀理论。刘秀紧闭宫门，马武无奈，长叹一声，将金砖猛力朝头上砸去，自戕以与昏君决绝，按说人死了，应仆倒于地。可马武傲然挺立，“虎死不倒威”。

刘秀听得宫门外无了动静，开门探头一瞧，见马武僵立不动，命内侍窥察。内侍上前伸手一试鼻息，报说“死了”。话音刚住，哪知马武高举着的手臂倏地落下，将砖砸在内侍头上，泰山压顶，如石击卵……戏唱到这儿真是叫响，观众报以齐声喝彩。

马武这一手，可谓是惊人之笔：流电惊飙，大出人之意料；又是生疑之笔：马武明明已死，那高擎金砖的手臂怎竟像是伺机而待，不早不晚恰恰此时落下？难道死而有知？

确实已死，又似没死，似岭似峰，扑朔迷离。唯其扑朔迷离，死马武比活马武才更英武神威。难怪观众报以喝彩之声。这喝彩是“赞”：壮哉！“刑天舞干戚，猛志固常在。”这喝彩又是“拍手称快”：虽是砸在内侍头上。实是砸在刘秀心上。

白石老人有言：“作画，妙在似与不似之间。”马武之死，亦妙在似与不似之间。戏与画，异曲同工。

一山石下，一只公鸡，眼瞪得溜圆，死死盯着石缝，待机而发，跃跃欲攫。这昴日星官不去催人起舞，“不向淮王旧宅飞”（龚自珍），耗在这儿，它到底瞅见了什么？画题为“觅食”，哦，是了。食为天，什么也敌不过嘴的需要。可望而不可即，它究竟在这儿耗了多久时候了？还要继续再耗多久时候？

那石头缝尤其发人费心思。那里边到底是啥虫子物儿，引逗得公

鸡馋涎欲滴望眼欲穿？看着公鸡的躁急样子，又替虫子物儿捏把汗，千万千万别出头露面，一露面，小命可就玩儿完。这虫子物儿或许“狡兔三窟”，据险以守；也或许为利所驱，忙于“螳螂捕蝉”，无暇计及“黄雀在后”。虽然“虫鸡于人何厚薄”（杜甫），却也惹得人一忽儿替公鸡着急，一忽儿为虫儿牵心。

此画为李苦禅作，因画想其人当为趣人，唯趣人方可画此趣画。

“鸡虫得失无了时。”发人笑，发人叹。画，亦颇可作戏看。

# 杭州三日

与方成兄、高马得兄嫂结伴游杭州，时值盛夏，西子浓妆以待。

当地主人懂得外地人心思，拿出一张游览图“按图索骥”，我们则客随主便。

先至“平湖秋月”。见一摄影部，占了一块风水宝地，挂有各色古式衣装。现下仿古成风，连人也仿起来。一伙青年男女，竟相穿了拍照。却是也怪，本好模好样的人，一旦穿上这衣装，突地变得有些发傻。陆续围拢了人，不看湖，不看山，一心看这照相的了。看者笑，被看者也笑，各自笑其所笑，娱人娱己，皆大欢喜。

旁有小卖部，我们各自买了把檀香扇，高大嫂说，此乃杭州特产，必须买的。

沿山麓、经西泠印社到码头，买票乘船去湖心亭。这湖心亭，“太虚一点”，据全湖之胜，当是要看的。一上岸，却叫苦不迭，人头攒动，人声鼎沸，骡马大会不过如是。欲裹足不前，背后是水，已无退路。无奈何，只好挤入人群，随波逐流。觅缝钻头，见隙插足，亦步亦趋，弯来绕去。我问“湖中湖”在哪儿？答说，不是已走过了吗。原来人缝中明明灭灭的水光树影竟是那“湖中湖”，“管中窥豹”，当如是了。

出了湖心亭，下个景点“花港”，再也不敢问津。像斗败了的鸡，只往偏僻处落荒而行。有点累了，随遇而安，顺便在草丛中乱石上坐下，边聊天，边抽烟，湖心亭惹得的心躁却也渐渐平复下来。起始并未留意，只觉微风徐徐，舒然畅然；及至随着脚边的湖水涟漪放眼望去，烟霭迷蒙，浩茫缥缈，波光山色，深浅一碧。没想到在这无人光顾之处，求之不得的竟不求而得之，西子情态，尽收眼底。

第二天，主随客便，游九溪十八涧。这地方实是难找，只好边走边问，也多亏了我们有辆吉普车。人说，过了六和塔见岔道往右拐。我们依言拐了。又有人说，拐早了，须返回去再往前走。我们踅回又往前走。又有人说，走过头了，还得往回走，于是又往回走。走着走着，一抬头，又到了六和塔下，彼此相对苦笑，却更逗得兴起，再踅回去。为何有这大雅兴，“锲而不舍”？实因了几句话，是俞曲园老人说的：九溪十八涧乃西湖最胜处。

行行重行行，终于找到了，阿弥陀佛！果然不虚此行。不说别的，只一下车，就像喝了一瓶冰镇汽水，立感浑身畅爽、暑气全消。更兼地处偏僻，游人寥寥，连同我们仅七八人。今日好景，专为我辈设。

借用曲园老人的状述：

> 清流一线，曲折下注，琥琥作琴筑声。四山环抱，苍翠万状，愈转愈深，亦愈幽秀。余诗所谓“重重叠叠山，曲曲环环路，丁丁东东泉，高高下下树”数语尽之矣。

景物依然，曲园老人看到的，我们看到了。可能是老先生只顾仰头看山看树了，未暇看脚下看自身。这我们也看到了，是青苔遍地，未雨而湿，彼此相视，面色皆绿。

回城途中，耳中似乎仍响着那直泻而下的山涧溪注。

画家徐启雄，现居杭市，为浙江画院的头头，早在五十年代就彼此相熟。第三天，不去湖山览胜，专去启雄家作竟日之谈。

每想到启雄，总想起他那《新嫁娘》的眼睛，那深邃得像井一样的眼睛。

启雄原在《人民日报》美术组工作，在一般人看来是“要津”。记得有一天我俩去帅府园美协展览厅看一外国画家的画展，在展厅里碰到叶浅予先生。他们俩说开了浙江话（我听不懂），叶先生笑着伸出拇指晃了晃（我看懂了），是对他的称赏，这给了我很深的印象，因为叶先生是不轻易奖许人的，何况老师之于学生。似此，正值好风青云，启雄忽起“莼鲈之思”，要求调回浙江老家了。我既为他惋惜，又佩服他旷达超脱。

暌别数十年，启雄仍是嘻嘻哈哈老样子，正如方兄戏呼“小朋友”。

启雄以数十幅新作相飨。玉雕楮叶，虱视车轮，艺道更为精进。笔下的女性，绰约妩媚，婀娜多姿，各呈其妍，各尽其妙。

山川形胜，钟灵毓秀。于人、于艺，以启雄证之，的非虚言。

# 闲话闲画

# 就戏谈酒

唐明皇驾幸西宫，找梅妃卿卿我我。杨玉环醋意大发，于是“看大杯伺候”。看来，酒乃碱性之物，宜解酸也。

以《醉打蒋门神》、《醉打山门》来看，酒又是壮胆之物。如无酒，武松未必敢打蒋门神，鲁智深亦未必敢打山门。如谓此言不确，请诸公去《水浒传》里亲自问武、鲁二人去。如无酒，恐武、鲁二人将曰：“考虑考虑，研究研究”耳。以此推想之，今之空喊“考虑研究”者，皆因无酒，过分清醒故也。

酒，又可言平素之所未言。请看《煮酒论英雄》，喝着喝着终于喝出“今天下英雄，惟使君与操耳”来了。据此，不妨小试之：令开批判会者，且先浮一大白。

酒，不仅能言平素之所未言，且能写平素之所未写。《李白醉写》，三杯酒落肚，不写唐诗而写起吓蛮书来了。到底写何吓蛮书？未有卷宗可查。元人姚燧者，却透出个中秘密。其在《落梅风》一曲中唱道：“写着甚？杨柳岸，晓风残月。”

酒之最妙者，莫过《斩黄袍》。曾闹过勾栏的“真龙天子”赵匡胤，斩了大将郑子明，立即高唱西皮二六：“孤王酒醉桃花宫”，“寡人酒醉将你斩”。“唱”外之意：你郑子明找酒算账去，找我不着。未闻今人复有言“鄙人酒醉办公室”者。而强调客观云云，则司空听惯。看来，酒为“客观原因”取代矣。

一九八五

# 《景阳冈武松打虎》新补

那武松尽平昔神威，仗胸中武艺，一顿拳脚打得那大虫动弹不得。武松放了手，来松树边寻那打折的棒橛。拿在手里，又打了一回，那大虫气都没了。武松再来青石上坐了半歇，就石头边寻了毡笠儿，转过乱树林边，一步步挨下冈子来。

走不到半里多路，只见枯草丛中，又钻出两只大虫来，于黑影里直立起来。武松定睛看时，却是两个人。把虎皮缝做衣裳，紧紧拼在身上，各拿着一条五股叉。见了武松，吃一惊道："你那人吃了㺃律心、豹子肝、狮子腿，胆倒包着身躯，如何敢独自一个，昏黑将夜，又没器械，走过冈子来！"武松道："你两个是什么人？"那个人道："我们是本处猎户。"武松道："你们上岭来做甚么？"两个猎户失惊道："你兀自不知哩！如今景阳冈上有一只大虫，夜夜出来伤人。本县知县着落当乡里正和我们猎户人等捕捉。那业畜势大难近，谁敢向前！"武松道："却才冈子上乱树林边，正撞见那大虫，被我一顿拳脚打死了。"

两个猎户听得痴呆了，说道："怕没这话！"武松道："你不信时，只看我身上兀自有血迹。"两个道："怎地打来？"武松把打大虫的本事说了一遍，两个猎户听了，又惊又喜，叫拢那十个乡夫来。

众人点起火把，跟着武松一同再上冈子来。看见那大虫做一堆儿死在那里。

两个猎户见大虫果真死了，分开众人，冲向前面，狠狠喝道："大虫，大虫，你也有今日也！"两人心中转又想道："今有死虎摆在面前，何不将它饱打一顿。一来出出我们心中恶气；二来显显我们威风。且又安全，毫无闪失，不也打虎英雄？"于是发一声喊，一顿拳打脚踢，打得那大虫从口里又流出血来。又照着那大虫脸上狠狠吐上几口吐沫，踏上一只脚，吆喝众乡人："把虎给绑了！"

一九八六

# 同是天涯沦落人

乘火车到子虚乡去。对面座位上坐着两个妇女。看来她们并不相识，但女人在一起很快就会混熟的。车走了不远一段路，果然，她们攀谈起来。我闭目养神，偶尔听到一些谈话片断：

“大妹子，来吃个苹果，这是打太原车站上买的。”

“谢谢。”

“俺看你这个妹子好面熟。俺想起来了，那天看叫什么‘活’的电影。电影上的那个女的活像你。”

“就是我。”

“大妹子，你叫什么来？”

“叶卡捷琳娜·玛丝洛娃，你呢？”

“俺叫苏三。”

“你从什么地方来？”

“太原，你呢？”

“西伯利亚。”

“对，对，俺看见啦，你是和一大群人排着队走的。说是上什么‘利亚’去，还说那是‘流放’，流放可够苦哟！俺是打洪洞县给起解到太原去的。”

"起解？"

"你不懂么。我的好妹子，俺的这个'起解'跟你的那个'流放'一模一样哟！"

"你犯的什么罪？"

"跟你一模一样。"

"也是人命案子？"

"是。"

"死的是什么人？"

"也跟你一样，药死了个买卖人。"

"真的是你下的毒？"

"也跟你一样，给人冤枉的。"

"啊！"

"俺再一说，我的好妹子你更得'啊'了。你的那个相好的是姓聂吧，他不是到监牢里看过你吗。俺也有一个相好的，叫王三公子，他也到大牢里探过俺的监。这不也是一模一样！"

"啊！我的上帝，怎么这么一样！"

"还有一模一样的哩。"（小声地）"用大妹子的话说，俺也是在一个院儿里。"

停止了说话。缄默有顷，响起了吃苹果的声音。

"那天看完电影，俺哭了一顿。崇公道老爹说，这是'同命相怜'哩。他还找出一本书来，说是一位姓托的老先生写的。他念了一段给我听，讲说一个律师老爷办案子的时候念了各式各样的法律条条。你猜怎么着？末了他向法官老爷说，咱们掷骰子。要是双数，原告有理，要是单数，被告有理。崇公道老爹说，你大约就是这么掷骰子给掷到什么'利亚'

去的。他这话真说对了，那天我可看得清楚，中间坐着的那个法官老爷总是掏出表看，可不耐烦啦，像火燎着屁股一样。你想他能问好官司！”

“光是这么着哩！你看那些老爷们的眼像饿狼一样。别看他们嘴里喊着‘凭万能的上帝，凭他的神圣的《福音书》’，他们心里说不定在想着你身上的什么地方哩！”

“嘿！你一说俺也想起来了。你看过《三堂会审》么？那个姓刘的老爷更不要脸，他还问俺头一个开怀的是哪一个哩。”

“开什么怀？”

“别问啦，反正不是好话。我当时心里说：去问你娘去，给她头一个开怀的是哪一个？”

我打了一个喷嚏。惊动了她们，于是，谈话中断了。

一九八六

# “改其名而饮之”

“贿赂”二字，在字典上本是笔画清楚、不会“鲁鱼亥豕”了的。可是一打嘴里出来，往往转了调、走了板。

《西游记》里，阿难、迦叶道：“圣僧东土到此，有些什么人事送我们？”在这儿成了“人事”。

《阿Q正传》里的地保：“阿Q，你的妈妈的！你连赵家的用人都调戏起来，简直是造反。害得我晚上没有觉睡，你的妈妈的！……”阿Q虽浑，却也懂得这“你的妈妈的”是加倍酒钱四百文，终于用一顶毡帽做了抵押。

《茶馆》里的吴祥子、宋恩子把这说成“意思”。王掌柜问：“那点意思得多少呢？”吴祥子说：“多年的交情，你看着办！你聪明，还能把那点意思闹成不好意思吗？”

清代官场中惯常说法是：送王爷赏底下人的。

《红楼梦》里的王熙凤，也学会了这腔调：“我比不得他们扯篷拉纤的图银子，这三千两银子，不过是给打发说去的小厮们作盘缠，使他赚几个辛苦钱儿，我一个钱也不要，就是三万两，我此刻还拿得出来。”说得干脆爽快，然而却又不那么干脆爽快，因为那三千两银子到底跑到哪里去了，读者都很了然。

据说现下更有别出心裁的，是将手表等细软之物封在点心包里，省却了嘴的劳动。这应了《琵琶行》上的话：此时无声胜有声。

“奖金”二字比起“贿赂”二字来要光明磊落得多，按理是不应回避的了。可是然而不然，据说有的企业滥发奖金，遭到明文禁止后，“奖金”也像“贿赂”之于“意思”、“人事”一样，或曰“加班费”或曰“福利”起来。

这使我想起鲁迅在《且介亭杂文》一书中说的：“长谷川如是闲说‘盗泉’云：‘古之君子，恶其名而不饮，今之君子，改其名而饮之。’”

一九八七

# 有感于齐翁之《不倒翁》

白石翁喜画不倒翁，且有题诗：“乌纱白扇俨然官，不倒原来泥半团。将汝忽然来打破，通身何处有心肝。”幽默诙谐，入骨三分。然细论之，又觉未免责之过苛。试想：虽乌纱白扇官样，实系泥团。半团之泥，固无功于民；然亦无扰于民。

《阅微草堂笔记》：“有一官公服昂然入，自称所至但饮一杯水，今

无愧鬼神。王哂曰:‘设官以治民，下至驿丞闸官，皆有利弊之当理。但不要钱（不贪赃）即为好官，置木偶于堂，并水不饮，不更胜公乎？’官又辩曰:‘某虽无功，亦无罪。’王曰:‘公一生处处求自全，某狱某狱，避嫌疑而不言，非负民乎？某事某事，畏烦重而不举，非负国乎？三载考绩之谓何？无功即有罪矣。’”

不倒翁无功于民，“并水不饮”。公服之官无功于民，“但饮一杯水”。不倒翁远胜只拿薪水不负责任之官僚主义者多多矣。

一九八七

# 龙鼠变化

继鼠年三载之后，又到龙年。龙，至高至尊。想到龙，总会想到皇帝。因为皇帝即“真龙天子”。可是与龙同列十二地支的鼠，却至卑至下。想到鼠，总会想到猥琐卑微的小人。一高到天上，一低到地下。霄壤之别，有如泾渭。但然而不然，有时也会搅混到一起，龙偶尔也会露出鼠的嘴脸。

明末诗人王季木的《题项王庙》乐府，就曾风趣地道出了这种龙鼠变化：

三章既沛秦川雨，入关更纵阿房炬，汉王真龙项王虎。

汉王刘邦先入关破秦，约法三章。“财物无所取，妇女无所幸，此其志不在小。”“真龙天子”当然非刘莫属。而项羽“引兵西屠咸阳，杀秦降王子婴，烧秦宫室，火三月不灭”，不过一“竖子不足与谋”之虎将而已。

玉玦三提王不语，鼎上杯羹弃翁姥，项王真龙汉王鼠。

鸿门宴上，范增三提所佩玉玦示杀刘邦，项羽不为所动，默然不语，是“犹有君人之度也”。（苏轼《范增论》）虎将也有着“真龙天子”气度。

当项羽告诉刘邦，说要烹其老子时，刘邦却说：“吾翁即若翁，必欲烹而翁，则幸分我一杯羹。”完全一副无赖相，龙一下子露出了鼠的嘴脸。

**垓下美人泣楚歌，定陶美人泣楚舞，真龙亦鼠虎亦鼠。**

刚愎自用的项羽，兵败垓下。谬谓“天亡我，非用兵之罪也”。十方埋伏，四面楚歌。虎，成了地地道道的过街之鼠。刘邦“病卧床席，召戚夫人以泣曰：‘若为我楚舞，吾为若楚歌。’歌数阕，一恸欲绝。”（周铨语）“威加海内兮”之“威”，玩不转也！

当然，曾一度露出过鼠的嘴脸的刘邦，终于又复原为“真龙天子”。不过从这里却也透露出一点蛛丝马迹：没有鼠性，恐也难以成龙的。

一九八八

# 孙二娘别传

话说孟州道上有个十字坡，坡前有一酒店。这店明是酒店，暗是黑店。你道这店主是谁？是《水浒传》里的有名人物，姓张名青，绰号“菜园子”，他浑家孙二娘，人称“母夜叉”。

这店专靠蒙汗药酒作勾当，只等过往客商，有那入眼的、行李重的，便用药酒将他麻翻了，图他钱财。端的好个黑店，好个蒙汗药酒也。

话休絮烦，这天他夫妇送别了武松等人，张青有事先进城去了。孙二娘着上绿纱衫儿，头上黄烘烘的插上一头钗镮，鬓边插着些野花，坐在店门口，迎候过往客商。

这时正是六月前后，炎炎火日当天，铄石流金之际，只见两辆卡车一前一后爬上坡来。到得店前，从车上跳下三个汉子，嚷道：“又热又渴又饿，老板娘，好酒打上一壶，好肉切上三盘来。”孙二娘冷眼打量，这两卡车一箱箱尽是货物。心中暗喜，买卖上门也。忙笑脸相迎，擦桌抹凳，端上三盘熟肉，捧出一大壶酒，放下三只酒杯、三双筷。一连筛了四五巡酒。喝着喝着，三个汉子只觉天旋地转。孙二娘拍手笑道：“倒也！倒也！”一汉子道：“这娘们叫我们倒爷，莫非知我们底细？不好不好，听人说十字坡有家黑店，我们八成进了黑店也！”说罢，扑地便倒不省人事。另俩汉子也相继倒下。孙二娘道：“着了，由你奸似鬼，吃了老娘的洗脚水。”边说边走向卡车，从车上拽下一个箱子道：“且看是何财货？”打开箱子一看，一瓶瓶尽是上好名牌美酒。孙二娘这一喜非同小可。你道为何？这十字坡黑店的酒大多放了蒙汗药，孙二娘虽贪几杯，怎能吃它。今儿天造地设将好酒送上门来，怎地不喜！急忙忙打开一瓶，咕嘟嘟喝将下去。岂料不喝则已，一喝下去，不一会儿顿觉两眼发黑，肚内疼痛，四肢瘫软，也扑倒了下去。

再说这黑店里蒙汗药也有个说头，过了一时三刻，药劲自会过去。

一时三刻过后，这三个汉子慢慢醒来。爬起一看，见旁边还躺着老板娘。知道险些着了道儿，哪还顾得细看，跌跌撞撞，爬上卡车，急忙逃走。

日色将晚，张青自城里归来，一看浑家仰面朝天，口吐白沫，昏迷在地。旁边还有一箱子酒，一个空酒瓶。拿起酒瓶一闻再细看商标，大惊道：“不好！浑家喝了冒牌假酒也。”你道他为何这等着急？因这张青刚在城里听得酒坊人说，市上有冒牌假酒，能把人喝死。大骂道：“好个假酒贩子，比我开黑店的更黑心透顶也！”张青边骂边急忙奔向医院去请大夫。欲知孙二娘性命如何？且听下回。正是：

黑店砸了锅，
二娘出了丑。
蒙汗药酒遇假酒，
强中更有强中手。

一九八八

# 题新官上任图

画新官上任图，苦无词以题。适读《宋稗类钞》，见陈伯敷《题杨妃上马娇图》云:“此索《清平调》词、赴沉香亭时耶？抑闻渔阳鼙鼓声赴马嵬坡时耶？上马固相似，情状大不同。观者当审诸。”不妨依样葫芦云:“此兢兢业业一心为公、为人颂扬者耶？抑贪赃枉法损公肥私、为人骂娘者耶？同是一‘官’字，情状大不同。观者当审诸。”

一九八九

# 由斋号想及

有人嘱题书斋，名号宜雅。我想世上哪有如许多雅，于是拟了“半俗斋”三字交差。意谓那一半是雅的，有半雅也就很可以了。

记得以前送过朋友一副对联：“琴棋书画堪登大雅；柴米油盐未能免俗。”也作如是想的。生活中事总是雅雅俗俗、雅俗参半的。

提到雅、俗，《聊斋志异》中有个故事，恰好讲了一雅一俗：沂水一秀才，“课业山中。夜有二美人入，含笑不语”，一美人“以白绫巾展几上，上有草书三四行”。“一美人置白金一铤，可三四两许，秀才掇纳袖中。美人取巾，握手笑出，曰：‘俗不可耐！’秀才扪金，则乌有矣。”书中谓秀才“丽人在坐，投以芳泽，置不顾；而金是取，是乞儿相也”。而“狐子可儿，雅态可想”。

粗读之下，这位沂水秀才的确令人忍俊不禁。但细想来，这“课业”也就是教书，且在山中课业，又是穷教书的，其拮据可想。“草书三四行”，顶不了饭吃，倒是“白金”能救急的，既要吃饭，不能不作这类世俗的抉择。这秀才虽是读书人，却没有读书人的忸怩作态，俗得坦率，而且颇为知足。假如这秀才不知足起来，“白金”“美人”全要呢？恐与“雅”也沾不了边，要成了财迷鬼加色鬼了。

而狐子（二美人）“雅态可想”。“想”不出“雅”在什么地方？莫非是“草书三四行”？想来这“狐子”也是穷“狐子”。否则，她们何必用空头支票捉弄这秀才？这不仅是恶作剧，且以“白金”投人所好，不正恰以表明己之所好。这“雅”里也就露出了“俗”。

《镜花缘》里有个淑士国，是通国斯文、通国皆雅的。然而一位“身穿儒服、面戴眼镜”的驼背老者，当酒保误将好酒当成次酒卖出时，向林之洋连连摇手道：“吾兄既已饮矣，岂可言乎？”“他今错之，必无心之。先生得之。乐何如之！”满口之乎者也，却脱不掉一个“贪”字。因总要食人间烟火，不能不打柴米油盐算盘的。

但也有真“雅”得像回事儿的。《宋稗类钞》载：“有数贵人遇休沐，携歌舞燕僧舍者。酒酣，诵前人诗：‘因过竹院闻僧话，偷得浮生半日闲。’僧闻而笑之。贵人问师何笑？僧曰：‘尊官得半日闲，老僧却忙了三日。谓：一日供帐，一日燕集，一日扫除也。’”这数贵人的半日雅集，是要由老僧的三日俗差给垫着底儿的。

李后主词曰：“剪不断，理还乱。”雅和俗的纠缠就很有点这种劲头。又有语曰：“附庸风雅。”似乎“风雅”是被附庸者，是能挺起腰杆的。其实这“风雅”倒往往是附庸在“俗”上的。也因此，“雅”在“俗”前，总要败北。名句“满城风雨近重阳”的作者潘大临，不就是一声“催租”将诗的雅兴给败了么。又“晋时竹林之游，王戎后至，阮籍曰：‘俗物已，复来败人意。’戎答曰：‘卿辈意亦复易败耶？”（《巢林笔谈》）只一句反问，就被“俗物”将“雅”给逼到了绝路上。

“雅”与“俗”，孰优孰劣，实在也是难说得很。

一九八九

# 稗史拾趣

《宋稗类钞》:“王文康公曙苦淋，百疗不瘥。洎为枢密副使，疾顿除。及罢，而疾复作。”

就这则纪事看，“官”如大烟土，亦能致人以瘾。劲头之大，亦不下于烟。不同的是，烟瘾犯了是折腾上边，弄得眼泪鼻涕一齐流;官瘾犯了是折腾下边，专冲着那难以见人处去。

酒瘾、烟瘾、赌瘾、官瘾……作为瘾字辈排在一起，似乎有点对“官”字不敬。然而，有酒瘾者呼之为酒鬼，有烟瘾者呼之为烟鬼，未闻有官瘾呼之为官鬼者，这又是“官”字之不同于众庶了。

仍是《宋稗类钞》:“大宋居政府，上元夜在书院内读《周易》，闻小宋点华灯，拥歌妓醉饮。翌日谕所亲令诮让云:‘相公寄语学士，闻昨夜烧灯夜宴，穷极奢侈。不知记得某年上元，同在某州州学内吃齑煮饭时否?’学士笑曰:‘却须寄语相公，不知某年同某处吃齑煮饭是为甚底?’”

大宋，即宋庠;小宋即其弟宋祁，也就是那位“红杏枝头春意闹”尚书。这小宋学士的“是为甚底”，虽是问话，实系答语。“甚底”即是官瘾，“为甚底”即是为了过官瘾。“烧灯夜宴”得浑身舒坦，能不瘾乎!

有酒瘾者、有烟瘾者、有赌瘾者，对“瘾”字倒也不甚避忌，唯独有官瘾者遮遮掩掩。《一瓢诗话》有诗云：“相逢尽道休官去。”就状述了这种遮掩心态。

不仅有诗，且有例：

王荆公乞罢机政，待命几两月，神宗未许。呼看命老僧化成至、作一课，更为看命。化成曰：“三十年前与相公看命，今仕至宰相矣，更复何问？”公微作色曰：“安石问命，不在做官，但力求去，上未许。只看旦夕便去得否？”化成曰：“相公得意浓时正好休。要去在相公，不在上。不疑何卜？”

王荆公“作色”得好玩，老僧爽快得有趣，一问一答间，那个遮掩着的“瘾”字也就露出来了。

一九八九

# “其实全是别人的”

小仓山，那一片土山，在我看来真是毫不足道，不过袁子才却说得它天花乱坠，如何的了不得。他的措词，真是妙得很，他说：“凡称金陵之胜者，南曰雨花台，西南曰莫愁湖，北曰钟山，东曰冶城，东北曰孝陵，曰鸡鸣寺。登小仓山，诸景隆然上浮，凡江湖之大，云雨之变，非山之所有者，皆山之所有也。”

说来有如许好处，其实全是别人的。

上面是摘抄的黄裳《金陵五记》中的一段。

袁枚所说的这些，也就是园林中所谓的“借景”。借园外之景，使之与园内相呼应，似乎一体，为之增色，于是乎“非山之所有者，皆山之所有也”。袁枚有点陶然自醉，而黄裳先生也善谑，一语戳穿了：“其实全是别人的。”

伴随着文学上的“寻根”热，另一种“寻根”也凑起了热闹。近年间不止一次地听到过“某某是某某的后人”诸如此类之说。后面的那个某某，大多为古代且均系见之于经传之大名鼎鼎者。“某某后人”一语之所以“听说过”或偶见诸报刊，当然是出于前者那个“某某”的“寻根”而有意透露之宣扬之的，因为谁有闲工夫查家谱弄清别人底细去。可是一旦这两个“某某”连在一起,忽然似乎前面那个“某某”分量重了起来。这颇有点园林中的“借景”味道，就像袁夫子站在小仓山上看钟山看莫愁湖一样，“非山之所有者，皆山之所有也”。弄得小仓山一下子成了大仓山。

借祖宗自我标榜者,古亦有之的。《宋稗类钞》中就有此类记载:“有故相远派在姑苏，尝嬉游书寺壁曰:‘大丞相再从侄某尝游。’”这一来

似乎自己也俨然大丞相或庶几乎大丞相了。

也有还没弄清底细而就急于“借”了：

“林可山称和靖七世孙，不知和靖不娶，已见梅圣俞序中。姜石帚嘲之曰：‘和靖当年不娶妻，因何七世有孙儿？若非鹤种并龙种，定是瓜皮搭李皮。’”结果只借得了瓜皮李皮。

说穿了，无论是真的“大丞相再从侄”，或是假冒的“和靖七世孙”，纵然祖宗“如何的了不得”，无非是钟山、莫愁湖之于小仓山“其实全是别人的”。

一九八九

# “人尽可夫”的林黛玉

林姑娘自来到贾府到“魂归离恨天”，是短短的悲剧的一生。

任何一部艺术作品中的人物都没有过像林黛玉的厄运，即伴随着她的短短一生的悲剧，还有着一个长长的悲剧。

这悲剧就是嫁了又嫁。

始由王梦阮先生将她嫁给了顺治皇帝，即所谓林黛玉影董小宛论。

又由钱静方先生将她嫁给了纳兰性德，即所谓证以《饮水词钞》林黛玉影纳兰性德原配夫人论。

更荒唐不经的是有一本名《红楼梦抉微》的书竟将林黛玉嫁给了西门庆，即宝、黛二人影《金瓶梅》中西门庆潘金莲论。

林黛玉成了“人尽可夫”了。

这虽是陈年谷子芝麻事了，然而不是有“推陈出新”一说，有一本名《红楼解梦》的书，将这“陈”推出了“新”花样：居然又将林黛玉嫁给了雍正。即所谓林黛玉影竺香玉论。由祖母辈成了孙媳辈，林黛玉不只“人尽可夫”，而且乱伦了。

不知林黛玉今后还会再嫁给谁？悲夫！

一九八九

# 读得糊涂

《世说新语》:"管宁、华歆共园中锄菜，见地有片金，管挥锄与瓦石不异，华捉而掷去之。"

华歆视"阿堵物"如敝屣，偏要再来上一手，"捉而掷去之"。装腔作势，矫情过火了。管宁则"锄与瓦石不异"。寥寥数语，褒贬分明。

然而细一思摸，"锄与瓦石不异"却颇费解。因为将"片金""与瓦石不异"可出诸三种状况：一为金石不辨，二为粗心大意未曾看见，三为对"片金"无动于衷。"见地有片金"的"见"字，表明既非粗心也非金石不辨，当是对"片金"的无动于衷。可这"无动于衷"纯属刹那间的心态，如若本人不讲，旁人焉能得知。如若讲了，岂不成了有动于衷，岂不是比华歆更为矫情。个中消息，不知《世说新语》据何而云然?

又则:"文帝尝令东阿王七步中作诗，不成者行大法。应声便为诗曰:'煮豆持作羹，漉菽以为汁。其在釜下燃，豆在釜中泣。本自同根生，相煎何太急。'帝深有惭色。"

曹植七步诗，即中小学生大都也能背诵，影响所及，不谓不大。可仔细一想，却又费解。"不成者行大法"，诗成与否，是诗才之捷与不捷，与法何干？更谈不上杀头。必欲以此杀人，将首先自陷于悖谬，这道理通常人也深懂得，何况“御之以术”（陈寿语）的曹丕？再说必欲杀曹植，办法尽有，譬如曹操杀祢衡假借刘表之手即是现成的家传秘方，何必出此下策？对曹家弟兄事，信欤疑欤？难察究竟。

“横看成岭侧成峰”，清人戴禊夫另又看出了意思，其诗道：

> 惊才子建竟沉沦，其豆相煎骨肉亲。
> 刀刃尚能留七步，魏文未始不宽仁。

一九八九

# 画、话“牛二”

王玉祥寄来咏牛二诗，要我画牛二。我还未曾留意过这个泼皮，既然要画，总得去《水浒传》里拜识拜识了。我忽然发现这“牛二现象”颇为有趣的。

牛二一出场就先声夺人：“只见两边的人都跑入河下巷内去躲。杨志看时，只见都乱窜，口里说道：‘快躲了，大虫来也！’”竟赛似景阳冈上的老虎，想来了得。

再看下去就泄气了。这牛二“挥起右手一拳打来，杨志霍地躲过，拿着刀抢入来，一时性起，望牛二嗓根上搠个着，扑地倒了。”原是不堪一击的纸老虎。

有家财么，书中明白写着是“破落户”，即穷得精光的。有后台么，他死后连告状的“苦主”也没有。何以牛二竟撒泼放刁、气壮如牛？何以天汉州桥的人众对他畏之若此？且“开封府也治他不下”？

无独有偶，《聊斋志异》中恰有一位人物，就是狂生。这狂生恃着刺史“招与饮而悦之”，“凡有小讼求直者，辄受薄贿，为之缓颊，刺史每可其请。生习为常，刺史心厌之。一日早衙，持刺登堂。刺史览之微笑。生厉声曰：‘公如所请，可之；不如所请，否之。何笑也！闻之：士可杀不可辱。他固不能相报，岂一笑不能报耶！’言已，大笑，声震堂壁。刺史怒曰：‘何敢无礼！宁不闻灭门令尹耶！’生掉臂竟下，大声曰：‘生员无门之可灭！’”又是一个气壮如牛。不过这狂生多的是斯文气，不若牛二之市井粗野也。然而，再读下去也同牛二一样泄了气了。这位不畏刺史的狂生，当朋友“为买数尺地，购斗室焉。入而居之”之后，“叹曰：‘今而后，畏令尹矣！’”

忽而气壮若彼、忽而胆怯若此，原来是“无门之可灭”与“斗室”在作祟。

恰好《宋稗类钞》中也有着牛二那个大宋王朝时代的一段记载：

吕文懿公初辞相位，归故里。海内仰之，如泰山北斗。有一乡人醉而詈之，吕公不动。语其仆曰："醉者勿与较也。"闭门谢之。逾年其人犯死刑入狱。吕始悔之曰："使当时稍与计较，送公家责治，可以小惩而大诫。吾当时只欲存心于厚，不谓养成其恶，陷人于大辟也。"

这个"醉而詈之"的乡人，也颇有点牛二气概。不同的是，他碰上的不是杨志，是"勿与较也"的退位宰相。以相位之尊之威，被人"醉而詈之"，何以"闭门谢之"？这位吕公说得明白，是"只欲存心于厚"。其实又没说透，实则是怕失了君子大人之风。说白了，是怕失了身份。就像穿了绫罗绸缎和浑身泥污者摔跤，纵使赢了也划算不来的。

天汉州桥的公众，大概也是由于或有"身份"或有"斗室"才畏起无"身份"无"斗室"的牛二来的。且又一时来不及"闭门谢之"，只好"都跑入河下巷内去躲"了。

于此又可反过来推知，穷得精光的牛二的这股"壮气"，并值不了几个钱，不必杨志一刀，只需一间"斗室"，就可以像狂生一样将"气"泄得影踪全无的。而杨志卖刀那出戏也将会是另一个唱法了。

王玉祥写诗道："时乖汴痞作脓包，枉向杨郎讨一刀。倘自迟来八百载，何愁万贯不缠腰。"这使我忽然想起了电影《芙蓉镇》里那个敲锣的疯子也很有点像牛二的叔伯兄弟，不过他一度比牛二走运得多。

一九八九

# 旅途小记

庚午夏，乘车西行，走曲阳、过阜平，一路打盹，糊里糊涂，及醒来，梵宇僧楼，已是五台山下。

饱览显通寺、塔院寺、菩萨顶、观音涧、圆照寺等佛界胜境，居二日而返。

归时，至长城岭，路依山势，自山巅蜿蜒而下，车行其间，仰视山峦层叠、俯瞰危崖百仞，惊魄骇目，惴惴不已。历一小时余，车

抵低谷，心方始安，而冷汗几遍全身。向同车者询，赴五台唯此一途。方悟去时在睡中，无知无觉，虽涉百险无惊于我，且自憾何返时不复瞌睡而清醒耶！

张志民氏有看小儿打针诗，颇堪解颐，录之于次：

这边娃儿吱吱叫，
那边小女叫吱吱。
惊见痴儿无惧色，
原来无知胜有知。

一九九〇

# 陈茶新酒

# 阿Q起诉

## 一

自从阿Q挨了秀才的大竹杠，一直再也没有见到吴妈。却是也怪，愈不见愈想，吴妈的身影直在阿Q眼前晃来晃去。晃得心里发痒，不由得骂了一句："妈妈的，这小孤孀。"可是愈骂，心里愈痒，阿Q横了心：非和她困觉不可。

阿Q明白，再下跪是不行的了。常言道："士别三日，便当刮目相待。"进过几回城的阿Q却也长了见识，头脑里忽地冒出不知从哪里听来的一句"一举成名天下知"，一下子开了窍：何不想法出出名，来个名扬未庄。有了名，不愁吴妈不乖乖地跑进土谷祠来。阿Q愈想愈得意，"妈妈的"后面又加了一个"妈妈的"。

## 二

要出名，就得闹点像新词说的"轰动效应"。怎么闹？跟谁闹？

第一个想到的是赵太爷。跟赵太爷闹当然能大出风头。可是，一想到赵太爷，阿Q的腮帮又火辣辣起来。那巴掌实在厉害，不行！

假洋鬼子？也不妥，他那哭丧棒也着实了得。

王胡？单说身上的虱子就比他不过。

小D？“我手执钢鞭将你打！”又忽地想起在钱府照壁前的那场“龙虎斗”似乎并无胜败，也不知道看的人可满足，都没有发什么议论。再说小D本是虫豸，纵使胜了他，也添不了多少光彩；万一败了，可就栽了。不划算，不划算。

人急生智，福至心灵。到底悟出了一招：状告鲁迅。阿Q扳起手指算计起来：一是鲁迅名声最大，最有轰动效应。二是文斗。“君子动口不动手”，保险挨不了大竹杠。最来劲的一点是，我阿Q是原告，鲁迅是被告，官司赢也罢、输也罢，反正是和他“齐名”，是光赚不赔。阿Q飘飘然起来，于是脱下破夹袄，当了四百文铜钱，去求假洋鬼子代写起诉状去了。

## 三

县城法院忽然接到一张起诉书。

原告：阿Q。

被告：鲁迅。

事由：一、我头上长了个癞疮疤，我最忌讳人说，可他偏偏写到文章里，这是丑化我，我不干。二、我想和吴妈困觉，这事说出来多寒碜！岂不闻圣人说：“非礼勿言。”非礼之事是不能让人家言说出来的。可他给捅开了，闹得全未庄的女人见了我，个个躲进门里去，甚而至于将近五十岁的邹七嫂，也跟着别人乱钻，而且将十一岁的女儿都叫进去了。这是揭人隐私。这是损害别人名誉。

求法院老爷给我做主，公平断理。

原告：阿Q

## 四

阿Q躺在土谷祠里，因没了破夹袄，身上有点冷，可心里却热。他想到这场官司传遍了未庄，人人都在争说阿Q和鲁迅，连赵太爷都要称呼他“老Q”了。“妈妈的，这小孤孀。”想象中的吴妈乖乖地进了土谷祠。

一九九四

# 焚琴煮鹤篇

最近读了一本《知堂谈吃》,看那“尝闻善饮者取花生仁劈为两半,去心,再拈半片咬一口细吃,当可吃三四口,所下去的酒亦不在少数矣”。真吃出雅趣来了。

“民以食为天”,吃,的确是第一要紧事。谁能离得开吃?只要可能,谁又不想尽量吃得好?不但活人要吃,死人也要吃,不闻“若敖鬼馁”乎?

似乎只有一个例外,就是王安石。“安石每食,辄尽近前一味。人谓其所嗜。他日,易他味近前,则尽食如故,是知心不在焉,食而不知其味也。”(《艮斋续说》)这记述或许是受了苏洵的影响,苏洵在《辨奸论》里说他“食犬彘之食”,言词近于丑诋。因为苏洵“恶荆公甚于仇雠”(《石林避暑录话》)。话是要打折扣听的。看来,这例外又算不得例外了。

虽然人尽喜吃,却未必善吃知味。《中庸》中就曾讲过:“人莫不饮食也,鲜能知味也。”《红楼梦》里有一道叫“茄鲞”的菜,凤姐兴冲冲地数说出一大串令刘姥姥摇头吐舌的作料以及烹调之法,刘姥姥却“白吃了半日”,“虽有一点茄子香,只是还不像是茄子”。这是刘姥姥不知其味,但也使人为之感叹。因为马克思说过:“只有靠了(物象上)

客观上展开的、人类实体的财富，才能够产生出主观的人类的感性的财富。”刘姥姥之所以“白吃了半日”，是她还不具有“客观上展开的人类实体的财富”，也就是说长年的贫乏的物质生活条件没法产生出她的对味的分辨的敏锐感觉来。

刘姥姥虽然白糟蹋了几口茄鲞，却有一句话说到了点子上。当贾母说了“我才听见凤哥儿说，你带了好些瓜菜来”时，刘姥姥说：“这是野意儿，不过吃个新鲜。”

儒家经典《论语》不厌其详地写道：“食饐而餲，鱼馁而肉败，不食。色恶、不食。臭恶、不食。失饪、不食。”甚至“沽酒市脯不食”。“祭肉不出三日。出三日，不食之矣。”写了这么一大堆，其实和刘姥姥说的一样，“吃个新鲜”。像《论语》讲道德学问的书，夹杂上这么些谈吃的话，似乎不伦不类，然细细一想，也唯有这些讲得最实在，起码比“子在齐闻《韶》，三月不知肉味”更实在。有《随园食单》精于吃道的袁枚夫子是深深懂得“新鲜”之于“味”的，他曾将味鲜用以状诗，说好诗是“味尽酸咸只要鲜”。山珍如熊掌，固为亚圣之所欲；而味之新鲜，却能使人发神经。竹笋之新，招来孟宗之哭；荔枝之鲜，博得杨妃一笑。

世上事，也真有些令人难以捉摸，就如人之嗜味，有时未必仅在于物的本身，而往往得之于别的诱因。我就有过说来难以使人相信的这类体验。我嗜蚕豆之味，是因了《孔乙已》。看书中那“孩子吃完豆，仍然不散，眼睛都望着碟子。孔乙已着了慌，伸开五指将碟子罩住，弯腰下去说道，‘不多了，我已经不多了。’直起身又看一看豆，自己摇头说，‘不多不多！多乎哉？不多也。’”这茴香豆竟是何物？如此诱人。后来弄明白了，原来是蚕豆，本是常吃的。可是也怪，自此以后，每吃蚕豆时，眼前总浮现出那些孩子与孔乙己的影像，耳边也似乎响起“多乎哉？不多也”的声调，于是，蚕豆竟别有滋味起来。

对味的感知，胃的空虚更起作用。不妨请来坡公为同调。他说：“膶可谓巧于居贫者也。未饥而食，虽八珍犹草木也。使草木如八珍，惟晚食为然。膶固巧矣，然非我之久于贫，不能知膶之巧也。”（《东坡志林》）颜膶的“晚食论”，的确经验之谈，说是“当肉”，未免简略。详言之，则是还能激发人的精神活动。挨过饿的人，大概均有体会，说来也颇有趣，肚子越是空虚，头脑越是充实，浮想联翩，诸如鸡鸭鱼肉，米面饼馍，远引若至，纷至沓来。此时如有二三挨饿伙友则更妙，同心同德，联袂神游，各以自己之所嗜，争相竞夸，证之凿凿，言之啧啧，直至难捺如火烧火燎，味之诱人，当以此际为最佳境。当然，老天保佑，最好别碰上这“佳境”。

于此，却也表明了一个道理，即物质食粮与精神食粮有一共同之处，就是都有赖于接受者的配合。艺术作品中的美，离不开读者的联想与再创造，物味之美，也离不开品尝者的胃的需求以及诱因的触发而引起的对味的想象活动。

鲁迅在《社戏》中写道：“但我吃了豆，却并没有昨夜的豆那么好。”“王弇州谓李于鳞，食品近前即不食，既移远，复飞箸食之。”（尤侗语）以李于鳞事例看，“没有昨夜的豆那么好”，恐怕原因不全在于豆。

一九九四

# 鸡　肋

我手头有两幅画像。

一是陈老莲画的杜甫，取其《空囊》诗意：“囊空恐羞涩，留得一钱看。”“阮孚持皂囊游会稽，人问囊中何物，曰：但有一钱看囊，庶免羞涩尔。”（《艮斋杂说》）杜甫用典，以状其穷。

另一幅是山东文化界前辈李士钊先生寄赠我的蒲松龄画像的照片。蒲翁着清代公服。照片背后附有数字：“江南画家朱湘鳞作于济南，蒲翁本人很满意，对此装束不甚同意。”我翻了翻《蒲松龄年谱》，的确见蒲翁记有“癸巳九月，筠嘱江南朱湘鳞为余肖像，作世俗装。实非本意，恐为百世后所怪笑也。”

陈老莲画杜甫，着眼于“贫穷”二字，朱湘鳞画蒲松龄，着眼于“富贵”二字。

虽然“伤哉贫也，生无以为养，死无以为礼也”。可陈老莲偏偏将杜甫置于这“伤哉贫也”之中，杜甫那“留得一钱看”的风趣诙谐，正显示出穷且益坚的人格光辉。

再看蒲松龄画像。蒲翁“有赠朱湘鳞诗云：‘生平绝技能写照，三毛颊上如有神。对灯取影真逼似，不问知是谁何人。……’”此诗足证朱湘鳞的写真技术已臻相当高度，且为蒲翁所满意。可那“世俗装”（清代公服）所显示的“富贵”气，也应该说本是朱湘鳞的“好意”，蒲翁却“恐为百世后所怪笑也”。这强加人以“富贵”,使人想起了高鹗在《红楼梦》后四十回里撺掇着贾宝玉去考举人。

一穷一富，不仅决定着这两幅画像的画品，同时也反映出了画者的人品。

就世间讲，这“富”字本“无位而尊、无势而热”，既可通神，又可役鬼。可独独在这小小画幅中走了背字，“恐为百世后所怪笑也”。而“穷”字却大为崇光泛彩，想想岂不有趣。

再推而广之，“穷”又岂止入诗入画，更且入文（为人熟知的就有韩愈的《送穷文》、戴名世的《穷鬼传》)，咏之、品之、赏之、赞之，成为审美对象，这不能不说是个有趣的文化现象。

更有趣的是，大概是为了抬高其身价，读书人对其称谓也不同，不直呼穷，呼之为“清贫”，在“贫”字前面加个“清”字。

可是，人有七情六欲，有生存与享乐之需求。而粗衣劣食实难使人安之若素。《柳南随笔》中就有读书人因穷而发的喟叹：

“陈在之晚年与同邑郛因仲相遇，握手道故，因喟然曰：‘吾辈垂髫相友，如昨日事，不谓一转瞬间，各已衰老若此。’因仲曰：‘不特老也，且将死矣！’在之曰：‘尔我贫苦一生，此事岂尚不免乎？’因仲曰：‘免则贫苦无已矣！’”

再看圣人门徒：

“子曰：‘衣敝缊袍与衣狐貉者立而不耻者，其由也与？’可见安贫之难，孔门弟子，仅子路一人。然子路又云：‘愿车马衣裘与朋友共，敝之而无憾。’若子路果如所愿，必先自具车马轻裘而后可。若以此愿望之朋友，则车马轻裘，子路若固有之矣。然则缊袍之人，岂忘情于车马轻裘者哉。”（《艮斋杂说》）这位清代文学家、戏曲家尤侗看得入木三分，一语戳穿了：“岂忘情于车马轻裘者哉？”

曹操兵退斜谷，军中夜间口号为“鸡肋”。杨修谓鸡肋为“食之无肉，弃之有味”。不妨做个比喻。杨修这话，很有点近似读书人心目中的“穷”字。

上半句很显然。穷又何止“无肉”，即饱暖亦恐非易事。否则清代诗人杜茶村也不会说出“人之穷，以不举火为奇；我之穷，以举火为奇”的话了。下半句“弃之有味”的“味”，则言人人殊。

为了谆谆告诫“君子固穷”，孔夫子在《论语》一书中很讲了些如“饭疏食饮水，曲肱而枕之，乐亦在其中矣”。“人不堪其忧，回也不改其乐”的贫而乐的话。这贫而乐是为的什么？孔夫子说了，是“君子谋道不谋食”。是为了“谋道”。这“道”字，大概是指认识事物规律的学问。谋这学问又是为的什么？孔夫子很坦率：“学也，禄在其中矣。”是为了做官。投资的是乐道之贫，赚回的是为官之富，将贫而乐当成了用以达成目的之手段，如果把这解释为贫中之“味”，则难免有了点生意经之味。

或者，如孔夫子另句话所说：“君子上达，小人下达。”“上达”是通达于仁义，“下达”是通达于财利。通达于仁义虽贫而乐。可是他又说“富而无骄易”“富而好礼者也”。这“无骄”“好礼”岂不也近于仁义，且比“贫而无怨”还“易”得多。这就是说，达于仁义，除去饿着肚子，还可车马轻裘。更让人弄不明白的是，在同一书中孔夫子又说了“食不厌精，脍不厌细”。“狐貉之厚以居。”这一来，岂不又将贫而乐的“味”给冲得荡然无存了。

倒是戴名世直截了当。他在《穷鬼传》一文中写道：“而吾（穷鬼）

能使先生歌，使先生泣，使先生激，使先生愤，使先生独往独来而游于无穷。”这歌、泣、激、愤，当指为由衷地真歌、真泣、真激、真愤。“独往独来而游于无穷”，应是指无所羁绊的心灵的自由。这“穷”就有了“个性独立”之味。

林语堂在谈到人生的乐趣时有这么一段话：“只有当社会与公务的压力消失，金钱、名誉和野心的刺激离去，精神可以随心所欲地游荡之时，我们才会看到一个内在的人，看到他真正的自我。”摆脱金钱、名誉和野心的刺激，也就是漠视名利。然而这须抑制物欲，俭以养德，须“环堵萧然，不蔽风日，短褐穿结，箪瓢屡空”（《五柳先生传》)。方能获得“真正的自我”。这“穷”使人嗅到了“返璞归真”的闲适自由的生活境界之味。

为了“抉摘窈微”，潜心学业，也需心无旁顾，自甘寂寞。对此，《穷鬼传》中的“穷鬼”说得明白：“韩愈氏迄今不朽者，则余之为也。”

如谓穷之“味”，大率如是了。

可是，话再说回来，无论是“个性独立”，还是“闲适自由的生活境界”，以及潜心研求学业，在纷杂的人世生活中，必然出现精神与物质、理想与现实的诸多矛盾，“鱼”与“熊掌”不可得兼，或者就此舍彼，或者就彼舍此。《宋稗类钞》中就有一段类此的记载：

“昔有一士邻于富家，贫而屡空，每羡其邻之乐。旦日衣冠谒而请焉。富翁告之曰：‘致富不易也。子归斋三日，而后告子以其故。’如言复谒，乃命待于屏间，设高几，纳师资之贽。揖而进之曰：‘大凡致富之道，当先去其五贼。五贼不除，富不可致。’请问其目。曰：‘即世之所谓仁、义、礼、智、信是也。’士卢胡而退。”

且不问将致富之道尽归之于不义是否绝对，只说这士，当“富”

敞开了大门，他却卢胡（笑）而退。这虽近于笑话，却反映出相当一部分读书人的心态:既苦于两手怒搏无术送穷;又耻于去其“五贼”之富。首鼠两端，似显可笑，唯其如此，更证安贫之艰。为了实现某种追求而抵制享乐的诱惑,这种“处涸辙以犹欢”(王勃语)的精神就尤为可贵。(再退一步讲，即如因疏懒怠惰致穷如孔乙已者，也比蝇营狗苟利欲熏心致富者更多着些人性。）正是在这意义上，“穷”被赋予了新的内涵，与高尚品格相表里，具有了审美价值。

所以，陈老莲画杜甫，喜其《空囊》。

所以，蒲松龄恶其“世俗装”，“恐为百世后所怪笑也”。

一九九四

# 逗狗·画狗

宿舍墙外一路之隔，是一片千余亩的菜地。每天早晨和傍晚，我总要来这菜地里闲遛。距小路不远处，有两间小屋，住着一户菜农。炊烟柴篱、鸡鸣犬吠……

就从鸡鸣犬吠的这只“犬”说起,且从这“犬”的“吠”上说起。干脆些不说“犬”、说“狗”，不说“吠”，说“汪汪”吧。这狗就拴在小屋门口，凡是有人从小路上过往，它总要“汪汪”几声。后来我觉察出独我走过时不“汪汪”。就这个不“汪汪”，竟使我的优越感油然而生，看来人的自我良好感觉是多么容易被触发。

一个骑自行车、上身穿西装的小伙子（别看他穿西装，我一眼就看出他是地地道道的农民）打这儿过，狗照例“汪汪”起来。这小伙子骂着脏话过去了。不一会儿,又怒气冲冲地返回来,狗又“汪汪”，他下了车，冲着在屋旁正忙活着的老汉嚷起来:“我告诉你，下回我路过时它再‘汪汪’，我立即打死它！”老汉说:“这狗拴着哩，离这么远，只是‘汪汪’，又没咬你。”小伙子说:“‘汪汪’也不行，下回它再‘汪汪’，我打死它。”一骗腿上了车子，余怒未息，又找补了一句:“打死它,吃肉。”我一听乐了，人为什么一到恨极了时就想到吃?古人不就有“食肉寝皮”一说，莫非“恨”字能刺激食欲?

话扯远了，还是回到狗身上来。狗不冲着我“汪汪”，我觉着是给了面子；狗冲着那小伙子“汪汪”，他觉着是受了欺侮，岂不是在心态上有些共通？岂不都是在抬高这畜牲？或则是自我掉价？人这万物之灵，为了豆粒大的一点自尊感，竟弄得人和畜牲不分了。

三年前，我住在保定。也是每天早晚去野外散步。中途经过几户农家，有一家门口正好对着大路，这家也养着一只狗。这狗长相特别，远远看去像是四只眼。大概它仗恃着这副得天独厚的尊容，脾气也极乖戾。似乎门前那段大路成了它的领地，对过往行人，不仅“汪汪”，还要蹿到大路中间撒野。看它那张牙舞爪的凶相，出于憎恶，也出于自卫，我顺便捡起砖头砸了过去，本想把它砸跑也就算了，岂料更激怒了它，从此认准了我，定要与我不共戴天了。这畜牲像是能掐会算，每当我走到那儿，它就在恭候了。于是，一阵“汪汪”，一阵砖头，天天照例，却也胜负难分。

有一次，我再也忘不了这一次，歪打正着，一砖头击中了它的嘴。看它那摇头晃脑、惨嚎而又暴怒的样子，我开心极了。没想到这一歪打正着，竟改变了我的心态。对这狗原本是厌极了的，却忽焉生出了个“趣”字。将小比大，看来人对事物的或好或恶，往往取决于是否占了便宜。我想再占它的便宜，热切地盼着再次击中它的嘴。一日不见，反而有些怅然若失了。

心态还有一个变化。原先出之于厌恶，就手捡起砖头砸了出去，是那么坦坦荡荡、顺理成章。可自从有了这个“趣”字，有了寻开心的念头，却添出了个“怕”字，不是怕那狗，是怕狗的那家主人了。更确切地说，是怕被那狗的主人给瞧见。怕归怕，狗嘴还是要砸的。当然，在投出砖头的同时，总不免环顾左右，偷偷摸摸，有做贼心虚之感。

又有一次，在远处有一只狗像是被惊吓，倏地逃跑了，绕成弧形躲着我。我想，这狗犯啥病了？我目送着它，它一直跑进那户人家。原来是我的对手，那只四眼狗。忽地，它又从门里探出身子，冲着我放肆地“汪汪”起来。我感到胜利的喜悦，它终于怕了我。可这畜牲竟似颇晓兵法，知道不利则避。有了仗恃又立即神气起来，可说是货真价实的“狗仗人势”。其实也有人仗狗势的，打猎的人应算一例。据西方报载，有专为人遛狗谋生者，在我们这里，狗贩子也正方兴未艾。古语说：“民以食为天。”看来岂止人仗狗势，且以狗为“天”了。

现在想起来仍心有余悸。不是那只四眼狗，是另外一只大黑狼狗。我正走进村口。这村口，南边是墙，北边是土崖子，窄窄的路像在狭谷中，一只大黑狼狗大模大样地从村里走进这狭谷，我和这畜牲正好狭路相逢。我瞅了瞅脚下，竟连一块小砖头都没有。回避？没地方可绕，再说哪有人给畜牲让道之理？先自怯了，可能更坏。我捏着一把汗，硬是装出沉着凛然的样子迎了上去。可这畜牲不为所动，照样大模大样地走来。只有三丈远了，只有两丈远了，怎么办？一丈远了，眼看就要撞在一起了，我急得要跳上崖子去躲了。倏地，吓了我一跳，一道黑影，这畜牲蹿上了崖子。我如释重负，长嘘一口气，感到了背上的汗意，不由地骂了一声：“妈的，真狡猾！”因为只有在这时我才明白了这狗原来和我一样，也有个“怕”字，可却几乎瞒过了我。骂过之后，我又笑了，“兵不厌诈”，我和这狗在玩着同一把戏。我骂它狡猾，我岂不是也狡猾。只是它功亏一篑，让我占了上风。

狗的某些表情，譬如奴颜婢膝，简直令人作呕。一个小伙子从路的右方走来（大概是狗的主人），一只狗从路的左方斜穿马路相迎。不

是走，也不像爬，是肚皮、四肢、下巴紧贴着地，浑身酥软得像是没了骨头，急剧地扭动着蹭了过去。尤其画龙点睛的是不能自禁地一路淅淅沥沥地撒出尿来。这表演，竟然浑身都是戏，如此全力以赴，如此淋漓尽致，如此无所顾忌。而受着各种观念约束的人，纵使最善拍马者，也总难免忸忸怩怩、遮遮掩掩。这也正是人之所以为人吧。

正是这只狗，引起了我的画兴。

第一幅是：一个人穿着破烂衣服，一只狗向他狂吠。

第二幅：这人换成西装革履，狗向他摇尾乞怜。

第三幅：这人上身是西装，下身又穿上原来的破烂裤子，这狗不知是狂吠好？还是摇尾乞怜好？给弄得无法表态了。

然而，我又无以自解。狗真的欺贫谄富？虽然老百姓中有如是说："狗眼看人低。""狗咬穿破衣服的。"可是，如上面说过的那个要吃狗肉的小伙子不就穿着西装？不仅阔，而且洋。而另一只狗的谄媚相，却又简直像真的有意识有目的之所为。狗会思维？如果会，是否也和人一样蝇营狗苟？"汪汪汪汪"，狗话人听不懂，没法问。只好糊涂着了。可有一点很清楚，谄媚、拍马。古今中外，总是不乏其人，却未听说不乏其狗。看惯了人，再去看狗。是否有涉以人之心度狗之腹之嫌？古语说："画虎不成反类犬。"是否成了画犬不成反类人？

我逗狗，胜利了；我画狗，八成是失败了。

一九九四

# 画、话钟馗

方成兄画钟馗，是两钟馗对打。题跋是："相持不下，两个钟馗打架，胜负看来分明，可是难说，哪个是真？哪个是假？"

画真、假钟馗，恐自方成始。与真钟馗对打的假钟馗，不言自明，定是对立面，钟馗的对立面，无他，鬼也。

这鬼不露鬼相，以假乱真，真"鬼"得可以。然而我却更佩服它之敢于和真钟馗相斗的拼命精神，应算是鬼中之雄了。

令人忍俊不禁的是题跋的末一句："可是难说，哪个是真？哪个是假？"看来那小鬼不但有着钟馗气，钟馗当也有着小鬼气。你身上有我，我身上有你，真钟馗不全真，假钟馗不全假。一旦假钟馗斗败真钟馗，假钟馗也就想当然耳地成了真钟馗。"假作真时真亦假"，真真地"可是难说"了。

我也曾画过钟馗，是"钟馗捉鬼"的老套数：山石僻处，两个小鬼蹲踞在地捕捉蛐蛐，眼看蛐蛐即为掌中之物，一副鬼脸眉开眼笑。可却再没料到，背后悄悄闪出钟馗，跃跃欲攫了。这画的下个场面，很可能：两小鬼屁滚尿流逃之夭夭；或则是钟馗俎上之肉。"螳螂捕蝉，黄雀在后。"不知可望博得一哂否？

借钟馗捉鬼，更表露出人的心智。古书载："唐明皇病疟，昼梦一大鬼。破帽、蓝袍、角带、朝靴。捉小鬼啖之。自称终南进士钟馗。”钟馗竟也是“一大鬼”。以鬼对鬼，知己知彼。庖丁解牛，游刃有余。这一手委实厉害。

可又因同属鬼籍，有息息相通之处，对了劲，又沆瀣一气起来。这早为戏曲家窥出苗头，弄了一出《钟馗嫁妹》。前呼后拥，舞之蹈之，钟馗小鬼一变而为“坐轿子的”与“抬轿子的”。这未免使人担心，假如其中一鬼再鬼性复发，弄出点什么祸祟，依法欤？徇情欤？钟馗恐要大费斟酌了。

如果有的鬼效颦人世……这一点为詹同猜中了，画了一幅小鬼搔背图，钟馗果然给拍得浑身舒坦，乐不可支。人鬼同心，心同一理，这其乐融融既然人间有之，何独鬼无？难道只许“人”放火，不许“鬼”点灯乎？

立民有一册页，要我题诗，翻开一看，恰又是詹同画的钟馗与小鬼。这回却一反其初，是钟馗厚着脸皮替小鬼搔起背来。“‘鬼’别三日，即当刮目相待。”十年河东、十年河西，感之慨之。

感之慨之，却又不得其解之，我只好诌几句打油：

此画怪哉真怪哉，
钟馗拍起小鬼来。
前后颠倒为底事？
倒要老包猜一猜。

立民要我题诗，无异打鸭子上架，甩出谜语，虚晃一枪，以攻为守也。去年，在安徽一民宅中，见一画，甚有趣，是钟馗照镜子，如此丑脸，

竟也顾影自怜，令人喷饭。细细一想，又不足为怪了，岂不闻“敝帚自珍”之说？我不知这画家是借钟馗打鬼、还是借钟馗嘲人？

钟馗虽为一丑鬼，却有一漂亮妹子，一丑一美，相得益彰。周作人书中引有一则明人故事：

钟馗生日，妹差一鬼挑担送礼。一头是酒，一头是一个鬼捆做一团，外附一封信云：

**酒一坛，鬼一个，**

**送与哥哥做点剁，**

**哥哥若嫌礼物少，**

**连挑担的是两个。**

馗阅信毕，便命将两个鬼都送厨房。捆着的鬼对挑担的鬼说道："我是没有法子，你何苦挑这个担子！"

这鬼问得好，言简而意无尽，真可补入《阅微草堂笔记》了。

本是人云亦云，谁也没把钟馗顶真儿。可顾炎武氏偏偏认了真，郑重考据起来："齐人谓椎为终葵。马融《广成颂》：挥终葵，扬关斧。盖古人以椎逐鬼，若大傩之为耳。今人于户上画钟馗像，云唐时人，能捕鬼者，玄宗尝梦见之。事载沈存中《补笔谈》，未必然也。"（《日知录》）钟馗竟是个物件——椎。这顾氏的"未必然也"实在有点杀风景。

一九九五

# 家乡话

人看不见自己的后脑勺，也听不准自己的话音。正因如此，就像一个从来没照过镜子的人，看到谁都会觉着自己长得和谁一样。当然，这个“谁”，应是年岁相仿的同性，尤其是形貌端正者。每当我和讲普通话的朋友对谈时，总觉着彼此话音相差不多，这种自我感觉很有点像辛稼轩，“我见青山多妩媚，料青山，见我应如是。”

我终于照了镜子。几年前在方成兄家，大伙儿山南海北谈兴正浓，隐约听到隔壁也有嘈杂之声，其间杂有一高嗓门，粗、沙而倔，句后还拖着一条尾巴。我光顾了说话，起始未暇留心，忽然迸出了一句使我讶然，似乎是我刚刚说过的话，我懵懵懂懂地问了声是谁？大家哄笑起来，我也随即憬悟：是录音，是我刚才的话给悄悄录下来了。这是我平生首次听到的我的说话的录音。老天爷！我这才从录音的“镜子”里瞅见了我的话语的“尊容”。这正像古书上说的“新亭伧父，一往扬州，逢人共语，语便态出”。朋友笑，我也笑，并自我解嘲说：“此乃本色，‘唯大丈夫能本色’。”

不少人问，你出外几十年了，怎么还是满口家乡话？我说：朽木难雕。除了“朽木”，还有一原因，说来恐怕有人未必相信了，是小时听到的一则笑话：有一人在城市里混了几年回到家来，大伯问：“啥时回来的？”答：“昨儿晚上。”大伯听着不顺耳，打了一巴掌，那人立即改口说：“夜里黑家。”一巴掌把家乡话打出来了。这巴掌也真颇具威力，竟使我为之懔然。顺便声明，我复述这笑话，并非要和推广普通话唱对台戏，实是实话实说，是吴越王作乡里之音，而长老尽欢之意。

读《两般秋雨庵随笔》，见录有《抱朴子·讥惑篇》，谓“有转易其声以效北语，既不能似，可耻可笑。所谓不得邯郸之步，而有匍匐之嗤者”。这堪为那笑话的同调了，只是没有那一巴掌来得干脆。“既不能似”，固然“可笑”，未必“可耻”，但又何以言“耻”？想来存心于厚，含糊其辞了。随园《卮言》诗：“满口杂夷夏，唇齿皆王侯。”彼时王侯大多北人，效北语，实则是冲着显贵尊荣去的。口操北音，也就俨然乎高人一等了。这种自我满足，想来当也过瘾。不是连阿Q都说他也姓赵？

记得二十年前回到家乡，晚饭后天色已黑，我在门外场院里闲遛。突然远处有一黑影大喝一声：“谁？”我说：“我。”那黑影凑近了几步：“你是干吗的？”我也顶撞了过去：“你是干什么的？”再顺便说一下，并非我好使气，实因那时正以阶级斗争为纲，“斗”字当先，在某种情况下，往往是硬了沾光，软了吃亏，说白了，是要带点“唬”劲。于是两硬相撞吵嚷起来，可能是麻秸秆打狼——两怕，那黑影终于罢战收兵。第二天中午，母亲说：“刚才东院的公月他娘来了，说夜里黑家公月跟你吵了，他听话音蛮声咯啦的，不知是你。一会儿他还来看你哩。”这公月本是我小时候同学，没想到在黑影里唱了一出“三岔口”，更没想到起因竟是我的“蛮声咯啦”，“噫吁嚱！”我的话已非家乡话的原装货了。

“南齐胡谐之贵宠，上欲奖以贵族盛姻。以谐之家人语傒音不正，乃遣宫内四五人往谐之家教子女语。二年后，帝问曰：‘卿家人语音已正未？’答曰：‘宫人少，臣家人多，非惟不能得正音，遂使宫人顿成傒语。’”可见语言环境潜移默化的力量之大。说句粗话，是“河心撒尿，顺了大溜”了。

以我在场院里吵架之例、以胡谐之之例来看，贺知章的《回乡偶书》一诗未必没有可商榷之处了。既“少小离家老大回”，当是岁月漫长。似此，怎能不受到外乡语音的影响？既杂有了外乡语音，又怎能说“乡音无改”？

酒是久而弥香，家乡话是远而弥亲。有一次在街上见到一家烧饼铺，卖的是山东烧饼，我上前买烧饼。“你是哪里的？”“曹州府的。你是哪里的。”“聊城的。”“咱们离得不远，是老乡。不不不，不要钱了！再拿几个烧饼去。”多亲切，不只亲切，直是慷慨了。

和几位文艺界朋友聚饮，蓝翎在座。我说：“老兄是河南人？说的倒像俺们山东话。”他说：“曾下放到河南过，我就是山东人，单县。”我一听来了神，抓起酒瓶各斟了一大杯。我说：“我有个小学同学，他说后来在山大和你也是同学。”我说了姓名，他说：“是，外号叫张大鼻子。”又于是抓起酒瓶各斟了一大杯……后来我曾看到照片，脸红得像关爷，豪饮之兴，能谓与家乡话无关？

家乡话不仅可以佐酒，且能入戏。为人熟知的京剧《霸王别姬》就将乡土语音精雕细刻了一番。不过在这戏里乡音的亲切劲没有起了好作用，引起的是军心涣散。这在《史记》里也记载着的：“夜闻汉军四面皆楚歌，项王乃大惊曰：‘汉皆已得楚乎？是何楚人之多也！’”项王悲歌、泣下数行。区区乡土之音，却关乎着征战的成败利钝。

一九九五

# “文有不通而可爱”

张岱的《湖心亭看雪》甚是好看。

> 天与云与山与水，上下一白，湖上影子，惟长堤一痕，湖心亭一点，与余舟一芥，舟中人两三粒而已。

只一白、一痕、一点、一芥，冷寂空旷毕现，用笔再是简约不过。而“舟中人两三粒”，使人想起清人张潮的话：“貌有丑而可观者，有虽不丑而不足观者；文有不通而可爱者，有虽通而极可厌者。”

“舟中人两三粒”，文有不通而可爱。

它有点像大街上以广招徕的霓虹灯。霓虹灯的最突出的特点是明、灭交互。因了那“灭”，使灭后的“明”更明，而反复不停地明明灭灭，色彩不仅愈显斑斓，其忽隐忽显、忽进忽退，且似活了起来。

霓虹灯之妙，在忽明忽灭。

为文之妙，在不通之通。

“舟中人两三粒”不妨试改为“舟中人两三个”，“个”字为量词以指“人”，在字面上再通不过的。或则省去一字，为“舟中人两三”。可通则通了、简则简了，却成了明而不灭的霓虹灯，虽有光有色，已是平板呆滞、生气全无。

“粒”字就字面讲，作为量词本用以指“物”，譬如豆、谷。用以指“人”，显然不伦不类。

然而，在这特定的句式中，这不伦不类反使它飘忽不定，似量词；又似状语，恍兮惚兮，闪闪烁烁，给“两三人”罩上“粒”的影子：瑟缩蜷曲如豆如谷之状，而“渺沧海之一粟”了。

这使我想起了一个孩子的话。

是刚刚咿呀学语的幼儿，他母亲抱着他看电视，看了一会儿之后，突然挣扎着要走，母亲问他为什么？他一字一顿地大声说：“看——饱——了！”人们齐声哄笑，“看”怎能与“饱”连在一起，当然是笑他这话的匪夷所思，也当然听懂了他的意思，是看腻烦了。可细细一想，这在字面上不通的“饱”字似又的确胜过那通的“腻烦”，因为腻烦尚能强忍，饱则使之欲呕了。

这“看饱了”与“舟中人两三粒”，何其相似乃尔！

想来不有趣么，一出自著作等身的文人笔下，一出自咿呀学语的孩童口中。难怪人说，事物的两个极端，往往搅和在一个交叉点上。

似通非通，实则是在“比喻”上做文章。“非通”是比喻的荒谬的一面；“似通”是比喻的合理的一面，两者相反相成，出乎意料之外，在于情理之中。

然而，过犹不及。比喻，往往系成败于毫厘之差。过了，使人懵然不解；不及，似乎是惠施的话，“弹之状如弹”。说了等于没说。

一九九五

# 看《活捉三郎》

“马嵬埋玉，珠楼堕粉，玉镜鸾孤月影。莫愁敛恨，枉称南国佳人。”几声哀怨，荡气回肠，孤魂月黑，渔灯巫岭。

且看阎婆惜出场。本是一绰约姣好女子，走着走着，忽地挺直身躯，猛然一蹦，隐隐然如僵尸。顿使满台阴气森森。这阎婆惜又颇懂得把握艺道之“度”，点到为止。蹦，不可无一；亦不可有二。

“来此已是三郎门首。”阎婆惜似嗔非嗔：“开门！”死鬼也不忘撒娇。

张三郎：“外面是哪一个在叫门啊？”

“是奴家。”

张三郎立即来了精神头儿：“奴家？奴家必定是位女客。半夜三更来寻我，我张三郎准定是走了桃花运了。”这登徒子见一个爱一个，连没见面只听声的也爱上了。

“喊她进来。”张三郎猴急了，看客比张三郎还急。张三郎是急着图“好事”。看客是急着寻开心，幸灾乐祸，瞧这小丑儿的惊怖样儿。

可是张三郎：“慢来！”他又不急了。他不急了，看客更急，什么叫戏？戏就是专逗看客的躁急劲儿。

“半夜三更，我要问清楚了才好。你是谁家的奴家呀？”

“我与你别来不久，怎么连声音都听不出了？”这话吓人一跳。当更要吓张三郎一跳。听惯了的耳鬓厮磨喁喁私语焉能辨不出？

张三郎："是啊，这个声音熟悉得很，时常在学生耳朵内这样刮进来刮出，我一时想它不起。"真真要为阎婆惜一哭，这负心贼早把她忘在脖子后了。再一想，却也尽难以怪他，小丑儿又怎能想到这不速之客竟是死鬼情人。

"奴家，请你自己说了吧。"

"你且猜一猜。"这阎婆惜说痴亦痴，说黠亦黠。

"嘿呀呀，这个奴家倒是蛮有意思的。让我来猜。我就猜上一猜。猜着了你可是不能溜了的啊。"旁观者清，当局者迷。推都推不开的，竟然还怕她溜了。令人绝倒。

……

"嘿呀呀，费了半天的劲，怎么都猜不着，请你自己说了吧。"

"你且开了门，自然认得的。"以攻为守。

小丑儿果然入彀："是啊，开了门定然认得的，何必这样瞎猜。待我开门来。"

常言道，艺术家的本领是精练概括删繁就简。换言之，就是将复杂的弄成简单。其实也可颠倒过来说，艺术家的本领，又是将简单的弄成复杂。（任何事物，简单的背后都蕴涵着复杂。）看那阎婆惜和张三郎，一个叫门，一个开门，何等简单之事。写戏人因崖而作势，因仄以旋舞，杯水中搅出如许风波。小题大做，文如鬼工。

张三郎："嘿哟，好一阵鬼风啊。方才明明有人在敲门，把门开了，怎么不见了？哎哟，要是来了个鬼呀？"

一语破的。真难为了张三郎，瞎猫踩上死老鼠，蒙对了。看客舒了一口气。

可这小丑儿也舒了一口气："噢，我明白了。不是什么奴家，也不是什么鬼。一定是衙门中的朋友，打从我门前经过，就这样捏紧了鼻子：奴家呀，奴家。"

张三郎的一句"我明白了"，使人想及世人之所谓"明白"与"糊涂"，实是你中有我、我中有你。糊涂着的未必不是明白，明白了的未必不是糊涂。

"不是什么鬼"，固然额手称庆。"也不是什么奴家"，狗咬尿泡瞎欢喜了一场，未免败兴："你只顾寻开心，吓了我一身冷汗，待我关了房门，进去睡了吧。"忽又惊喜的一声："嘿嘿！方才在外边到处寻她不着，她倒蔫不出溜地进来了。请问小娘子，你是谁家的宅眷、何处的娇娥？因何夤夜至此？乞道其详。"

凄厉的一声："三郎！"

五雷轰顶，瘫倒在地。"你莫非就是阎婆惜？"

瞧这小丑儿吧。回过神儿来之后，第一紧忙事就是急赤白脸地赖账："唉呀，小娘子，自古道冤有头债有主，宋公明杀了你，关我张三郎啥事啊？""测鬼神之情状，发人间之幽微"，从这儿不正可窥到人情世态之一斑？

阎婆惜："你只道是重泉路阴，把幽魂沉沦。""河满"一声，凄恻动人。可接下去又令人忍俊不禁。"那晓得鸳鸯性打熬未瞑，花柳情摧颓犹盛。"风骚劲儿上来了。

张三郎："唉哟！她真的来了。嘿，前些时到茅山去烧香，学了一个退鬼咒，今日正好用得上：太上老君，过往神灵，南无阿弥陀佛。怎么一动也不动？她是个强鬼哟！"小丑儿没了辙了。

阎婆惜："我今并非索命而来，你不必害怕。"

张三郎："呀嘿，儿子才怕，孙子才怕。只是见了你，这腿直哆嗦。"

“三郎，你且近前来，看看我的容颜也就是。”欲依依相就。

“呀嘿！活人的脸是好看的，死鬼的脸有什么好看哪。”热脸贴在了冷屁股上。

“你不看么？”阎婆惜生气了。

“我看，我看。”见人软了，他硬；见人硬了，他软。牵着不走打着走。“半夜三更看死鬼的脸，要拿盏灯在手里壮壮胆子才好。待我仔细看上一看。”

不看也还罢了，这一看，只听张三郎一声惊呼：“啊呀，妙啊，看小娘子的容颜比在生之时越发标致了！”真个美色，所向披靡，无坚不摧。这戏写到这儿一碰上个“色”字，由不得张三郎，也由不得写戏人，那笔，如顺风轻舟，飞流直下了。

阎婆惜：“你讲什么？”

张三郎：“可记得在生之时与你借茶吃的光景？”

“怎么不记得。”

“那就请你说一说，我和你是怎样偷情来的。”尤物足以移人，馋皮涎脸起来了。

阎婆惜：“小立春风倚画屏，好似萍无蒂柏有心。珊瑚鞭指填衡门，乞香茗。我因此上卖眼传情。慕虹霓盟心，蹉跎杏雨梨云。致蜂愁蝶昏。痛杀那牵丝脱纴，只落得捣床捶枕。我方才飏李寻桃，便香消粉褪、玉碎珠沉。”

张三郎：“说得一些也不差。小娘子，那日在公廨里，听得你的凶信，我是这样足足地哭了三日三夜。”

阎婆惜：“可怜！”

张三郎：“我泪沾襟，好一似膏火生心。苦时时自焚。正挨剩枕残衾。值飞琼降临。骤道是山魈现形；又道是鹍弦泄恨。把一个震耳惊眸、荡情怡性、动魄飞魂。赋高唐、向阳台、雨渥云深。又何异那些时和你鹣鹣影并。”

阎婆惜："何须鹏鸟来相窘，效于飞双双入冥。"

琴瑟协律，载歌载舞。那本是鬼的阎婆惜越来越像了人；那本是人的张三郎越来越像了鬼。牵牵扯扯，相偕而去。这结尾应算是“大团圆”了。然而却团圆得令人心有戚戚。看这一对男女，欣欣然弃阳世而就阴间。好死不如赖活着？赖活着不如好死？

戏名为何叫“活捉”？或则“捉”有两解：恨极了要捉；爱极了也要捉。“渔色”、“猎艳”可证。

张三郎，刚刚死了阎婆惜，又打起别个奴家的主意。岂料想这色鬼恰恰碰上的是那死鬼。让人不知是该唾？还是该笑？

阎婆惜的死，能说与你张三郎无关？推了个一干二净。斯文人里也不乏市井无赖。

可这无赖当听到阎婆惜的凶信，足足地哭了三日三夜。哀戚无助之状，能不令人恻然？能说无有一丝真情？

张三郎好色。可男女相悦又怎能与色无关？由情而慕色，因色以生情，孔夫子以好德比好色，况张三郎乎？这小丑儿本是一丧魄懦夫，可一个“色”字，立使他如蛾扑火、如猩嗜酒。鬼也不怕了，命也不要了（甘愿缢死），不亦可谓痴中一绝？

再看那阎婆惜，本因偷情致死，而死不改悔。“鸳鸯性打熬未瞑，花柳情摧颓犹盛。”“如佛家舍利，劫火猛烈，犹烧之不失也。”真真淫邪得可怖了。然而换一个词儿来说，不亦春蚕到死丝未尽？可怖欤？可哀欤？淫邪欤？痴情欤？似此又彼，似彼又此，难以捉摸。唯其难以捉摸，愈逗人去捉摸。此即所谓魅力欤？

生命至贵。遭杀身之祸，面对张三郎的狡赖，无怨语，无愠色，处之恬然。一小女子如是之宽宏大度，鬼性里不也有了佛性？

由阎婆惜使人不能不想到宋江，想到《水浒传》。戏里的阎婆惜不就是《水浒传》里的阎婆惜？不正是先有了《水浒传》里的阎婆惜，才敷演出了戏台上的阎婆惜？可两个阎婆惜，何其大异其趣。将《水浒传》里的那个刁横撒泼的阎婆惜一变而为《活捉》里的可感可哀的阎婆惜，能不谓之点铁成金？谓为翻案文章，文章翻得好也。

为什么《水浒传》将阎婆惜写得如此不堪？又岂止阎婆惜。潘金莲、潘巧云、贾氏、刘高太太，甚至孙二娘、顾大嫂，哪个不是刁妇、淫妇或凶悍之妇？使人慨叹，女人一到了《水浒传》里算是运交华盖了！似乎对扈三娘还算是笔下留情。因而被《水浒后传》的作者陈忱誉为"一部《水浒传》中，独有扈三娘不置一语，内言不出于阃，还算良家女子"。然而经不住深究。全家被杀之仇，屈配酒色之徒之辱，逆来顺受，任人摆布。真令人疑其是否还有心肝。金翠莲、林冲娘子算是躲过了，大概是沾了跑龙套角色的光。

《水浒传》里的女人，不但不得好活（遭骂），且不得好死。舒芜先生有篇文章，谈到武松杀潘金莲和杨雄杀潘巧云时，对那血淋淋之状，谓该书作者"特别写得津津有味，流露出淫虐狂来"。

且看阎婆惜之死吧。"宋江左手早按住那婆娘，右手却早刀落，去那婆惜嗓子上只一勒，鲜血飞出，那妇人兀自吼哩。宋江怕她不死，再复一刀，那颗头，伶伶仃仃，落在枕头上。"意犹未足，复有诗："此日娇容堪恋否？"冲着那血淋淋的人头打趣起来了。

睹影而知竿。之所以如此，是孔夫子那句话：唯女子与小人为难养也。

# 游石窟寺

世南说:“巩县石窟比龙门石窟保存得完整,值得一看。”当然要看,怎能交臂失之。霏霏细雨,微风拂拂。与世南、战岩、素平、史珮相偕驱车前往。

远远望见玉米棵丛中一陡峭悬崖,上矗立一塔,就是石窟寺了。

进山门,一正殿,两庑廊。杂草丛生,雨声淅沥。与那人来人往摩肩接踵的热闹景点大异其趣。

殿中一石佛,着黄帔。我瞩目良久,为之讶然。仅仅一浅灰色,一中黄色,何以竟如此熠熠生辉。其品堪称大雅。此古人之所谓“大味必淡”欤?

距大殿数十米之遥,就是石窟。来时从远处瞧见的塔就在石崖之上。讲解员说:石崖形如卧虎,修塔是为的降伏这虎。可虎头部位正是石窟,佛怎就不管不问,反而借助于塔?看来神仙中事亦如人世间事,讲说不清,姑妄听之。

一巍峨如山巅之大佛,老远就瞧见了。从大佛之侧,沿阶而下。据说石窟建于北魏,至唐,因地震而下陷。又不知何朝何代复从地下挖掘出来重见天日。此时别人如何,不得而知。所谓“如饥如渴”“先睹为快”正是我的写照。可讲解员却有板有眼,娓娓而谈,不慌不忙,走走停停。虚与委蛇，耐着性子作听讲状，真急煞人。

云冈石窟、麦积山石窟，至今缘悭一面。龙门石窟倒是去过一次，只是站在护栏外，可望而不可即。今番则不同，是身临其境，畅游其间。或仰望、或俯视、或环顾，无处不佛。看之不足以尽兴，且可以摸。我见一小佛脸上油光铿亮，不知得到过多少人爱抚。

石窟艺术的魅力，不在雕刻本身，而在人工物（佛像）与天然物（石崖）的和谐结合。（有些论者只着眼于石窟造像之年代、风格以及雕刻技巧等。未免“管中窥豹”。）佛像顺山石之势而据其位，依凸凹之状而成其形，此中有彼，彼中生此。令人玩味处在此，其趣在此。而人工终又依循天然。“趣”以载道：人道顺应天道。如谓这些是佛，毋宁说是遁迹山林的高士。与之相对，能不为之感染。涤除尘嚣，起飘然世外之思？！

战岩面对一佛，两目直视，如痴如呆。继而作拉锯状，口中发出哧哧声。笑对我说：“真想把它锯下来带回家去。”我笑他有贼心没贼胆，徒作狂语。更笑这本是无贪无欲的佛竟逗引得他欲心大炽。

不知什么时候天已放晴。将离去时，一当地小伙猜出了我辈心思。说家有拓片，可售。桃僵李代，聊胜于无，当然要买。岂料看了那一张张拓片，虽形貌类似，已是徒具空壳。因其已失去了原来的天光云影风声鸟语之境。风从虎，云从龙。没了风云，龙虎又可奈何。

二〇〇二

# 读华君武文章的札记

华老的字，拙而趣，自成一体。细看，其行笔似有帖的影子，其结体似有碑的影子。这影子飘忽不定，像韩愈那句诗：草色遥看近却无。

我从他的字里得到的启示是，今人写字，应与碑帖若即若离。太“即”，则千人一面，如寿星唱曲——老调。太“离”，如无源之水，流之不远。

华老作字之法，是“出入不由户”。这有他自己的话为证，他说：“我在小学暑期作业练过‘灵飞经’字帖，简直是受罪，一笔一画都要摹仿，束缚人的手脚。我喜欢看字的结构，看它的气势。”这话说得很明白了，不临帖，不亦步亦趋循规蹈矩地叩门而入。是看，“看字的结构，看它的气势”。这话又说得简略了。或许自谦，或许作而不述，没有继续说下去，这就不能不引起人的疑问：“看”的功能竟有如此之大？因了“看”就能写出与碑帖若即若离的字来？因为“看”与“临”实质上是一样的，不同的一是用“眼”一是用“手”罢了。有句老话：“心慕手追”。“心慕”是看的结果。心既慕之，必然地要驱使“手”去追摹去如法仿效。这不又和临帖一模一式了！我思摸，这“看”的背后大有文章。是何文章？是悟，是化！

提到“化”字，想起一件小得不能再小的事：有一天，我和两个年轻人去看望华老。作别时，华老送到楼下，又继而送到院门口外。我们的车停在远离院门口的南边。华老说:“车不必再掉头,直接往北开,从北门也可出去。”这一来，我们仍要再经过华老的院门口。我们上了车，见华老仍站在那里，我辈后生小子怎敢当此，局促不安是必然的。华老世事洞达，想是觉察到了，当车子经过他面前时，再也没料到，他将手杖一横左臂一伸，作警察指挥交通状。只这一下子，给化解了。如下棋，动一子，全盘改观！我说华老的“看字的结构，看它的气势”的“看”的背后，就是这种随机应变的“化”的本领在起着举足轻重的作用。

华老又说:“我的字并无根底，但它和我的画可以统一，互不排斥。”似乎是轻而易举一蹴而就的。可做来试试看？举目纵观，国画大家之辈众多，能将其字其画“互不排斥”和谐无间者又有几人？

为了向前辈学习，我对华老何以能将字、画结合得如此和谐反复思摸过，得出的结论是，这不单单是字的一面，还有画的一面，唯有两者间息息相通，才能“互不排斥”。

且不谈华老的有关漫画的诸多方面，如对国家对人民的责任感，对事物透过现象窥其本质的洞察力，以及由诸多方面的文化素养而形成的华氏幽默……单只说构图、造型、线条纯绘画形式这一点。有一次和朋友通信中提到画种分类，提到华老。我说：“我从华君武的画里看到其中蕴含着中国画的最本质的东西，就这意义上说，他的画远比一些国画家画的国画还国画。可都说他是漫画家，没听谁说过他是国画家（恐怕就连华君武本人也会极力反对的）。再如齐白石，他画的‘不倒翁’、‘算盘’、‘两只小鸡雏’，应是漫画的典范之作，可都说他是国画家，没听谁说过他是漫画家。”再一次是和一位国画评论家开玩笑，我说："中国画家开口闭口不是'得意忘象'就是'舍形取神'，我孤陋寡闻，就视野所及，从古至今的中国画中还没有一幅这样的样板。漫画中倒有一幅，是华君武画的方成漫画像。不画其形貌，只画了一个苹果一个茶盘。可是凡是熟悉方成的人，都能就这苹果茶盘瞅出他的神态来。你用国画道理理论一番如何？"两次闲聊，虽各有所指，却又都是基于一个看法，就是华老的漫画中含有国画因素，且是最根本的因素。

何谓中国画的最根本因素？这个问题让我这画匠来理论实在有点招架不住。如若打鸭子上架，我也只能像程咬金抡板斧，就那三下子。再往下也就没了咒念了。

在我看来中国画最根本的是"线"。在线和形的关系上无非也就是三大类。这三类画法各有千秋，各有不同的欣赏者。一类是纯写实，以准确地描摹对象为手段来表达创作意图。形和线的关系，是形为主，线为奴。线从属于形，其行笔是描。再一类，线不再是描，而是写，如郑板桥说的以写字之法作画，从而使绘画更富有韵律、节奏之美。这就是所谓的"书法入画"。然而这类画法，形和线依然是主、奴关系，线仍从属于形，与第一类画法没有本质上的差别。第三类是，形和线的主、奴关系颠了个儿，是形从属于线，"线"彻底解脱出来，从而发挥出其在绘画形式上的重要作用。也只有在这种状况下画家才能畅快地抒发其性情、心迹、审美意趣。其"线"在整体画幅中虽逆走而横击却又首尾而相应，如一个字的横、竖、勾、撇之前后连贯，息息相通。这就铸成了整幅画面的内在的浑然一体。对此我杜撰了个说法：书法结体入画。意即以书法结体的形式规律解构与重构画面中所有物象。我觉得崔子范的画就近乎此。我说的华老的漫画中蕴含着中国画最本质的东西也是指此。华老的“出入不由户”的书法与这类的画法怎能不一拍即合！不仅“互不排斥”，且直臻和谐之境。

华老在国画书道上直探骊龙之珠，但他有句话：“我在漫画上寻求‘民族化’，并不想有国画的形式，并不想漫画被国画化了过去，那就成了老话说的赔了夫人又折兵了！”事实证明，他没有被国画化了过去；而是他将国画化了过来，化成了“华派”、“华趣”的漫画，是他牵着骊龙的鼻子走。

二〇〇四

# “俗僧谈禅”

书画同源，但同源而异流。

书终是书,画终是画。书求“线”之美,画求“形”之美。而“线”之美脱不开“形”,“形”之美离不开“线”。就是这个“线”与“形”,使书家和画家苦不堪言却又乐此不疲。

不说书家，只说画家。

书法入画，当是不刊之论。书法用笔融入画中，画才更具节奏韵律，铿锵顿挫。然而书的“线”有其自身规律，画的“形”也有其自身规律。两类规律却又扞格不入势如水火。能将两者调和,使之“言归于好”并辔齐驱（不袭用既成之法），就是本领，就是创造。

见一小伙子，一手掣着风筝线，一手拿着望远镜，瞄向天上那小黑点儿。心无旁骛，目凝神往。

拿在手里没放出去的风筝太近、太实；放到天上去的风筝太远、太虚。他则是：推了开去，再拉回来。谓之近，实则远；谓之远，实似近。此艺道之“不即不离”乎？

用锥子钻物，为了便于钻进，必须使锥尖左右回旋。不以直势进，是以曲势进。以此证之，“文贵曲”之说颇合力学原理。

修养，《现代汉语词典》的解释是：“指理论、知识、艺术、思想等方面的一定水平。”这话说了等于没说。因为“一定水平”的“一定”，实难界定。

我姑妄解之：“修养”就是把握分寸，把握得恰到好处，既不“过”，也不“不及”。

二〇〇〇

# 书斋谈猫

书斋，谈猫，似乎不伦不类。然而文徵明有咏猫诗云："自缘夜榻思高枕，端要山斋护旧书"，可见书斋需要猫，猫亦可入诗文。

人总喜欢养点什么，如花、鸟、鱼之类。有一次我心血来潮，也想"风雅"一下，养花吧，养什么花呢？要好养、好活，不需精心照管的才行。花把式告诉我，仙人掌最好养。于是我养了仙人掌，结果把根子给养烂了，从此我与花草绝了缘。至于鱼、鸟，我是连想也不敢想的。屋里总得有点玩艺儿啊，我看上了石头，这玩艺儿好，不用浇水，不用喂食，不用钱买，不怕磕碰，且寿比南山，还不怕偷。我这才恍然有所悟于米癫之所以爱石头。

本与"石兄"相处甚洽，忽然又杀出来一个活物——猫。与猫结缘，则为我始料不及。更为始料所不及的是，我与猫结缘又是由另一活物——耗子做的媒介。

当静心读书写字时，忽然吱吱几声，从橱子或柜子底下钻出一位丑陋不堪的不速之客。它有时一动不动，百不在乎；有时像箭之离弦，从这个角落射向那个角落。于是我立即感到屋内不平静起来，读书写字的兴致去了一半；又于是偷偷脱下鞋子，拭目以待，又又于是猛砸下去，哐啷一声，罐子或是瓶子被击碎了。"投鼠忌器"，语见于《汉书》，可想古人为老鼠不知要砸毁多少器物了。有时打开包裹，折叠着的被褥竟然从上到下打成一洞，洞底还留有一堆鼠屎，使人恨得连牙根都发起痒来。

我画了一个猫粘贴在墙角，取悬挂钟馗以压邪祟之意，可耗子不是小鬼，不理这一套，照常肆无忌惮。假的不行了，只好来真的。我求人要到了一只猫。说来奇怪，自从有了猫，我的心理却一反常态，本来极厌耗子在屋内窜来窜去，这时反而迫切地盼着它光临了。可是耗子也一反常态，使我白白望眼欲穿，竟然踪影全无。

我始终没有看到猫捕鼠的好戏，可是我却发现了猫竟是如此好玩，简直是妙趣横生。猫之于我，供以开心解闷又远远重于捕鼠了。

譬如小猫，毛茸茸地像个绒团，绒团的前面是两只圆圆的眼，眼下边是翘着的须，后边竖着颇有点滑稽的尾巴。当看着它蹿蹿蹦蹦地认真地捕捉从地上闪过的苍蝇的影子时，逗得人能把肚皮笑疼。它趁人睡着时，说不定什么时候会偷偷来挠一下，我常常闭上眼假装睡着，等它来挠，脸上一痒，睁眼一看，嘻嘻，两只圆眼正脸对脸地瞅着我。它顽皮，顽皮得可爱，它傻，傻得可爱，很像小孩子，但不像小孩随地拉屎撒尿。

大猫，庄重多了，常常蜷曲在床铺角落，恬静安适，与世无争的样子。可是，不知从什么时候起它就在偷偷地窥察了，死死地盯着人，那眼神简直不可捉摸。当它感到被发觉了，又慢慢地把眼阖上，不动声色，好像根本没有偷看过谁。我真想知道它此时在想什么。这畜牲，使我想到那些涉世颇深的人。

猫，亲热起来简直使人受不了，它歪歪斜斜地绕着人的腿，用尾巴蹭来蹭去，黏黏糊糊的使人肉麻。如果说，狗的亲热更多地显示着的是奴才相，猫的亲热则像骚妇。

猫的声音极富表现力。细微的咪咪声，加上讨好的仰视的眼神，是十足的乞怜相。压抑着的呜呜声，是悻悻之意。从腹腔喷发而出的如喝稀粥样的稀溜呼噜的声音，则是狂怒了。我曾看到过这情景：半夜里，稀溜呼噜声把我惊醒了，我喂养的猫正向床边退缩，门槛的猫洞口外，闪烁着两只贼亮的眼，真使人有点毛骨悚然，我想起了将要破门而入的蒙面强盗。

在静静的月夜，说不定在某处的房脊上会看到并排蹲坐着的一对猫影，尖尖的耳朵，细瘦的身躯，扭来扭去的头，像喁喁私语的情侣，又像童话中的鬼精灵，娴雅文静，而又鬼鬼祟祟，间之还杂有点诗意。

我喜欢弄一条小鱼去逗弄它，看它那急不可待馋涎欲滴之状，简

直令人喷饭。我想这畜牲如果会说话，在这节骨眼儿上恐怕什么样的谄言媚语都会从嘴里出来的。可是一旦食物到口，立即翻脸，发出威胁的呜呜声，别想再靠近它一步。这六亲不认的无赖！这使我想起《庄子》的那只衔着腐鼠发出“吓！”的声音的鸱。

如果说它喻于利，薄于义也不尽然。我曾听说：一位爱养猫的老作家，文化大革命中被捕了，他的猫从此就一直守候在他的床旁，除了出去吃食外，从不离去一步。七年时间过去了，老作家被释放回家，一进门，这猫立即跃到他的脚旁，绕了几圈，扑地倒下死了。猫之钟情又若此。

猫，一身市侩气，又极富人情味。它有人的优点；也有人的缺点，这是否因为猫成为家畜和人相处久了“近朱者赤”的缘故？

一九七九

# 我画《无题》

眼花了，配了眼镜。读书看报，必须戴眼镜。摘下眼镜，面前的书本报纸立即成了一片黑芝麻。慨然自叹：眼镜成了眼睛！

将这句话的意思画成了画，一瞅，我被我逗乐了。

这一乐，使我悟到语言与绘画竟有如此差异。

“眼镜成了眼睛”，在语言中，字与义合，明白无误。可是画成形象，却出现了两种相反的意思：一是对语言字义的肯定；一是对语言字义的否定。谁见过眼睛能够脱离面部与眼镜黏合一起？

毫无疑义，有悖于事理，可是不这么画又怎能表达出“眼镜成了眼睛”？

其实“眼镜成了眼睛”本身就是生活中的“荒诞”。“眼镜”本是一玻璃片，怎能成了“眼睛”？而事实上恰恰成了眼睛。人丧失了视感官功能，按说是半拉残废是可悲的事，可一旦和眼镜搭上边，又生发出笑料来（像这幅夫子自道的画，不是我被我逗乐了）。似这类荒谬而又合理、相反而又相成的生活中事，又岂止“眼镜成了眼睛”？

方成先生就这幅漫画说：“奇在老人无目，却也使人理解。”“这幅画的艺术构思，就是把人的视力和眼镜的功能巧合，造出一种出奇的景象。”“以滑稽表现一种看法、一种常情，这属于幽默，不是只逗

人一笑、毫无内容的滑稽了。”(《漫画的幽默》)

王朝闻先生说:“没有长眼睛，眼睛只刻画在眼镜上的‘造像’，造型虽很荒诞，它所隐喻的角色，颇有点相对意义(不是绝对意义)的无限性。它的造型不是给特定观念作注评式的翻译，它那丰富的内涵有待于漫画读者的意象思维，即对作品的现实依据的再创造与再评价，所谓思而得之。”“它只能也应当具备一种诱导作用，一种点醒观众对认识的作用。就是说，它对漫画观众的认识活动，只能提供以至暗示一种认识的突破口。正所谓师父引进门，得道在个人，漫画《无题》也有这样的作用。”(《王朝闻集》第20卷，299页。)

两位先生的嘉许，给我的启发是:创作的关键在于是否能从生活里捕捉到有意味的生活细节。作品的内涵，取决于生活本身所蕴含的内在矛盾。而《无题》一画，实是阴错阳差，于无意中得之。

二〇〇三

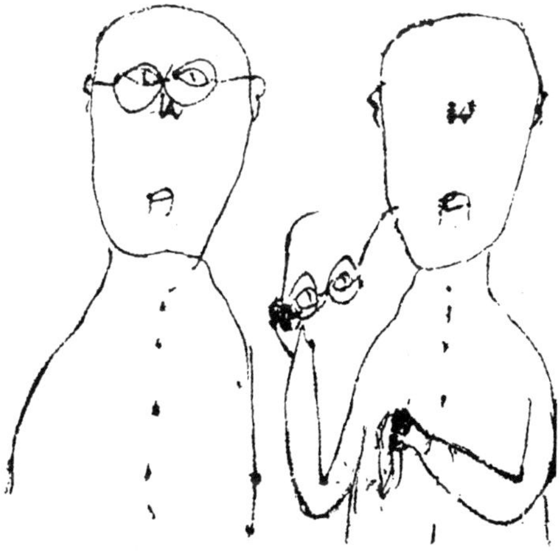

# 我 画 雾

数十年前《美术》杂志上刊登过一幅描绘“雾”的《正阳门之冬》，是马克西莫夫画的。莫奈的《日出印象》是经典之作，也是描绘的“雾”。都是油画，是靠了虚实冷暖的交错，扑朔迷离的色彩将那“雾”捕捉到画面上来的。

比如说，不用油画或水彩颜料，只用一管毛笔，把“雾”画来试试看？不料想我果然遇到了这个难题。

一次是为老舍先生的《英国人》一文画插图。这是一本散文集，由于印刷条件的限制，只能用墨线。

雾中的人或物是模糊朦胧的。这好办，将人或物的形体用墨点点成模糊之状即可以了。可是这墨点能否确切地指明是“雾”？如果有人说了：这不是“雾”，这是“雨点”是“沙尘”。你又奈何？为了不让人误解为雨点或沙尘，我干脆将墨点点成一“雾”字。在“雾”字的两边再点出两个模糊的人形。由于中间有雾，彼此谁也看不清谁了。

又一次，是为我自己的散文《夜路》画插图，仍是大雾。再用墨点去点？是“寿星唱曲——老调”了。我不想重弹老调。想来想去，既然是雾中什么都瞧不见，瞧不见了还能画什么，干脆不画。于是在纸上画了一个边框，边框内表示是画面，画面中是空白，边框外是标题:“漫天大雾，什么都瞧不见。”这是不画之画，这是无为之为。不画，正好“画”出了“什么都瞧不见”的大雾。

或问:这叫什么画法?杜撰一名:出入不由户。

二〇〇三

# 我画《红楼梦》人物

一九七七年，忽地心血来潮，冲着《红楼梦》跃跃欲试蠢蠢而动起来。本也自知，习惯了变形夸张的漫画之笔，怎能描画窈窕少女绰约仙姝？可是“椿龄画蔷，痴及局外”久矣。

最近河北教育出版社出版画册，向我约稿，要我写写个人创作体会，想起了二十多年前画《红楼梦》的事。追忆当时情状，就如何想？如何画？略陈一孔之见：

## 林黛玉

一提起林黛玉，人们就会想到黛玉葬花。“试看春残花渐落，便是红颜老死时。一朝春尽红颜老，花落人亡两不知。”无葬花不足以为黛玉；无黛玉不足适以葬花。用句老话说：典型人物的典型情节。然而我认为它并不适宜于绘画。

黛玉葬花即《红楼梦》第二十七回“埋香冢飞燕泣残红”。葬花作为一个事件，其整体由两个方面构成：一是葬花的行为，一是葬花的动机。

先说葬花的行为。这行为不能不说有悖于事理，是荒唐之举。人死了，要哀要葬。猫狗死了，也要葬。而花本草木，也哀也葬，这就令人匪夷所思了。比如，当看到一个女孩子哀哀切切地在葬花，孰能不笑其痴癫？这一点就连林黛玉也意会到了。故曰：“侬今葬花人笑痴。”

再说葬花的动机。缘何而葬花？答案在《葬花词》。《葬花词》可以八字概括：凄婉哀绝、荡气回肠。是《葬花词》使人深切地感触到

林黛玉之高洁、之哀愁、之孤苦无依。无人可以对之倾诉，而又要倾诉。只好由人而移之花木，转为与花木同病相怜；由落红而哀自己，因自己而哀落红。

葬花之举是“果”,《葬花词》是“因”。两者不可或分。无《葬花词》,无以给荒唐的葬花行为以合理解释;无荒唐的葬花行为，无以深化《葬花词》的凄婉哀绝。寓哀婉于荒唐之中，愈荒唐愈见其哀。

且以绘画对之比照：葬花，是具体的人和花，固适于绘画描摹。可是《葬花词》是诗，是语言艺术。语言艺术不受时间、空间限制，有极大的跳跃性、组合性。它可以把不同事物、不同概念交错糅合，以达其或比或兴（《葬花词》的凄婉哀绝就是得之于比、兴）。而受制于时间、空间的直观艺术绘画，只能对之而叹束手辍笔。正如刘勰之所说“才非短长，理自难易耳”。

文学作品中的黛玉葬花，一旦成了绘画中的黛玉葬花，也就意味着失去了一半：失去了《葬花词》之“因”，徒留有葬花行为之“果”。这与还“珠”之“椟”何异?

或许有人会说，我们看到过画中的黛玉葬花，并未觉其荒唐，同是凄切哀婉。这也是事实。然而细加分辨就会发现这并不是由绘画中发出的信息所致。而是《红楼梦》给予观者的印象至深，是观者在观赏绘画的同时将自己的原有印象赋予绘画的。实则与绘画无关。

我画林黛玉，避开葬花，另觅出路。人的思维有时真怪，明明摆在眼皮底下很容易想到的，偏是七绕八绕之后才想到。综观林黛玉的短短一生，与之结了不解之缘的，一是花，一是诗。黛玉对花是“葬”，对诗是“焚”（焚稿断痴情）。我将“葬花”与“焚诗”合在一起，前者去其“花”字，后者去其“焚”字，移花接木，成为“葬诗”。正欣欣然，猛然想起林黛玉不早就有这诗句了："冷月葬诗魂。"我绕了个弯子。看来人们所谓的"悟"，并非聪明所致，实乃得之于笨。

我谓黛玉葬诗比之葬花更宜于绘画。既免除了"荒唐"之弊，又因"诗魂"抽象，较之具体的花，其与孤傲高洁等概念更适于殊类相感。

又似乎没有白绕弯子，同是"冷月葬诗魂"，却也有小异。林黛玉的诗，是"冷月"葬诗魂。我画的是"林黛玉"葬诗魂。是黛玉葬诗魂？还是黛玉为诗魂之化身被冷月所埋葬？无论是此是彼，画笔均可纵横其间。

## 史湘云

史湘云爽朗豪放，妩媚而有丈夫气。"爱厄（二）哥哥"咬舌子，偏又口无遮拦。曹公用"憨"字状之，尤令人忍俊不禁。

将文学中的史湘云"克隆"成画中的史湘云岂不快意？其实这也是画者的一点私心。或曰创作冲动；或曰见其所爱必欲得之。但是文学中最精彩处最打动人处，又往往是画者的禁区。我在《憨湘云醉眠芍药茵》的芍药茵旁绕了半天，终于废然而叹：没法画。

画出来的，有时语言说不出来；语言说出来的，有时画不出来。语言的"醉眠芍药茵"令人想到的是习俗未染天真无邪的史小姐，而画出来的"醉眠芍药茵"则只能是"睡美人"的史小姐了。比如俗语"占着茅坑不拉屎"，令人想到的是尸位素餐，可是你画出来试试看？

就这一回目看，无"醉眠"不足以显示史湘云之豪饮；只豪饮而无"醉眠"犹如画龙没有点睛。其实早在"醉眠"之前，在红香圃小敞厅内，曹雪芹已将笔尖瞄准史湘云了。看那湘云先笑着说，"拇战"正合了她的脾气。看那悄悄地拉香菱，教她说“药”字。看那“湘云等不得，早和宝玉‘三’、‘五’乱叫，猜起拳来”。看那“用筷子举着（半个鸭头），说道:‘这鸭头不是那丫头，头上那有桂花油？’”……如谓“醉眠”是“龙睛”；这些细节则是龙的形体了。

绘画与文学的不同处，是它只能着眼一点，只能描摹某一事物的某一刹那。“醉眠”固然是妙笔，是“龙睛”。如果将画笔只拘囿于“醉眠”，犹如没有龙之形体的“龙睛”，体之不存，睛将焉附?

“醉眠”虽妙，只能割爱。退而求其次，把史湘云唤醒，再回到红香圃小敞厅里的酒席桌旁，让她“三”、“五”乱叫，猜起拳来。

## 尤二姐、尤三姐

把姐妹俩画在了一起。

尤二姐把玩着贾琏的定情物——九龙佩。

尤三姐抱持着柳湘莲的定情物——剑。

是二人的不同人生追求，也暗示着不同的悲剧结局。

然而这有点近似“图解”了。立此存照。引以为戒。

## 贾　琏

“情遗九龙佩”的贾琏，在戏曲中是着花花公子衣装。（此时已是贾敬出殡之后，按礼，已脱孝服了。）从绘画着眼，不妨仍让他穿着孝服和尤二姐厮混。居丧之哀，苟且之欢，正是一个“孝”字的好写照，一个浪荡子的好嘴脸。

## 花袭人

“花气袭人知昼暖”，馥郁花香，乘人不备而袭之。其迷醉人也如是，其蛊惑人也如是。花美而香而鬼祟，古人诗句如此写照，可谓一绝。

偏偏“专在这些浓词艳诗上做工夫”的贾宝玉，以此诗句为花家姐姐命名，又可谓一绝。

“情切切良宵花解语”，袭人不仅如花，且能解语。无怪王夫人越发感爱：“我的儿，你竟有这个心胸，想得这样周全！……只是还有一句话：你如今既说了这样的话，我索性就把他（贾宝玉）交给你了。”

可是贾宝玉疑惑起来：“谁这样犯舌？况这里事也无人知道，如何就都说着了？”

虽然贾宝玉肯定为“诼谣谣诟，出自屏帷”，但“按迹循踪”阅遍书中所有有关袭人章节却又查无实据。似结非结，若灭若现。花袭人之有城府在此，曹雪芹写实手法之高明也在此。

让画图中的花家姐姐作拂拭妆台状，而镜中的眼神似别有所窥。袭人之“袭”，其庶几乎？

## 藕　官

提起藕官祭药官，芳官眼圈儿一红，叹口气道：“这事说来，藕官儿也是胡闹。”“那都是傻想头！她是小生，药官是小旦。往常时，她们扮作两口儿，每日唱戏的时候，都装着那么亲热，一来二去，两个人就装糊涂了，倒像真的一样儿。后来两个竟是你疼我，我爱你。药官儿一死，她就哭得死去活来的，到如今不忘，所以每节烧纸。”

试想，如芳官不讲，谁能悟得到此？戏台上已是假的；更何况女扮男装。然而竟你疼我，我爱你，倒像真的两口儿。有趣的是，这个“丈夫”忽地被贾宝玉撞见，又立即意识到自己本是女孩子，不好意思得“我也不便和你面说”。而芳官既说这是“胡闹”，却又“眼圈儿一红”。

画藕官，就画她“偷偷烧纸”。“偷”本来不是好字眼，但又不全是“不是好字眼”。尤二姐死了，贾琏也偷偷烧过她的遗物。就因了这“偷”，我对贾琏忽然有了好印象。

因作画，与《红楼梦》相厮缠，虽举鼎而绝膑，亦种瓜而得豆。

朱光潜论诗，谓“诗与人生世相的关系，妙处在于不即不离”。借朱先生这四个字用到插图上来，插图与文学作品的关系亦应不即不离。“不即”则如风筝断线；“不离”则死句下。

二〇〇三

# 我画《听雨图》

一九六〇年的某天，骆公老友说：“张仃同志让我捎信，请你给他画幅画。”我说：“张仃先生是中央美术学院教授，又听说他艺术鉴赏眼光特高，丑媳妇哪敢见公婆。”骆公说：“他是真的喜欢你的画。他曾对我说过，有一次在漫画编辑部开编委会，他一再坚持要把你的一幅漫画作为封底发表。”是有这么回事，我的一幅本来很小的漫画，放得很大作为封底发表的。却不知是缘于张仃先生的鼎力。骆公说的“他是真的喜欢你的画”，我有些相信了。

画，一定要画。不只要画，且以虔诚之心，如爇香之供佛。

这道理我深信不疑：要想画出满意的画，一定要画生活中自己最熟悉、感受最深最有兴趣的。我生长在农村，耳目之所接，无非是田塍小径、井旁篱畔、鸟语蝉鸣、鸡啼犬吠。要说单调，不可谓不单调。然而单调里又无处不充满了天然之趣。比如雨，就有趣。我有一小文就写过这田野的雨：“散碎的雨珠，在高粱叶子上跳动着、在茄子叶子上跳动着、在豆子叶子上跳动着、在肥硕的北瓜叶子上跳动着、在整个田野里跳动着。同时声音也越来越嘈杂了。高粱地里、豆子地里、北瓜地里、山药地里的哗喇声、唰唰声、咚当声汇合在一起，像是在呼喊在吵嚷……”多有趣，在雨点的敲击下，所有的庄稼又吵又嚷，哄哄然像庙会上的人潮市嚣。李义山更有本领，从雨声里听出了诗：留得残荷听雨声。

就画听雨图。如何画雨声？视形类声。使我最费心思的是瓜棚的位置。最终我将它放在画面的正中央。它的上面是雨，左边是雨，右边是雨，下面也是雨。我认为放在任何部位都不如放在正中央能给人以瓜棚被漫天大雨所笼罩的强烈视觉印象。那卧着的孩子凝听的不正是“四面楚歌”？

张仃先生说，那幅《听雨图》在文化大革命中被抄家时丢失了。然而令我欣幸的是张仃先生并没有忘记它。已是十数年之后了，他在一篇文章中写有如下的话：“他的作品有一种乡土味。例如‘瓜棚听雨’：在一望无际的田野里，有架孤零零的草棚，中间卧着一个看瓜的孩子……这在夏季的北方，是很常见的画面，他用自己的眼睛看到的，用自己的绘画语言表现出来，是一支民歌，一首小诗。”

二〇〇三

# 我画《韩信月下追萧何》

唐代的韩愈曾著文，说“世有伯乐，然后有千里马”。感叹世上“千里马常有，而伯乐不常有”，致使千里马“秖辱于奴隶人之手，骈死于槽枥之间”。到了二十世纪八十年代，从不止一篇的报刊文章的字里行间,又看到了“伯乐”、“千里马”字样,像韩愈一样,又呼唤“伯乐”了。封建社会时代，呼唤伯乐；社会主义时代，也呼唤伯乐。

伯乐相马,固然看走不了眼。如若让伯乐相人又如何？戴名世《答某书》:“昔伯乐教其所憎者相千里马，教其所爱者相驽马。夫千里马不常有，其利缓。而驽马日日售之，其利急。”你瞧，伯乐教徒弟都有偏心。这一层，韩愈没有看出来。斗胆冒犯韩文公，我说：世有伯乐，然后有千里马，信然。然千里马为伯乐察之荐之复为伯乐杀之者则为韩愈所未论及。

伯乐常有，千里马也常有。可是无论古时或今世，只要两者一照面，人际关系、利害关系立即掺和进来了，一切问题之总根的“体制”也掺和进来了。伯乐不复伯乐，千里马也不复千里马了。

将这层意思画出来不好么。可是“意翻空而易奇，言征实而难巧”（刘勰语）用什么样的“言”才能表述出这“意”？

我想到了戏曲。戏曲是稗官野史，娱人之目益人以智，最为人们喜闻乐见。戏曲中人物为人耳熟能详。纵使只提到名字或只言片语，也能唤起对他们的全部记忆。他们活在人们心中，活在人们日常语言里。请戏曲人物现身说法，就近设譬，最为便当。

戏曲《萧何月下追韩信》中的萧何、韩信，不就是伯乐与千里马？如若韩信这“千里马”不遇上萧何这“伯乐”，不也“祇辱于奴隶人之手，骈死于槽枥之间”？

萧何在戏台上这么一追韩信。谦恭下士，虚怀礼贤。谁能不谓之

可赞可敬？

看戏的人们只看到了这戏，却未必都读过《史记》。戏台上的萧何只是他的一半；《史记》里还有他另一半。那另一半是“吕后欲召（韩信），恐其党不就，乃与萧相国谋”，“相国绐信曰：‘虽疾，强入贺。’信入，吕后使武士缚信，斩之长乐钟室。”

形格势禁，其有所不得不然，成也伯乐；败也伯乐，这就是韩信这匹千里马的命运。

将画笔笔尖瞄向何处？如拘于事实，只能就《史记》中寻行数墨，难免死于句下。黄苗子先生说：“他能把一肚子学问横串竖串，打个比方：关羽跟苏东坡下棋，杨贵妃跟西门庆鬼混。”“一肚子学问”，是前辈谬奖；“横串竖串”，的确窥我肺腑。这一回又是“横串竖串”。从《史记》又“串”回到戏台上。

不是“萧何月下追韩信”么，来它一个“韩信月下追萧何”！人，还是那两人；追，同是追，但此追已不同于彼追。彼追是“举荐”，此追是“索命”。此追系由彼追所引起，此追之“果”已隐隐然含有了彼追之“因”。

借用原戏曲的戏名；又有别于原戏曲的戏名，看似字句的模仿；实是内容的变调，是你唱你的，我唱我的。

此时的韩信已被斩于长乐钟室，又怎能去追？反正戏台上鬼戏甚多，姑效颦，那就画一个提着自己脑袋的韩信。鬼魂出场，的确使人有些悚然。这悚然也许会引人“心声锋起”，会问：这鬼魂为何死不瞑目？

这可算哪门子画？国画？漫画？戏画？

欣幸之至，这幅小画引起了前辈王朝闻先生的关注。他认为《韩信月下追萧何》一画“越出戏曲《萧何月下追韩信》的题目和情节，越看越觉得有新颖的画外之意的含蓄美”。“读韩羽随笔式的文章《“我”兮归来》，更能了解这幅画对素材的抽象化过程，也是对传统观念作了聪明的翻案文章。”“这样根据史实来作画，和戏曲只对萧何爱才一面所作的赞扬的效果不同，是从另一生活侧面着眼而加以概括和变形的。如果可以说这样的绘画和那样的戏曲都有抽象性特征，那么，各自的着重点显得多么特殊。当作创作对于素材的一种抽象过程来理解，后者那虚构性的动机与新颖的意象都富于独创性。这样的意境的荒诞性与‘抽象’性显示了画家对素材内容的理解更有广度与深度，较之在绘画造型方面的虚幻性抽象形式也更有意味。”“观众视野的扩充化，在思维方面是否也有抽象性？看来也是有的。画家韩羽这种寓真于诞、寓实于玄的艺术形式，和刘熙载在《艺概·文概》里那个论点一致：‘一语为千万语所托命，是为笔头上担得千钧。然此一语正不在大声以色，盖往往有以轻运重者。’”“艺术思维的所谓以轻运重，和从局部见整体的意义与效果近似。不论是诗的还是雕塑的艺术形象，它不只可能反映个别现象而且可能在个别中显示一般。当作艺术假定作用的反映方式来理解，它的长处在于创造一个虚幻的然而又有完整性和独立性的世界。死了的韩信追赶还活着的萧何索命，这种虚幻不实的人际关系反映了有必然性的人际关系。当实际里的人际关系在艺术里以虚幻的形态出现时，也许对客体的本质正是一种创造性的反映。这种能动的反映体现了艺术虚实相生、轻重相成的辩证方法，诱发观众掌握以轻运重、由小见大的感受和判断的认识功能。这也是说，任何艺术形式都是不完整的，但观众可能在不完整中见完整。”（引自《王朝闻集》第15卷，253～255页。）

王朝闻先生就艺术规律的多方面阐述，如佛家之醍醐灌顶，使我由模模糊“知其然”，进而知其所以然。从而更坚定了我的信念，像张作霖大帅筑假山[注]，管他土法、洋法，国画、漫画，我画我的。

这是笑话，但也使人在笑过之后不得不感到这位“胡子”大帅的确有那么一股不管不顾的蛮劲，毫无框框地破门而入到艺术中来。恐怕谁也不会否认这假山“杰作”带有浓重的大兵味儿，带有“胡子”的“我”。

二〇〇三

[注] 张作霖新修帅府，要在庭院中堆叠假山，承办人员马上派人到江南苏州请此行名家画了几幅图样，多是仿苏州名园布置，但张作霖都不满意，亲自动手设计。假山迎着正门叠起，由西而东而北。山底全是大石，洋灰灌浆，牢靠坚固。齐身高处，朝外露些高低不等的窟窿，上头插些石笋，大概是群峰竞秀之意。张作霖特邀名士前来欣赏他的大作，众人信口奉承：“大帅独具匠心，可谓别具一格。”其中有一人连称：“好、好！”张作霖反问：“你说好，好在哪里？”那人无以为对。张作霖哈哈大笑说：“让我给列位文墨人儿讲点学问吧！好就好在这堆石头并不是你们喜欢的那路闲摆设儿。一旦有事，我就能凭着它抵挡一阵。”他指着那些窟窿说：“看明白没？凭这排枪眼，我就能打它东、南、西三面儿。”（《张作霖演义》）

# 砥砺琢磨非金也，而可以利金

我喜欢因画而作文；或由文而作画。画之所短，恰是文之所长；画之所长，又是文之所短。取长补短，手脚并用，连踢带打也。

所以如此，又关乎我对绘画的看法。看法，言人人殊，各有所着重，自不必相强一致。我则着重在八个字：又熟又生，有理有趣。

所谓又熟又生，是指画中物象应该令人既感到熟悉而又感到陌生。熟悉使之亲切；陌生使之新奇。惟其又熟又生，才最易刺激人的感官，最易叩人心扉。反之，只熟不生，则索然无味；只生不熟，则茫然不可解。

所谓有理有趣，其理，不是说教，不是来自书本上，它就在日常生活之中，与琐屑事物相表里，它无往而不在，却又为人所熟视无睹。一旦显其端倪，人们才跃然以醒幡然而悟：怎么以前就没有看到想到？借老生常谈语，画中之“理”就是想人之所欲想而未及想、言人之所欲言而不能言者。这“理”，不仅能像教科书一样益人以智，它还有为教科书所无的给人以恍然而悟的快感。又因这“理”来自生活之中，往往杂有生活之趣，它又给人以审美愉悦。

至于“趣”，人们一提到它，常常想起“好玩”、“逗”这一类字眼。清人张潮则更看出了“趣”与才、学、识的关系，其对才、学、识的重要作用。他说："才必兼乎趣而始化。"就是说，比如酿酒。才、学、识是酿酒的高粱、稻米等原料，而"趣"是使原料发酵的酵母。

画中的"理"，亦即学问与识见，亦必兼乎趣而始化。理因趣，其理益彰。趣因理，而趣益浓。

绘画是直观艺术，只能描摹具体事物。而理与趣，实出之人的心中，是主观之意念。似此，只能描摹具体事物的画笔则力有未逮。为补画笔之不足，须要借力。

"砥砺琢磨非金也，而可以利金。"（《说苑》）金属的刀，唯有借助于非金属的石，才能磨得快。中国古代画家早就悟得此理，因而借语言艺术的文学以助视觉艺术的绘画。画中的或文或诗，俗谓之跋。这跋，不亦即"非金，而可以利金"的磨刀石？跋与画相结合，是语言艺术与视觉艺术的杂交，如庄稼为改良品种而杂交一样，是互补不足，相得益彰，离之两伤，合则双美。

白石老人有一画，画了两只鸡雏互争一条虫子。因利而争，固然是丑态。然而单只相争，不足以尽其丑。且看跋语："他日相呼。"只此四字，立使画面延伸开来，突破了时间、空间的局限，由目前的"相争"延伸到以往的"相亲"，也是这跋语，藏而不露，话里有话，"他日相呼"，岂不是见利忘义？岂止是鸡，"人之所以异于禽兽者几希"，是理？是趣？谁能分得清？

而他的另一幅画《不倒翁》，本是泥玩具，却忽焉幻化出贪官的嘴脸。这画中物象的又熟又生似与不似，不亦得之于跋语的点铁成金？

"诗中有画，画中有诗"，是苏轼赞王维语。其实无分中外，诗，都是由感而见；画，都是由见而感。独"跋"才是中国特产，为中国画独家经营。

永玉、永厚黄家二位先生精于此道。我虽有兴于此，自知学迂才下，原非力取。画坛才俊，何妨作周郎一顾？

二〇〇三

# 东拉西扯

焚香沐浴恭写官衣官帽官靴图

# 官　衣

幼时喜粉墨登场，跑跑龙套，与戏班中人混得烂熟。吃吃喝喝，说说笑笑，大哥二哥麻子哥。

刚刚还在嘻嘻哈哈，可一穿上官衣，你猜怎么着？脸绷紧了，腰板硬了，撇腔拿调，直想训人，大摇大摆，架子十足。一句话，凛然不可侵犯。

一脱下官衣，你再猜猜怎么着？嘿！又大哥二哥麻子哥了。

真怪，官衣简直是魔衣，一穿上它，人全变了。这现象很有趣，很逗乐，但也发人感慨。

一九八六

此公福大命大造化大恭肃命笔为之造像

# 杨宗保

常看戏的人大概都认识杨宗保。此人是杨延昭的儿子、穆桂英的丈夫。虽然本事不大，却福大命大造化大。

在《辕门斩子》一戏里他是挨斩的对象。是他的正当着元帅的爸爸杨延昭因他违犯军法要杀他的，正在开刀问斩的节骨眼儿上，没有当元帅的穆桂英来了，一说情，给解救了。

在《破洪州》一戏里他又是挨斩的对象。这一回是他的当元帅的妻子穆桂英因他违犯军法要杀他的，也是正在开刀问斩的节骨眼儿上，他的已经不当元帅的爸爸杨延昭致书求情了，当然翁情难却，于是又给解救了。

当元帅的爸爸要杀他时，不当元帅的妻子说情解救；当元帅的妻子要杀他时，不当元帅的爸爸说情解救。杨宗保虽几惊几怕，却是虚惊虚怕。

我想，戏剧家假如将这两出戏编成一出戏不有趣么？一定很逗乐子的。

曹阿瞒

# 似曾相识

读《世说新语》:“王绪数谗殷荆州于王国宝,殷甚患之,求术于王东亭。曰:‘卿但数诣王绪,往辄屏人,因论它事。如此,则二王之好离矣。’殷从之。国宝见王绪,问曰:‘比与仲堪屏人何所道?’绪云:‘故是常往来,无它所论。’国宝谓绪于己有隐,果情好日疏,谗言以息。”

王东亭的“术”,“似曾相识燕归来”。想起来了,曹操来过这一手。

曹操离间马超、韩遂。轻服匹马独邀韩遂出阵。二人马头相交,曹操且不言战,只把从前旧事说个没完,足有一个时辰,还说罢大笑。马超问韩遂曹操阵前所言何事?韩遂说:没说什么,只是叙了叙旧。果然,马超对韩遂顿生疑心。

记得小时看草台班演唱《反西凉》,剧中的曹操被马超赶得割须弃袍抱头鼠窜的狼狈样儿,固然博人开心大笑,唯少了这一传神之笔,无异画龙没有点睛。

# 姚 安

钟惦棐先生倡议合作《聊斋》插图，他编选并作序，我画。

选目有《姚安》。姚安不止是个大男子主义者，且是性变态狂。蒲翁对这个性变态狂写得甚妙，颇有点现代所谓的“意识流”。当他因妒生恨神智狂乱误杀了妻子之后，忽而看到“女（其妻）与髯丈夫狎亵榻上”，忽而听到“淫溺之声，亵不可言”，蒲翁说这是“新鬼为厉”，其实不就是变态心理的幻视幻听？

惦棐先生问我：“姚安最不放心的是什么？”我说：“书上写着哩：‘女欲归宁，则以两肘支袍，覆翼以出’，最不放心他妻子。”他说：“你再说具体一点。”我怔住了，虽然心里明白，却一时找不出适当的话语回答。他说：“他最不放心的不就是他老婆的裤腰带！你画姚安用锁头把老婆的裤腰带给锁上如何？”一语破的，入骨三分。这用锁头锁裤腰带的荒唐行径，不正是姚安心理状态的形象化？不正是淋漓痛快地对他的嘲讽与鞭挞？不正是不为文学细节所缚却又紧紧扣住了文学主旨？不正是大胆夸张之如刘勰所说“饰穷其要，则心声锋起”？

这是一九七七年的往事。惦棐先生也已久归道山，墓木已拱。

昭君出塞

# 不赢则输

看戏曲《昭君出塞》，想起“独留青冢向黄昏”句，不免黯然。复想及李伯元之妙论，又不由得想笑。“惟画师毛延寿，作者极口痛诋，无为平反解脱者，余颇冤之。何况美人倾国，职为乱阶。毛延寿壅于上闻，不为昭君道地，殆鉴于历代女患，欲嫁祸外人耳。”(《南亭四话》)

做翻案文章，为古、今文人所好。只眼独具，再辨骊黄。抵瑕蹈隙，如老吏折狱，诚然大快意事。殊不知“翻案”犹如赌博，不赢则输。不见《官场现形记》作者，本欲“嫁祸外人”反而贻笑后人乎！

林和靖同调
梅妻鹤子

# 嬲得梅花不得安宁

读《随园诗话》:“诗有听来甚雅，恰行不得者。雪庵僧云:‘半生客里无穷恨，告诉梅花说到明。’诗佳矣，果有其事，必染寒疾。”

这使我想起写《荡寇志》的俞仲华。他也有一诗:“索逋人至乱如麻，恼我情怀度岁华，这也管他娘不得，后门逃出看梅花。”(见《相牛相鹤之堂偶笔》)

一僧一俗，一个如此放不开，一个如此放得开，只是嬲得梅花不得安宁。

# 题《霸王别姬》

霸王谓“天亡我，非用兵之罪也”。人，总是能找出理由为自己开脱，总有话说，即英雄也未能免。

尤为有趣的是当时以诗名与钱谦益、吴梅村并称的龚鼎孳（崇祯甲戌进士、官兵科），降李自成后，每见人则说：“我原欲死，小妾不肯。”（见《明季北略》）

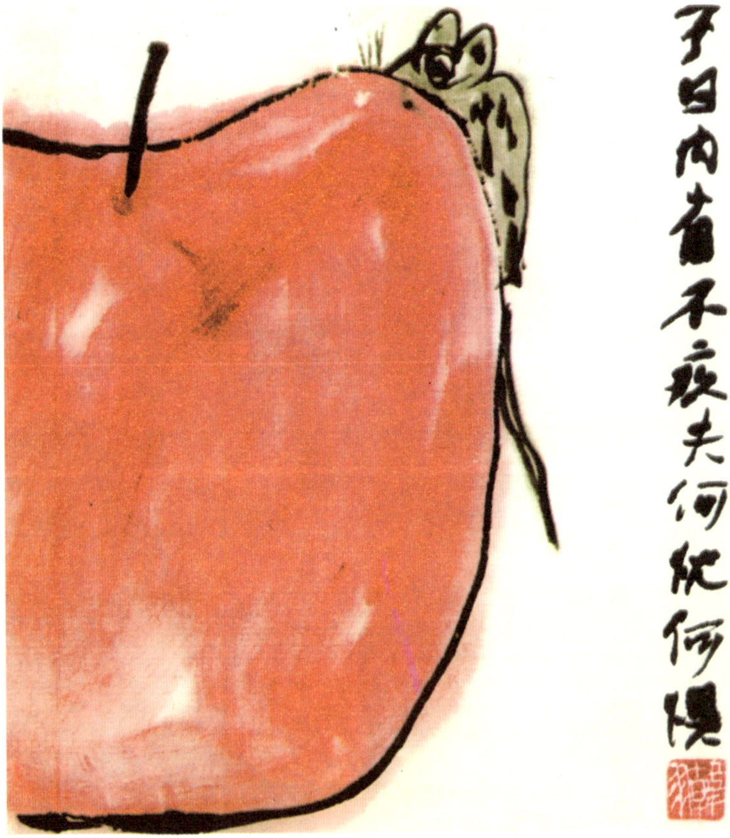
子曰内省不疚夫何忧何惧

# 看《挖蔓菁》

皮影戏：偷挖蔓菁的汉子躲在门里，被偷的老汉站在门外。

“蔡留。”

“人没在。”

“人没在，谁在应声呢？”

“人去地里挖蔓菁去了，把声丢在屋里看门哩。”

“你再不要挖我的蔓菁，你看我老汉是个穷人。”

“你穷，谁把你给连累的来？”

“娃子，话可不能这么说。”

“咋说？”

“我看，走！”

“上哪里去？”

“到街上评理去。”

“老人家不用去，就把‘理’放在我这门道道子上，就把你舌战群儒了。”

“你挖我的蔓菁还有啥理说？”

“哎，你且听了……前思量，后盘算，无奈做贼把菜挖，纵使你老人家看见了，你打你骂我不言传。也不是得财伤主汉，也不是害了人

命牵，也不是拆散人婚姻，也不是谋赖人庄田。也不得打，也不得骂，也不得收牢坐禁监。不信你老人家睁眼看，皇上家散粮为穷汉。你老人家回家转，挖了你蔓菁比屁淡。”

这使人想起司马牛问君子。子曰:“君子不忧不惧。”曰:“不忧不惧，斯谓之君子已乎？”子曰:“内省不疚，夫何忧何惧？”

看来孔老夫子的“内省不疚”不仅适用于君子，也适用于无赖。

对这又赌又偷的懒汉，皮影戏的光碟说明词是这样讲的：“关中大旱，穷汉蔡留夫妇，度日艰难，为保性命，蔡留到地里偷富家（也是穷人，说成富家何故？）蔓菁，被主人发现，追至家门。蔡留唇枪舌剑，一番道理使主人心软发善。”

明明是油嘴滑舌无理搅理，竟说是“一番道理”，似仍言不尽意，复喻以“唇枪舌剑”，大为“偷”字扬眉吐气。黑、白转色，令人不得其解。不解而妄解之，不能不想起已被淡忘的一句话：亲不亲，阶级分。

# 画范用

范公筹划出版过多少书？收藏有多少书？读过多少书？说句文词：汗牛充栋。

范公好酒，我深知，曾陪饮过多次。令人忍俊不禁的是，见报上著文称范宅为“范用酒馆”。

最近来函要我画漫画，中有“这两天真的冷起来了，好在室内暖气达二十四度。倒杯酒，拿本书，怡然自得”语，依意作图，并凑得两句：书癖堪可难扁鹊，“酒徒”何妨让高阳。

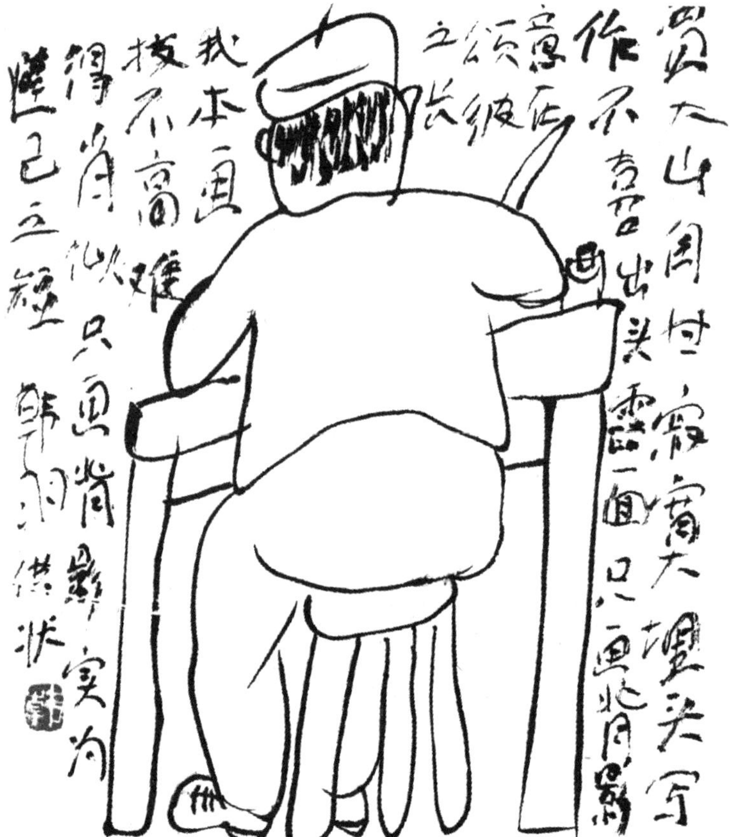
韩羽供状

# 只画背影

画大山漫像，兼题数语："贾大山自甘寂寞，埋头写作，不喜出头露面。只画背影，意在颂彼之长；"我本画技不高，难得肖似。只画背影，实为避己之短。"

大山问我："不欲我以真相示人么？"

我说："不闻金圣叹云：'观如来者不见顶相，正是如来顶相也。'"

音犹在耳，不想大山辞世奄忽已半载，叹叹！

外国有复仇女神
中国有复仇女鬼

# 红梅阁

《红梅阁》一剧，演的是南宋末年权奸贾似道因歌伎李慧娘赞美裴生说了一句“美哉少年”，而被其残酷杀害一事。此戏数百年来盛传不衰，盖其为被迫害之小女子鸣不平也。

孟超先生复将此剧重新整理上演，易名《李慧娘》。文化大革命中竟因了此剧被“打翻在地”，招致飞来横祸。

按说人的思想本应随着时代的前进而前进。岂料进着进着忽地一个倒跟头又翻了回去，翻到了贾似道的怀抱里。

作画图

# 苏轼写影

苏轼曾自画一肖像，给他儿子。“举肩障面”，作羞于见人之状，并作“元祐罪人写影示迈”八字。虽仅见之记载，依稀隐显如在目中。

“元祐罪人”，系宰相蔡京为排除异己，将元祐文武诸臣指为奸党，苏轼亦在其列。用时下话说，是被批、挨整。

苏轼自书“罪”字，是“臣罪当诛兮”？抑或“欲加之罪，何患无辞”？不好揣度。姑借其诗句形状之：横看成岭侧成峰。

明人倪元璐从这岭峰之间看出个“福”字。在《题元祐党碑》中写道：“故知择福之道，莫大乎与君子同祸。小人之谋，无往不福君子也。”

# “英雄风采”

武松大闹快活林，只因饱吃了人家的酒肉。终难免脱“打手”之嫌。“无三不过望”，欲以酒盖脸遮羞乎？

金瓶梅里的西门庆说在狮子
楼上武松杀不了我看来似乎日后
让武松踏着好好串演金瓶梅其实
不然实则是
合乎事理
试想我上有
官府下有帮
闲打手凭他一
个草莽汉子
怎能轻易动
我一根毫毛
水浒传里的西门庆说在狮子
楼上武松杀了我是顺乎民情
有谁不说杀得好杀得解气

# 被杀的西门庆与没有被杀的西门庆的对话

《金瓶梅》里的西门庆说："在狮子楼上武松杀不了我，看来似乎是让我活着好串演《金瓶梅》。其实不然，实则是合乎事理。试想，我上有官府，下有帮闲打手，凭他一个草莽汉子，怎能轻易动我一根毫毛。"

《水浒传》里的西门庆说："在狮子楼上武松杀了我，是顺乎民情，有谁不说杀得好、杀得解气？！"

自傳圖

# 画 葫 芦

我画葫芦，题“自缚图”。一老花鸟画家说：“错了，葫芦蔓是从不缠绕葫芦的。”方知葫芦原来不干自己和自己过不去的傻事。可是，人呢？

# 画、话袭人

《红楼梦》中“不肖种种大受笞挞”之后有段插曲：

王夫人道：“……你有什么，只管说什么。只别叫别人知道就是了。”袭人道：“我也没什么别的说，我只想着讨太太一个示下，怎么变个法儿，以后竟还叫二爷搬出园外来住就好了。”王夫人听了，吃一大惊，忙拉了袭人的手，问道：“宝玉难道和谁作怪了不成？”

“以后竟还叫二爷搬出园外来住就好了”，就只这藏头露尾一句话，将乌有其事弄成了似有其事，使得王夫人弓影成病，心下越发感爱袭人：“真真好孩子！——也罢了，你且去罢，我自有道理。只是还有一句话：你如今既说了这样的话，我索性就把他（贾宝玉）交给你了。”

《三国志》：“修年二十五，以名公子有才能，为太祖所器。与丁仪兄弟，皆欲以植为嗣。太子患之，以车载废簏，纳朝歌长吴质与谋。修以白太祖，未及推验。太子惧，告质，质曰：‘何患？明日复以簏受绢车纳以惑之，修必复重白，重白必推，而无验，则彼受罪矣。’世子从之，修果白，而无人，太祖由是疑焉。”

“修以白太祖”，结果是实有其事成了乌有其事，换来个“太祖由是疑焉”。

看来打小报告，也如做生意，有售有不售。袭人大赚，杨修赔得精光。

《红楼梦》有云：“我堂堂须眉，诚不若彼裙钗”，堪可为之解嘲。

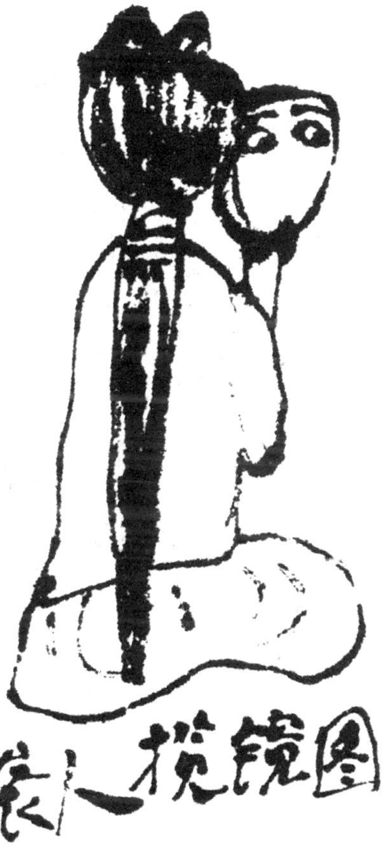

闹元宵

# 题《高跷会》

高高在上，出人头地，弄姿作态，招摇过市，何其风光。

可一旦跌了跤，跌得也惨。

翘首以待

# 一泡牛粪

多年来已是使用化肥，现在的孩子恐怕看不懂这画了。这是我小时的写照。他们望眼欲穿的是什么？告诉你吧，是一泡牛粪。为了争抢这牛粪，竟如此挖空心思。我也曾见过，有的大人们看到牛粪，恰又没带着粪筐粪叉，你猜怎么着？骂声“娘的！”顺手捡起砖头将那牛粪砸个稀巴烂。意思是：我得不到，谁也甭想得到！

天底下没有两片完全相同的叶子
当然也不会存在两个完全相同的
葫芦可又都是葫芦

# 天下文章一大抄

天下文章，写天下事。

天下事，无非衣食男女。古于斯，今于斯，笔尖不碰笔尖乎？

再说那字那词，横来竖去，有如积木。你来摆弄摆弄，我来摆弄摆弄，他来摆弄摆弄，能免依样葫芦乎？

无怪洋人发出感慨："你要想得新意思吧？请去读旧书；你要找旧的见解吧？请你看新出版的。"这是梁遇春"记得千真万确，可以人格担保"的笠顿爵士的话。

清代诗人毛西河，这位连朱熹都不放在眼里的"多文为富者"，因纳妾，太太颇不平，揭了老底："尔辈以毛大可为博学耶；渠作七言八句，亦须獭祭（捡抄书册罗列故实）乃成。"（《郎潜纪闻》）

天下文章一大抄。有大抄，当也有小抄。大抄，大而化之之抄，如"永叔虽偷，恰不伤事主"（《随园诗话》）。小抄，不化之抄，消化不良，吃什么拉什么。

"盖诗文只此数字，出高人之手，遂现空灵，一落凡夫俗子，便成腐臭。"（张岱语）这"只此数字"。一"出"一"落"，成色竟大不同。大抄、小抄之别也。

# 题自画山水

朱君新建画美人图，自跋："新建四十之后，把美人当山水画。"

辛弃疾曰："自笑好山如好色。"把山水当美人看。

欧阳修曰："醉翁之意不在酒，在乎山水之间也。"

# 题童年看戏图

画看戏图，画听雨图。还写，写拾柴捡粪、写扒瓜摸枣……画得津津有味，也写得津津有味。这才发觉，原来我对童年竟是如此怀恋。

小时候总盼着赶快长大，如果是大人多好。孰料成了大人，又时时思念小的时候，小的时候多好。

人，真怪！

单刀赴会

# 历史像个小姑娘

戏曲《单刀赴会》脍炙人口。早在元代就有关汉卿撰杂剧《关大王独赴单刀会》，可谓源远流长。

“可正是千丈虎狼穴，大丈夫心烈，我觑这单刀会似赛村社。”“水涌山叠，年少周郎何处也，不觉的灰飞烟灭。可怜黄盖转伤嗟，破曹的樯橹一时绝，鏖兵的江水犹然热，好教我情惨切。二十年流不尽的英雄血。”苍凉豪迈，单刀独往，好英武神威也。关云长在戏台上出足了风头。

然而《吴书》:“肃欲与羽会语，诸将疑恐有变，议不可往。肃曰：‘今日之事，宜相开譬。刘备负国，是非未决，羽亦何敢重欲干命！’乃趋就羽。”单刀赴会的是鲁肃。

关羽乎？鲁肃乎？成了一笔糊涂账。历史上的糊涂账又岂止这一桩？难道真像有人所说，历史像个小姑娘，由人任意打扮？

# 记黄苗子先生题《白蛇传》

一九七七年，苗子先生题拙画《白蛇传》："无情无义无肝胆，要他何用将他斩。一做二不休，休将刀下留。乞怜还乞恕，跟着妖婆去，岂是两情投，无非怕砍头。"

本是小青、白娘子、许仙声腔状貌，一忽悠幻化作另副嘴脸。这嘴脸，酸甜苦辣，难言之矣！按图实难索骥，解人自能妙悟。比《白蛇传》更是好看百倍。

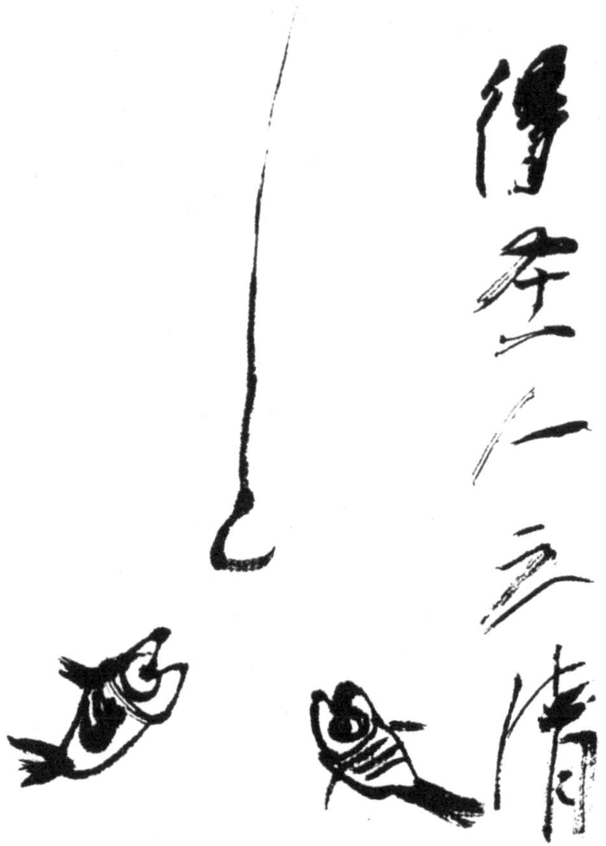

# 读《严先生祠堂记》

“惟先生以节高之。既而动星象，归江湖，得圣人之清。”

“归江湖”，就是避尘世，到富春江钓鱼去。

翻开书本看，到或泽或湖或江或河里去钓鱼者岂止严子陵，诸如庄周、姜子牙、任昉、张志和……

想来有趣，中国的哲人、贤人、文人不归隐则罢；若归隐，“英雄所见略同”，大都冲着鱼去。又想来有趣的是去诱鱼上钩。这“诱”字不亦尘世之机心？其瘾头之大，“斜风细雨不须归”。

莫非与人斗其乐有穷，与鱼斗其乐无穷乎？

以毒攻毒
你盗御马 我就盗你的
钩

# 闲话《盗御马》

聂公绀弩曾为拙画《盗御马》题诗，其中有一句“小盗盗御马”。将八面威风的大寨主窦尔敦呼之为“小盗”，虽不无调侃意味，却也一语破的。一个盗马贼，非小盗而何？

剧中另一人物朱光祖，以眼还眼，以牙还牙，你盗马，我盗你的钩。一出《连环套》，你偷我，我偷你，偷得煞是好看。

小说《血与铁》中有一则故事：两个强盗经过一个绞架。其中一个说：“如果世界上没有绞架就好了，我们这个职业就稳稳当当，不用再担心受怕。”另一个强盗却说：“傻瓜，绞架有恩于我们，如果没有绞架，我们就不会这么小心翼翼精心行动。而且人人都会来干这行勾当，我们这个生意不就砸了？”

显然第二个强盗比第一个强盗动起脑筋更会转弯儿，却又终未脱去小盗气。如果他再来上一句：“偷了这绞架”，岂不“更上一层楼”。不闻《庄子》议论田成子：“则是不乃窃齐国并与其圣知之法，以守其盗贼之身乎。”

# 读《杂感》之感

武安席上见双鬟，
血泪青娥陷贼还，
本为君亲来故国，
岂因女子下雄关！
取兵辽海哥舒翰，
得妇江南谢阿蛮，
快马健儿无限恨，
天教红粉定燕山。

这是吴伟业咏吴三桂、陈圆圆的《杂感》诗。冲冠一怒为红颜，“翻使周郎受重名”。周郎（吴三桂）的“重名”，是声名狼藉。却也直截了当，为的“红颜”。

再看自古以来一代代英雄豪杰，胸怀宇内，精骛八极，固无暇为红颜怒，然逐鹿定鼎、奉天承运，又哪个不是后宫佳丽三千？“率土之滨，莫非王臣”，江山、红颜原是一码事，唯得之先后有序耳。吴三桂竟是糊涂，拨错了算盘珠，本末倒置了。

倒是他“怒”得颇为好玩：“……么魔小丑，纠集草寇，长驱犯阙，荡秽神京，弑我帝后，禁我太子，刑我搢绅，污我子女，掠我财物，戮我士庶，豺狼突于宗社，犬豕踞我朝廷，赤县丘墟，黔黎涂炭……义不共天，但凭指日，克襄大举，实赖同仇……各施壮谋，共图义旅……此则万代之所瞻仰，而九庙为之鉴临者也。”（吴三桂《讨闯贼李自成檄》，《甲申朝事小纪》）

满口“神京”“赤县”、“宗社”“黔黎”，椎心泣血，激昂慷慨，装得像真的一样。

小时候最崇拜的偶像

# 关 云 长

关云长的“义”，很有点像贾宝玉的“情”。

贾宝玉固然钟情于林妹妹；但也用情于宝姐姐，故曰“情种”。

关云长义扶汉室；但也义释曹操，当也应名之曰“义种”。

不值几个钱的玩艺儿
却得之王府

# 作许题目

《名人书斋》，无斋不雅，本是瓮牖绳枢，偏是斋啊轩啊馆啊庐啊。旷语庄言，长啸短吟。运笔挥凿之功，争价一句之奇。文人无钱无势，有的是一肚子文词。常言道：靠山吃山，靠水吃水。

刘禹锡没有给书屋起雅名，直白地书作“陋室”，可刚“陋”了一下，却又“博约而温润”起来，触目皆成佳趣了。

为书屋起了“听雨轩”的雅名的清凉道人说：“眺望江南诸山，若在几席，而欧公《朝中措》词云：‘山色有无中’，公盖近视故也。”欧阳修是否近视，姑勿论。近视眼一与文人沾边，也独赏得好景。

穷得揭不开锅的无书斋者也有得说，谓之清贫。一个“清”字竟将那“贫”也弄成透亮得可爱起来。

文人的绝招，化腐朽为神奇。

堡垒最易从内部攻破，陈眉公来了个反戈一击，给戳了一下子：“古今二钝汉，袁安闭门，子猷返棹，明是避寒，作许题目。”

# 画　皮

《画皮》里的狞鬼与《白蛇传》里的白娘子，一恶一善，可两者又惊人的一致，都是披了美女的画皮。

这“画皮”颇与庄子说的“圣人之道”相似，“善人不得圣人之道不立，跖不得圣人之道不行”。

大人物时时刻刻都要端
着大人物的架势活得

# 当个大人物活得真累

浏览《中国剧目辞典》,《淝水之战》赫然入目。睹影而知竿，可想见风樯阵马之概：苻坚大军，丢盔弃甲，风声鹤唳，草木皆兵。东晋劲旅，天堑飞渡，崩浪奔雷，追亡逐北。戏台上的谢安、谢玄运筹帷幄，决胜千里，千钧一发，力挽狂澜，真真一代风流人物也。

忽地想起两本书，一是《世说新语》，一是《晋书》。

《世说新语》："谢公与人围棋，俄而谢玄淮上信至。看书竟，默然无言，徐向局。客问淮上利害。答曰：'小儿辈大破贼。'意色举止，不异于常。"

谢安怎地了？本应"忽报人间曾伏虎；泪飞顿作倾盆雨"，竟"意色举止，不异于常"。

再看《晋书》："既罢（棋），还内，过户限，心喜甚，不觉屐齿之折。"原来谢太傅是弄玄虚，在做戏，这一回是做给围棋的客看的。《世说新语》的作者被他瞒过了。

戏方唱罢又登场，当个大人物，活得真累。

横看成岭侧成峰

# 往鼓气处看

世上事大多是“横看成岭侧成峰”。成岭成峰，全在横看侧看了。这么一看就鼓气；那么一看就泄气，何不往鼓气处看。

# 跋

韩羽

这本小书是我从小孩儿到老头儿八十多年间的回忆与杂感，大多与绘画有关。

绘画这一行，说易也易；说难也难。盖深者识其深，浅者得其浅耳。然而“妙识所难，其易也将至;忽之为易，其难也方来”(《文心雕龙》)。

说到画理，无非是人情世事之理。人情世事之理，终又不同于画理。如将人情世事之理入画，将抽象认识变为可视形象，有隔与不隔之分，而立意、构思有巧与不巧之别。变隔为不隔，使不巧为巧，其中大有说道。

为这“说道”，寻寻觅觅，疑疑悟悟，虽千失偶有一得，辄欣欣然记下所听、所见、所想。

承蒙三联书店不弃浅陋，约稿成书，心中惴惴。有关画论之皇皇巨著，汗其牛，充其栋，如日如月之光；似这戋戋小册之“爝火”，“其于光也，不亦难乎”！

继而莞尔，似是钱锺书言，“小遗于大海中，当不无小补”。